J I A N　S H E　K E Y U A N　X U E Z H E　W E N K U

福建社科院学者文库

蔡厚示 著

蔡厚示文集

江苏大学出版社

镇江

图书在版编目(CIP)数据

蔡厚示文集/蔡厚示著. —镇江：江苏大学出版
社,2019.11
ISBN 978-7-5684-1118-9

Ⅰ.①蔡… Ⅱ.①蔡… Ⅲ.①古典诗歌－诗词研究－
中国－文集 Ⅳ.①I207.2-53

中国版本图书馆 CIP 数据核字(2019)第 083798 号

蔡厚示文集
Cai Houshi Wenji

著　　者/蔡厚示
责任编辑/张　冠　米小鸽
出版发行/江苏大学出版社
地　　址/江苏省镇江市梦溪园巷 30 号(邮编：212003)
电　　话/0511-84446464(传真)
网　　址/http://press.ujs.edu.cn
排　　版/镇江文苑制版印刷有限责任公司
印　　刷/扬州皓宇图文印刷有限公司
开　　本/718 mm×1 000 mm　1/16
印　　张/13
字　　数/225 千字
版　　次/2019 年 11 月第 1 版　2019 年 11 月第 1 次印刷
书　　号/ISBN 978-7-5684-1118-9
定　　价/50.00 元

如有印装质量问题请与本社营销部联系(电话：0511-84440882)

《福建社会科学院学者文库》编委会

出 版 说 明

　　《福建社会科学院学者文库》（以下简称《学者文库》）旨在集中展示我院具有一定代表性的学者的科研成果。作者范围包括政治学、经济学、社会学、法学、文学、历史学、哲学、图书馆·情报与文献学等诸多研究领域。为了尊重作品发表的原貌与时代背景，《学者文库》收录文章时，对其内容基本保持原貌。目前，我院正在积极探索推进哲学社会科学创新，编辑出版《学者文库》系列丛书是创新工程的一个组成部分。我们期待，《学者文库》能够为读者提供更多更好的研究成果。

《福建社会科学院学者文库》编委会

2019 年 11 月 19 日

目　　录

第一辑

第二辑

第 一 辑 ■

词史·词心·词艺

从 20 世纪 20 年代初刘毓盘所著《词史》和王易所著《词曲史》面世以来，我们已有了多种词史或断代词史之类著作；只是还不见一部写南宋词的专史。毋论词学家对南宋词或褒（如朱彝尊）、或贬（如王国维），但都承认它在中国词史上的重要地位。南宋词不仅以存词数量之多远迈前代，而且在风格、题材及审美技艺诸方面都有长足进展。因此，全面、准确和深入地总结南宋词的艺术经验和发展规律，无疑是一件十分有意义的工作。

《南宋词史》的著者对自唐至近代的词史做了宏观考察，从而确认南宋词为词史上的巅峰。该书紧紧扣住这一论旨，对南宋词的发展、演变及其高峰形态进行了全面论述，并深层次地探讨了其审美特征和形成根由。著者还详细地分析了南宋词之所以超越唐五代词、北宋词及清词的各个方面，以图弥补近几十年来学术界对它评价偏低的缺憾。

著者指出：北宋灭亡、南宋偏安和宋金对峙的严峻现实，向当时的词人们提出了新的要求。其后不久，辛弃疾以其雄风隽才，创作了大量词篇，弘扬了民族精神和爱国思想，拓宽了词的题材，完成了南、北词风的融合，实现了审美视界的转换，开创了豪放词和婉约词分镳并驰的历史新格局。继辛之后，姜夔和吴文英先后登上了词坛，深化了婉约词的创作艺术，并汲取了爱国豪放词的成功经验。他们和辛弃疾鼎足而三，一同屹立在词史的巅峰上。他们思想境界的高、阔、深，艺术技巧的精、新、美，风格体式的丰富多彩和完备，无不臻历史的极致。后世词人几乎无不受其沾溉。正如著者论姜夔时所说："他继承周邦彦格律精严的传统，但却着力于新的发展，并有意用江西诗派的硬瘦之笔来矫正周词的圆俗与软媚，同时还善于用晚唐诗歌中的英俊绵邈来纠正辛派末流的粗糙与叫噪，从而开创了幽韵冷香与骚雅峭拔的词风。"因此，著者就周济所列的宋词四大家中，剔除了周邦彦和王沂孙，而添入了姜夔，并举姜夔为词艺深化期的承前启后人物。若没有对词人、词作进行过周密比较，是无从做出如此精确的判断的。

该书给人印象最深的是它对词人审美心理的把握。陆机说过："余每观才士之所作，窃有以得其用心。"（《文赋》）所谓"用心"，即指作家的审美心理活动。著者着力叙写词人的心灵活动，成了一部地道的南宋词人"心"史。譬如在论及女词人朱淑真时，著者便"看她沿着女性内心情感垂直线向狭深层次开掘得如何；在艺术上，不要求她比之前人有如何多的创造、更新与发展，而要着眼于她在开掘女性心灵空间方面的独特审美情趣"。正由于如此，著者哪怕是剖析"如七宝楼台，眩人眼目，拆碎下来，不成片断"（张炎语）的吴文英词时，也能紧抓住审美心理这根线，把常人看成"片断"的意象贯串成形，从而揭示出梦窗词"孤怀耿耿""运意深远"的内涵。这样的词史，自比一般泛泛之作要深刻、隽永得多。它给读者心灵的启迪也远较平庸枯燥的哲学讲章要来得生动和富有情趣。

词艺的讲求，眼下已不罕见。但能真正讲到点子上的却不多。这跟讲求者的学养、情趣和艺术感受能力紧密相关。该书著者学养丰赡，又兼擅创作，故艺术触角格外灵敏。他们将词史、词心和词艺融而为一，对某些杰出词人和在艺术上卓有建树之作予以充分阐述。尤为可贵的是，著者能从当代视角出发，对古人作品进行新的审视，挖掘出许多前人未能发现或未能理解的东西，使被湮埋的历史珍宝得以重放光辉。如该书论吴文英的《梦窗词》，就指出其中"画面的罗列和叠印，镜头的跳跃、转换与突接，是颇得温庭筠'深美闳约'的神髓的。在他的词中还明显地游动着李贺与李商隐的身影"。这些论点虽非著者首创（其中显然接受了叶嘉莹论梦窗词的启迪），但一字一句都来自著者的亲身体会，故其论点似较叶嘉莹的《迦陵论词丛稿》更加明确。

书中当然也有些可供商酌之处。如南渡初期的重要爱国词人韩元吉，在本书中就被轻描淡写地一笔带过。像这类不足之感，似乎谁都能提出一些。但瑕不掩瑜，在当今众多的词史著作中，我以为陶、刘合著的《南宋词史》称得上是一部富有见地和特色的词学专史。

谈含蓄与朦胧

前几年，关于朦胧诗的讨论着实热闹了一阵子，有些争论至今未休。有的同志把诗的含蓄跟朦胧混为一谈，似乎唐诗、宋词中也不乏晦涩难懂之作，为什么一味推尊唐诗、宋词却非难当前某些朦胧诗人的作品呢？显然，这是一种误解。须知中国古典诗词的含蓄，并不同于朦胧，更不同于晦涩。本文谨就此发表几点意见。

一、中国古典诗词之含蓄美

中国古典诗论一向提倡含蓄。早在汉代的《毛诗序》中，就提出了"主文而谲谏"的主张，意思是要诗人把劝谏的主题含蓄在隐约的言辞里面。到了南北朝时期，这种贵含蓄的主张得到了多方面的阐述。刘勰提出要"深文隐蔚，余味曲包"[①]；钟嵘提出要"言在耳目之内，情寄八荒之表"[②]。说来说去，无非都是强调诗要有"言外之意"和"弦外之音"罢了。到了唐代，皎然主张诗要"情在言外"和"旨冥句中"[③]；司空图主张诗要"不着一字，尽得风流"[④]，要写"象外之象，景外之景"[⑤]，表达出"韵外之致"和"味外之旨"[⑥]。宋代福建人严羽更主张诗要写得像"羚羊挂角，无迹可求"[⑦]。这些话似乎都说得很玄，其实却颇有道理。它们就和

① 《文心雕龙·隐秀》。
② 《诗品·卷上》。
③ 《诗式》。
④ 《二十四诗品》。
⑤ 《与极浦书》。
⑥ 《与李生论诗书》。
⑦ 《沧浪诗话·卷一》。

现代京剧《沙家浜·智斗》里阿庆嫂说的"听话听声，锣鼓听音"是一样的意思。试举人们所熟知的刘禹锡《再游玄都观》诗为例："百亩庭中半是苔，桃花净尽菜花开。种桃道士归何处？前度刘郎今又来。"从表面形象看，全诗似乎只写了玄都观里的景物变迁，但诗人的情思却远越出这些景物之外。它是一首以玄都观景物为题材的政治讽刺诗，突出地表达了诗人愤世嫉俗的思想感情。首句暗写当时封建王朝的衰败景象，次句隐刺守旧派人物像走马灯似的轮替更迭；末两句借"种桃道士"以斥反动当权者，而举曾入天台山采药遇仙的神话人物刘晨自喻，以显示诗人不屈不挠的斗争精神。这一严肃的政治主题，在诗中似乎是"不着一字"和"无迹可求"，但却通过比兴手法，从"象外之象，景外之景"中流露出来。又如朱庆馀《近试上张水部》诗："洞房昨夜停红烛，待晓堂前拜舅姑。妆罢低声问夫婿，画眉深浅入时无？"若撇开题目，读者准会以为写的是一位新嫁娘的闺中情事，但诗的题目清楚地告诉我们：诗人是在临近考试前写此献给当时的水部员外郎张籍的。朱庆馀自比新娘，把张籍比作夫婿，把主考官比作公婆。他暗向张籍求教：自己的文章怎样才能够得到主考官的赏识？这类的比兴手法在我国古典诗词中很常见，甚至已形成一种传统的表达风格：诗的主旨往往不直接说出来，而通过某种借喻或寄托见于字句之外。读者必须既置身于诗词所描绘的形象之内，又能跳出所描绘的景物之外，而求之于言意之表。通常所说"言外之意"和"弦外之音"即指此；皎然所谓"情在言外""旨冥句中"、司空图所谓"韵外之致""味外之旨"和严羽所谓"妙悟"都指此。中国古典诗词的含蓄美，也就是这样形成的。这岂不比我们某些纯用概念把话都说尽了的"诗"要耐人寻味得多么？

恩格斯在《致敏·考茨基》一信中指出："我认为倾向应当从场面和情节中自然而然地流露出来，而不应当特别把它指点出来。"[①] 恩格斯讲的虽指小说，但这一原则是同样适用于诗的。抒情诗可以没有细致的场面描写和清晰的情节故事，但可以而且应该有鲜明的形象和幽美的意境。诗人要写"神"于"形"和寓"意"于"境"，才能够获得隽永的诗味和良好的艺术效果。

---

① 见《马克思恩格斯列宁斯大林论文艺》，人民文学出版社，1980年，第131页。

列宁在《费尔巴哈〈宗教本质讲演录〉一书摘要》中摘了费尔巴哈的一段话，并旁批了"恳切"两字："俏皮的写作手法还在于：它预计到读者也有智慧，它不把一切都说出来，而让读者自己去说出这样一些关系、条件和界限……"① 优秀的中国古典诗词之所以能脍炙人口和久传不衰，其中一个重要原因就在于掌握了这"俏皮的写作手法"。

司马光说："古人为诗，贵于意在言外，使人思而得之。"② 这话很好地概括了中国古典诗词的含蓄美。

二、朦胧美不美？

含蓄不同于朦胧。所谓含蓄，虽字面上不直接说破，但读起来却雅俗共赏，能使人思而得之。它好似嚼橄榄，越嚼越有滋味。所谓朦胧，则指含糊不清。尽管表面看也句句可解，合起来却使人猜不透其旨意何在。用徐敬亚同志的话说就是："细节形象鲜明，整体情绪朦胧。"③ 这样的诗究竟美不美呢？

朦胧美，作为自然景物美的一种，我是承认的，正如苏轼《饮湖上初晴后雨》所咏"山色空濛雨亦奇"，自不失为一种美的境界。但对鼓吹朦胧诗，甚至宣扬"在朦胧中格外富有一种诱惑力"的这类论调，我是不敢苟同的。

中国古典诗词中确也有近似当前朦胧诗一类的作品，人们常提及的李商隐的无题诗就是一例。诚然，李商隐写了许多好诗。有些读起来含蓄隽永，让人一点儿不觉得它朦胧，如"向晚意不适，驱车登古原。夕阳无限好，只是近黄昏。"（《登乐游原》）和"君问归期未有期，巴山夜雨涨秋池。何当共剪西窗烛，却话巴山夜雨时。"（《夜雨寄北》）等都是。但有些诗确实难懂，不只我们读起来费劲，就连金代大诗人元好问都不免为之浩叹"独恨无人作郑笺"④。这样的诗风值不值得我们去提倡呢？鲁迅先生说得好："玉溪生（李商隐号）清词丽句，何敢比肩，而用典太多，则为我所

---

① 见《列宁全集》第 38 卷，人民出版社，1959 年，第 77 页。
② 《温公续诗话》。
③ 《崛起的诗群》。
④ 《论诗三十首》。

不满。"① 用典太多尚且使人不满，等而下之朦胧以至晦涩，岂不理该被反对么？

我以为：朦胧决不能增添诗的美。只有内容苍白的"艺术品"或赝品才用朦胧作掩饰，而真正的美是不需要任何掩饰的。孟子说："充实之为美。"② 荀子说："不全不粹之不足以为美。"③ 诗意朦胧，适足以损害其内容的充实，给读者以不全不粹的感觉。这样岂不是伤其真美了么？

有人说：朦胧诗好比"隔帷窥人"，能给人留下艺术想象的广阔空间。这种比喻，自然是蹩脚的，但也不妨从中寻得思绪。如果所隔只是一层薄纱，能窥见人犹可；如果所隔是块黑布厚窗帘，连窗里坐的是西施还是东施都弄不清楚，那又有何美可言呢？诗也好，任何艺术也好，都只是反映社会生活的思想形式，如果连所表达的思想都使人含糊不清，那么这种形式又有什么存在的必要呢？

中国古代诗论中也有些近似鼓吹朦胧的怪僻论调。如元代范德机《木天禁语》说："言语不可明白说尽，含糊则有余味。"明代谢榛《四溟诗话》说："妙在含糊，方见作手。"清末词人王鹏运更声言："矧填词固以可解不可解，所谓烟水迷离之致，为无上乘耶？"④ 凡此种种，都在历史上对中国古典诗词的创作产生过消极影响，几乎把明诗、清词引向了绝路。我们应当以此为前车之鉴。

三、诗贵含蓄，切忌朦胧

为什么诗贵含蓄呢？福建浦城人杨载《诗法家数》说："诗有内外意，内意欲尽其理，外意欲尽其象，内外意含蓄，方妙。"杨载是著名诗人，号称"元代四大家"之一。由于他深知创作甘苦，因此话说得十分精辟。他所谓"理"，指事物逻辑；他所谓"象"，指艺术形象。诗必须通过艺术形象去反映社会生活的逻辑，用精练含蓄的语言给读者以启发，"以少少许胜多多许"（郑燮语）；决不能像写哲学讲义那样，用概念直接说破。宋

---

① 《给杨霁云》。

② 《孟子·尽心下》。

③ 《劝学》。

④ 见况周颐《蕙风词话·卷一》引。

代朱熹谈理学时，真可谓"头巾气"十足，但作起诗来，倒也深懂形象和含蓄的妙用。如他的《水口行舟》："昨夜扁舟雨一蓑，满江风浪夜如何？今朝试卷孤篷看，依旧青山绿树多。"既活泼可爱，又引人深思。表面上写的是山水胜景，内中却含蕴着人生哲理，给读者以丰富的启示：风浪其奈我何？

朦胧无助于诗。它往往似猜不透的哑谜，徒使人茫然，而不得"尽其理"。就说李商隐的无题诗吧，我是很喜爱的，但许多地方苦于不可索解，总觉遗憾；远不如李白、杜甫的著名篇章使人读时有痛快淋漓或沉郁顿挫之感。

曾有过这么一种说法：时间能解开某些诗之谜，父辈不理解的作品，很可能被儿辈、孙辈轻而易举地理解。可不可能出现这样的情况呢？我很怀疑。

在旧社会里，某些优秀作品一时不被重视的现象是有过的。如杜甫的诗，在当时并未受到充分注意，甚至一首也不曾被殷璠的《河岳英灵集》选入。只是到了约一个世纪之后，才获得元稹、白居易、韩愈等人的高度评价。那是时代风气使然，并不存在理解或不理解的问题。在今天人民当家做主的社会主义社会里，作品不被现在的读者理解，而寄希望于将来的读者能理解，起码是一种不切实际的幻想。鲁迅先生说得好：失去了现在，也就失去了将来。如果连现在的读者都无法理解你的作品，经过若干年后，事过境迁，语、文变异，就更难希望读者们能理解它了。

自然，文学欣赏的过程绝不是一次简单的从形式到内容的过渡，以为只需要读一遍就能很好地理解一部作品。特别是好诗，必须多遍读才能够由浅入深，由表及里，由知之甚少到知之较多。因此，不能把读不懂的责任都推诿给诗人。这里也牵涉到读者的知识水平和生活阅历问题，诚如刘勰所说："岂成篇之足深？患识、照之自浅耳！"①

福建省女青年诗歌作者舒婷的大部分诗作，我以为是好的，也并不朦胧。她有才华，善思考，一些好诗得到了一定的肯定。尽管评论界多数说她主要受了西方现代派的影响，我却仍然认为她的诗在某些方面具有中国古典诗词的传统特色（虽然舒婷也亲口向我否认过这一点）。试看她与普

---

① 《文心雕龙·知音》。

希金同题的《致大海》，诗中的对仗、排比、韵律和比兴手法，都使我想起这是孕育了中国诗的土壤给她输送了营养液，哪怕她自己不曾意识到。因为舒婷热爱祖国，所以她无法拒绝祖国母亲的赐予。

当然，我曾热忱地希望舒婷能写得更明朗和更昂扬一些，也希望她的诗能更多一点中国式的含蓄和更少一点西方现代派的朦胧。

"诗贵含蓄，切忌朦胧！"这句话，就算作我给青年诗友们的殷勤寄语吧！

谈以"形"写"神"

早在五十多年前，北大宗白华教授曾指导我写艺术辩证方面的研究生论文。可惜我在宗先生门下的时间很短。不久我即被厦门大学召回教学岗位。近几十年来，我在从事中国古典诗歌的教学和研究过程中，深感到学习艺术辩证法的重要性。前些时候，我写过《谈诗的意境》一文，提出了"情景交融""时空流转""声色兼备""虚实相生"的十六字诀。这些都属于艺术辩证法的范畴。今天我再提出另一个十六字诀，即"以形写神""以声表静""以小见大""以疏间密"，这也是艺术辩证法所包含的内容。现先谈以"形"写"神"的问题。

诗词和所有的艺术门类一样，都是通过形象来反映社会生活的。所谓形象，即首先包含着"形似"的要求。如果完全撇去"形"和"象"，将何以表达"神"和"意"呢？诚如宗白华先生论中国古代绘画时所指出的："实先由形似之极致而超入神奇之妙境者也。"① 诗词也是这样。

但任何真正的艺术都不能是生活的自然主义写照和机械翻版。若过于追求形体的酷似，反往往导致艺术的破产。如齐、梁时代的诗歌，它的致命弱点就在于"情必极貌以写物"②，以致"采俪竞繁，而兴寄都绝"③，终于走入了一条专务浮华辞藻和追求对仗、工整的形式主义死胡同。

晚唐诗歌理论家司空图是反对"极貌以写物"的。他在《二十四诗品·形容》中提出了"离形得似"的主张。许印芳在《与李生论诗书·跋》中指出：司空图的这一主张目的在鼓励诗人们"略形貌而取神骨"。换言之：形只是"貌"，既不可不似，也不可太似，而应在"似与不似之

---

① 宗白华：《意境》，商务印书馆，2011年，第34页。
② 《文心雕龙·明诗》。
③ 《与东方左史虬〈修竹篇〉序》。

间"（齐白石语）；神才是"骨"，诗人应以形写神，因貌见骨。改用今天的理论术语说，就是强调要用典型化了的艺术形象（取其富有本质特征的艺术细节）去反映生活，使人们能更深刻地认识客观事物的本质，领悟生活的真谛。

试举咏物诗两首作对照以说明之。

白居易有咏鹤诗多首。其《池鹤二首·其一》云：

> 高竹笼前无伴侣，乱鸡群里有风标。
>
> 低头乍恐丹砂落，晒翅常疑白雪消。
>
> 转觉鹁鹕毛色下，苦嫌鹦鹉语声娇。
>
> 临风一唳思何事，怅望青田云水遥。

这首诗的确写得不很成功。它一味图形写貌，绘声绘色，仅规规于咏物，而欠缺传神。诗人的性格也不见了。比照杜甫的《画鹰》诗，确实逊色远矣。杜甫《画鹰》云：

> 素练风霜起，苍鹰画作殊。
>
> 㧐身思狡兔，侧目似愁胡。
>
> 绦镟光堪摘，轩楹势可呼。
>
> 何当击凡鸟，毛血洒平芜。

这的确是一首难得的好诗。诗为题画而作。但在杜甫笔下，画中的鹰显得何等有生气！仇兆鳌评曰："曰㧐，曰侧，摹鹰之状；曰摘，曰呼，绘鹰之神。……老笔苍劲中，时见灵气飞舞。"[1] 正基于此，清王士禛说此诗首句"五字已摄画鹰之神"。以形写神，足见杜诗之功力所在。从此诗中，也能分明看出杜公的壮志、雄心。

司空图的"离形得似"还包含了另一层意义，那就是"神"比"形"重要，"意"比"象"重要。诗人必须写出人的精神，必须寓以作者的思想、感情。如曹操的《观沧海》之所以成为描写山水的名篇，不在于他所描摹的山水形状是否酷似（当然不能完全不似），而在于它"有吞吐宇宙气象"（沈德潜语），突出地表现了他的远大抱负和宽广襟怀。更难能可贵的是，曹操在这首诗中把审美客体和审美主体融而为一，通过对大海吞吐日月星辰那种壮丽景色的描写，抒发了他统一中国的雄心壮志。在曹操的

---

[1] 《杜诗详注·卷一》。

笔下，景物都写得生气勃勃。沈德潜说曹操诗"时露霸气"[1]，是有几分道理的。所谓"霸气"，指的正是曹操志在统一的襟怀。你看：海水动荡，山岛矗立，树木葱茏，百草苍翠。祖国山河显得何等雄浑、何等有生命活力！在萧瑟的秋风中，洪波涌起，一浪高似一浪，这又是何等顽强的斗争精神！"日月之行，若出其中；星汉灿烂，若出其里。"这四句更是气象壮阔，想象宏奇。鲁迅说得好：曹操的"胆子很大……想写的便写出来"[2]。曹操敢于抒写自己的政治抱负，在诗歌中不隐瞒自己的观点，这些都不失为"以形写神"的典范。

司空图又强调要"行神如空"[3]，要求像"落花无言"[4] 似的做到神行无迹。也就是说，诗人必须通过生动的艺术形象来吐露心曲，而不应该用干巴巴的语言直接说出来。

1992年4月。我在海南三亚鹿回头写了一首绝句：

> 七尺昂藏背大弓，黎家少女慕英风。
>
> 天涯有尽情无尽，花鹿回头一笑浓。

诗写得不很好。但我力图通过黎家青年和少女的爱情故事来表达我对爱情的永恒性的追求。而且我把这种永无穷尽的爱定格在黎家少女的回头一笑中。这样写，自然比唠唠叨叨地叙述爱情的发展过程要简洁、隽永得多。这也是我对"以形写神"的一点体会。

---

① 《古诗源》卷五。

② 《魏晋风度及文章与药及酒之关系》。

③ 《二十四诗品·劲健》。

④ 《二十四诗品·典雅》。

论唐代边塞词

以边塞题材入诗虽不始于唐代，但唐代的边塞诗最著名，它在中国文学史上占有重要的地位，有许多杰出的作品。而唐代的边塞词，却很少人详细论及，甚至有人把北宋中期范仲淹的《渔家傲》看作以边塞题材入词之始，那显然是错误的。

边塞词最早产生的年代，现已无法确知。但可以肯定地说，它几乎是跟最早的词同步出现的。按当前学术界比较一致的看法：词起源于唐代民间。现存最早的民间词，为 20 世纪初在敦煌莫高窟内发现的曲子词。敦煌曲子词的写作年代，最早的可上溯到 7 世纪中叶。它的题材比较广泛，其中就有以"边客、游子之呻吟，忠臣、义士之壮语"① 等入调写成的边塞词。如《菩萨蛮》：

> 敦煌古往出神将，感得诸蕃遥钦仰。效节望龙庭，麟台早有名。　　只恨隔蕃部，情恳难申吐〔诉〕。早晚灭狼蕃，一齐拜圣颜。

又如《定风波》：

> 功〔攻〕书学剑能几何？争如沙塞骋喽罗〔偻偻〕！手执六寻（一作绿沉）枪似铁。明月。龙泉三尺斩〔崭〕新磨。　　堪羡昔时军伍，满〔漫〕夸儒仕〔士〕德、能康〔多〕！四塞忽闻狼烟起，问儒仕〔士〕，谁人敢去定风波？

前一首抒写边塞将士渴望回归祖国的心愿，反映了 8 世纪末叶西部地区人民在李元忠、郭昕等的领导下为维护祖国统一所作的顽强斗争。它在艺术上虽然不够精彩，但情真意笃，直剖深衷，对读者仍有一定的感染

---

① 王重民《敦煌曲子词集·叙录》。

力。后一首尖锐地嘲笑了那些攻书学剑而百无一用的儒生，指斥他们枉夸多德多能而当强敌入寇时却逡巡不前；同时，它热情地歌颂了那些为保家卫国而驰骋疆场的将士，赞扬他们秣马厉兵、日夜准备战斗的英勇气概和爱国精神。

这两首词，都感情真挚，气势豪迈，风格刚劲、清新，语言明晰、流畅。较之于稍后出现的花间派词人所写的闺情、别绪一类题材的作品，在思想上无疑要高出一头。但从艺术性方面看，除了《定风波》中"手执六寻枪似铁。明月。龙泉三尺斩〔崭〕新磨"几句有较鲜明的形象刻画外，其余词句大都是概念化的逻辑语言。这样就大大削弱了它的艺术效果，未能在广大读者群中引起连锁性反响和广泛流传开来。

此外，在现存敦煌曲子词中，还有诉边患之苦的，如《菩萨蛮》：

自从宇宙光戈戟，狼烟处处犭〔熏〕天黑。早晚竖金鸡，休磨战马蹄！（后片略，下均同）

有颂边帅之功的，如《望江南·其一》：

曹公德，为国托西关〔拓西边〕。六戎尽来作百姓，压坛〔弹〕河陇定羌浑。雄名远近闻。

有述边民之愿的，如《望江南·其二》：

敦煌郡，四面六蕃围。生灵苦屈青天见，数年路隔失朝仪。目断望龙墀。

有感中央政权之恩的，如《望江南·其四》：

边塞苦，圣上合闻声。背蕃归汉经数岁，常闻大国作长城。今〔金〕榜有嘉名。

有写边塞少年之勇的，如《望远行》：

年少将军佐圣朝。为国扫荡匡〔狂〕妖。弯弓如月射双雕。马蹄到处尽云霄。

有叙征人之妇寻夫的，如《捣练子》：

孟姜女，杞梁妻。一去烟〔燕〕山更不归。造得寒衣无人送，不免自家送征衣。

有状边地风光之异的，如《苏幕遮》：

上北台，登崄〔险〕道。石迳〔径〕峻层〔嶒〕唤〔缓〕步行多少。遍地莓苔异软草，定水潜流一日三过到。

这些足以说明，在唐代的民间词中，以边塞为题材的作品不少，并已多方面地反映了边塞人民的生活和斗争。尽管这些作品在艺术方面精粗不一，但风格大都遒劲、雄健，绝无纤弱、萎靡之态。

还有值得我们注意的《何满子》四首，生动地描绘了边境人民强悍、尚武的风貌；如第一首和第三首：

平夜秋风檩檩〔凛凛〕高，长城侠客逞雄豪。手执钢刀利霜〔如〕雪，要〔腰〕间恒垂可吹毛。

城旁猎骑各翩翩，侧坐金鞍调马鞭。胡言汉语真难会，听取胡歌甚可怜。

这很容易使我们联想起北朝的乐府民歌来。如《琅琊王歌辞》：

新买五尺刀，悬着中梁柱。一日三摩挲，剧于十五女。

《折杨柳歌辞》：

上马不捉鞭，反折杨柳枝。蹀坐吹长笛，愁杀行客儿。

遥看孟津河，杨柳郁婆娑。我是虏家儿，不解汉儿歌。

尽管一为五言，一为七言，但无论从生活情趣或艺术风格方面，都能分明看出二者之间有着一种天然的启承关系。从语言格式上看，则《何满子》词与唐代近体诗初步成形时十分相似。它的平仄竟俨然像王维《送元二使安西》那样的折腰体绝句（其第三句与第二句失粘）。由此可推知：它跟《竹枝词》《杨柳枝》《浪淘沙》（二十八字体）等词调一样，都是诗、词初分家时的产物。这些词调除了乐曲上的区别外，在语言格式上仍与近体诗的七言绝句相同或近似。

通观现存唐代民间词，我们可以发现：作为一种诗歌新样式的词，并不是一开始就成为"艳科"的；当诗、词开始分家时，除了一不入乐和一入乐以外，也不存在一条"诗庄词媚"的分界线。因此，所谓词"别是一家"或以婉约为词的"本色"诸说，都起于花间词派形成之后，而不是在词一产生时就有的。

在现存文人词中，写边塞题材的作品应推韦应物（约737—791）和戴叔伦（732—789）的《调笑令》为最早。韦应物有《调笑令》两首，第一首是：

胡马，胡马，远放燕支山下。跑沙跑雪独嘶，东望西望路迷。迷路，迷路，边草无穷日暮。

戴叔伦的《调笑令》是：

　　边草，边草，边草尽来兵老。山南山北雪晴，千里万里月明。明月，明月，胡笳一声愁绝。

韦词里的胡马实际是一位远征绝域而欲归不能的战士的形象写照。开头几句，点明题目和所在。中间两句，写胡马孤独徬徨、四顾无援的情状，渲染出一派荒凉的景象。末尾几句，借"边草无穷"喻抒情主人公内心的无限惆怅；用"日暮"之景衬托出他凄苦、暗淡和迷惘的心情。戴词通过雪、月交辉的边地风光，反衬出久居边塞的兵士的内心哀怨。他们所受的苦难就像那远连天际的边草一样无穷无尽。在雪霁冰封、月色凄凉的夜间，远处传来了令人愁绝的胡笳声。值此情此景，能不悲哉？

唐代中叶像这样的边塞词，流传至今的虽为数不多，但已足够说明：边塞题材入词是早已有之，不自北宋范仲淹始。从形式看，韦应物和戴叔伦这两首词显然受到民间词的良好影响，因此形象鲜明、生动，语言精练、朴素，不以炫耀辞藻和典故为能事。从词调看，八句之中三换韵（先是仄韵，换平韵，再换仄韵），叠字重言，繁声促节，已远不是词与近体诗初分家时的面目了。这表明中唐文人词已在更大程度上摆脱了诗律的拘束和进一步显示出了词调的特色。

为什么这两首词写得如此悲慨和缺少盛唐边塞诗那种昂扬、欢快的情调呢？这跟各自所处的时代有关。从"安史之乱"后，唐王朝已趋于衰危，边庭上的频仍战祸给各族人民带来了灾难无穷的后果。加上封建统治者不恤下情，致使守边将士常处于衣食不继或孤立无援的困难境地。这就无怪乎他们要发出失望的哀吟了。既然现实生活是这样，作为社会现实的真实反映的文学作品就不可能不是这样。

这两首词都写到草原风光，但这不是它的主题。诗人写胡马或边草，都另有寄托。这种传统比兴手法的运用，正表明中唐文人的边塞词较之于民间的边塞词，已进入一个较深的层次。它在艺术上是更趋成熟了。

但奇怪的是，这种以边塞为题材的作品，在现存的晚唐文人词中几乎已成绝响。在整个 9 世纪或稍后的文人作品中，我们能读到的边塞词不过寥寥数首。其中除皇甫松的《怨回纥·其一》（见《尊前集》）外，都保存在五代后蜀赵崇祚编辑的《花间集》里面。皇甫松的《怨回纥·其一》是：

白首南朝女，愁听异域歌。收兵颉利国，饮马胡卢河。

毳布腥膻久，穹庐岁月多。雕窠城上宿，吹笛泪滂沱。

此作写的是被回纥军掳掠到西部边地的汉族女儿，至老仍思念家园的情境。这词里提到的胡卢河又名蔚茹河，即今宁夏回族自治区东南部的清水河；雕窠城是唐振威军的治所，在今青海省同仁县。由此可知，这首词反映了晚唐期间汉族和少数民族的纷争给人民所造成的严重苦难。词调凄怨，声辞沉郁，风格淳朴，绝非靡靡之音可比。但从语言形式看，它是一首基本合律的五言近体诗，在调式上并没有形成什么新的特色。

《花间集》所收作品，绝大部分为爱情题材，但也偶有几首写边塞的作品。其中有：温庭筠的《定西番·其一》和《蕃女怨·其二》；牛峤的《定西番》；毛文锡的《甘州遍》第二首；孙光宪的《酒泉子·其一》和两首《定西番》。温庭筠为唐宣宗时期前后的人，他的词无疑为唐词，其余几位，则皆自唐入五代，孙光宪甚至还活到了北宋初年。但这几人的作品，很可能都写于唐亡之前，因为它们不像是处于分裂状态的五代十国时的作品。

温庭筠的《定西番》现存三首，其中第一首是：

汉使昔年离别。攀弱柳，折寒梅。上高台。　　千里玉关春雪。雁来人不来。羌笛一声愁绝。月徘徊。

华钟彦先生说："汉使，指张骞言。……此词之作，是就题发挥也。张骞既没，西域人思之，故此云然。"[①] 但我以为：诗人似也不妨借汉指唐，以汉使喻唐朝派往西域的使节。若是这样，则此词应该是写西域人民盼望与中央加强联系的心愿。它在温庭筠词中很有特色，跟他大多数作品的浓艳风格恰好相反，显得清俊、幽雅。它不以辞藻繁富取胜，而以意境莹澈见长。词中用仄韵别、雪、绝和平韵梅、台、来、徊互押，形成一种错综、流转之美。

温庭筠的《蕃女怨》现存两首，其第二首是：

碛南沙上惊雁起。飞雪千里。玉连环，金镞箭。年年征战。

画楼离恨锦屏空。杏花红。

据万树《词律》说："此词起于温八叉。"可知创调者即温庭筠。此词

---

① 《花间集注·卷一》。

写边塞征人怀归。开头两句，远写所见边地的风光，极壮阔；又借惊雁以寄离怀，极沉郁。中间几句，近顾己身所佩之刀环（谐归还之"还"）和箭（谐相见之"见"），暗寓欲归不能之意。末两句，从反面所怀念的一方来写，颇似杜甫"今夜鄜州月，闺中只独看"的手法，极缱绻，但又融情入景，以江南之杏花艳开隐衬塞北之飞雪千里，景中含无限神往之情。俞陛云评此词说："其擅胜处在节奏之哀以促，如闻急管幺弦。"① 这是从声律方面说的。足见声、情两茂，在温词中堪称豪放、婉约兼备的别体。

牛峤的《定西番》是：

> 紫塞月明千里，金甲冷，戍楼寒。梦长安。　　乡思望中天阔。漏残星亦残。画角数声呜咽。雪漫漫。

牛峤为唐乾符五年（878）进士。俞陛云说："诗人边塞之作，辄为思妇、征夫写其哀怨。夜月黄沙，角声悲奏，最易动战士之怀。……此词之'紫塞月明''角声呜咽'，亦同此意也。"② 看来，牛峤此词与温庭筠同题作品的意境和手法都很近似，只不过加强了景物的声、色描绘罢了。

毛文锡的《甘州遍》两首，其第二首是：

> 秋风紧，平碛雁行低。阵云齐。萧萧飒飒，边声四起，愁闻戍角与征鼙。　　青冢北，黑山西。沙飞聚散无定，往往路人迷。铁衣冷，战马血沾蹄。破番奚。凤凰诏下，步步蹑丹梯。

此词凡六十三字，为文人边塞词中的第一首中调作品。它以写景为主，着力渲染出一幅凄凉、萧飒的边塞风光图，以衬托守边将士浴血奋战的艰苦。宋代叶梦得说："文锡词以质直为情致，殊不知流于率露。"③ 尽管粗率、浅露，但它在《花间集》中仍称得上是罕见的清新之作。

孙光宪的《酒泉子》三首，其第一首是：

> 空碛无边，万里阳关道路。马萧萧，人去去。陇云愁。香貂旧制戎衣窄。胡霜千里白。绮罗心，魂梦隔。上高楼。

《定西番》两首是：

> 鸡禄山前游骑，边草白，朔天明。马蹄轻。　　鹊面弓离短

---

① 《唐五代两宋词选释》。

② 《唐五代两宋词选释》。

③ 此语《石林诗话》不见，这里转引自刘瑞路《唐五代词钞小笺》。

帐，弯来月欲成。一只鸣髇云外，晓鸿惊。

　　　帝子枕前秋夜，霜幄冷，月华明。正三更。　　何处戍楼寒笛，梦残闻一声。遥想汉关万里，泪纵横。

　　在唐、五代词人中，孙光宪存留下的词最多，题材也最多样。《酒泉子·其一》写的虽然是思妇对征人的怀念，却展现了一幅广漠的边地风光图：黄沙无际，马嘶人行，云愁霜白……，烘托出那独立于高楼之上而凝望着千里、万里之外的思妇形象，显得何其苍凉！难怪汤显祖评《花间集》说："再读不禁酸鼻。"① 因为它给接受主体（即欣赏者）的感染是很强的。《定西番》的前一首，写守边将士骑马射箭，英气凛凛；后一首，写闺中思妇秋夜闻笛，对月怀人。"帝子"一词，无非借神话中娥皇、女英的形象以喻思妇的悲苦而已，无须解得过实。这几首词，都显得风格劲健，语言明朗，感情朴质。在《花间集》中，不失为别具特色的风力之作。

　　自唐迄五代（五代也被称作"残唐"），以边塞为题材的词，除一些纯写闺思而偶涉边塞风物的作品不算外，就仅限于上述这些了。如果把它当作有机整体来看，它也能自成一个系统，并构成整个唐词系统中的一个子系统。但较之于唐词中其他子系统，特别是较之于那些写艳情的作品，则这个子系统未免显得格外贫弱。它不仅在作品数量上远比不上作为唐诗系统中的一个子系统的边塞诗，而且在艺术成就上也远为不及。这是为什么呢？

　　我认为，要解答上述这个问题，必须联系各方面的条件和因素去考虑，而不能归结为某种单一的原因。比如说：词比诗发展得较晚，当词在中、晚唐时得到初步发展之后，唐朝已没有盛唐时那样雄威的国力了。又比如说：文人词为适应市民阶层的享乐需要，已逐步走向绮艳的道路，而边塞词则未受到重视或得到长足的发展。诸如此类原因，还可以举出一些。当然，晚唐词人中缺少像岑参、高适、王昌龄等那样富有边塞生活体验的作家，也是唐代边塞词未能兴盛的原因之一。

　　但是有个现象值得我们探讨：在仅有的这些唐代边塞词中，为什么风

---

① 龙榆生《唐宋名家词选》。

格相对说来都比较雄浑或悲慨呢？即使是像温庭筠、皇甫松、牛峤、毛文锡、孙光宪这些列名于《花间集》的作家，所写边塞题材作品的风格，也跟他们总的词风决然不同，这不明摆着一个题材对风格作用的问题么？固然，我们反对用"题材决定论"禁锢作家的自由创作，但适当地提倡一些重大题材如爱国军事题材和反对一些消极题材如武侠、性爱题材等，又有什么可以非议的呢？

鉴古知今，从唐代边塞词和边塞诗的消长中，我们确能获得不少教益。

论宋代闽北文学在中国文学史上的地位

　　闽北为福建开发最早的地区之一。新近发掘的古汉城遗址（在武夷山市城村附近），便以众多的珍贵文物，使人形象鲜明地想见汉代闽北文明。晋东渡后，中原文化逐渐南移。著名南朝文人江淹（444—505）曾在此任吴兴（今浦城）令，写下了包括《别赋》在内的许多脍炙人口的诗文名作。有唐一代，闽北即拥有剑浦（今南平）陈陶这样著名的诗人。他的《陇西行》"可怜无定河边骨，犹是春闺梦里人"，至今传诵，成为人们反对不义战争时经常引用的诗篇。到了宋代，闽北文风益见昌盛。《嘉靖建宁府志·卷四》说：

　　　　建州至宋而诸儒继出，蔚为文献名邦……家有诗书，户藏法
　　律，其民之秀者狎于文。

　　正是在这样一个有着良好教育和文化熏陶的环境里，两宋时期的闽北涌现了一大批杰出的文人、诗人、词人和文学理论家，其最著名者有杨亿、柳永、章粢（jié）、刘子翚、朱熹、严羽等人。他们或以诗词、或以文章、或诗文并著，或兼擅理论，在中国文学史上闪熠着永不磨灭的光辉。

　　浦城人杨亿（974—1020）为北宋初年文坛盟主。宋真宗赵恒称他"文理精当，世罕偕者"①。他编了《西昆酬唱集》，且被视为西昆派领袖。近年来，文学史家多把西昆派斥为宋代文学发展过程中的逆流，说他们缺乏真正的生活感受，写出来的诗大都内容单薄，感情虚假。我不同意这种过于绝对化的说法。我以为：在反对宋代初年竞学晚唐而流于浅薄的诗风中，杨亿等人是卓有贡献的。清人祖之望跋浦城丛书本《西昆酬唱集》云：

---

　　① 《续资治通鉴长编》。

> 窃谓古今掊击西昆之论，层见叠出，要皆便于空疏不学之
> 人；不知其精工律切之处，实可自名一家。世人耳食者多，相与
> 束之高阁，深可慨叹。梁芷邻（章矩）仪部撰吾邑诗话，谓"昆
> 体特文公（杨亿谥号）之一格，《武夷新集》具在，未尝，尽如
> 西昆"云云，可谓善学古人者矣。

这一说法是很有见地的。西昆派诗人过分地模仿李商隐，以致雕饰太
甚，失之浮靡，确有他们的不足之处，但他们在反对"空疏不学"方面是
产生过积极作用的。明人张綖说得好：

> 杨（亿）、刘（筠）诸公倡和《西昆集》，盖学义山而过者。
> 六一翁恐其流靡不返，故以优游坦夷之辞矫而变之，其功不可
> 少，然亦未尝不有取于昆体也。
>
> ——《明嘉靖玩珠堂刊西昆酬唱集序》

张綖指出欧阳修倡导诗文改革时，除了扬弃西昆体的"流靡不返"外，
"亦未尝不有取于昆体"，这是符合批判继承的辩证法原则的。

欧阳修倡导诗文改革时有取于西昆体的哪些方面呢？我试举其两点：
（1）面对现实，借古讽今。如杨亿《汉武》《明皇》《南朝》等诗篇中反对
古代帝王求仙祀神和大兴土木等类做法，都是针对宋真宗的。（2）反对叫
嚣，提倡博雅、精当。纪昀《四库全书总目提要》评《西昆酬唱集》云：
"要其取材博赡，练词精整，非学有根柢，亦不能镕铸变化，自名一家。"
并引刘克庄的《后村诗话》说："其诗之精工稳切者，自不可废。"由此可
知，把西昆体笼统地斥为文学逆流的说法显然是错误的。

即使在《西昆酬唱集》中，杨亿的诗也并非都是一味追求雕饰、典丽
的。如《因人话建溪旧居》：

> 听话吾庐忆翠微，石层悬瀑溅岩扉。
> 风和林籁披襟久，月射溪光击汰归。
> 露畹荒凉迷草带，雨墙阴湿长苔衣。
> 终年已结南枝恋，更羡高鸿避弋飞。

诗中除"南枝恋"显系用《古诗十九首》"胡马依北风，越鸟巢南枝"
之典外，通篇语言均晓畅易读，毫无堆垛故实之弊。诗人怀念乡里之旧
居，寓有畏时避祸之意，能说他"内容单薄，感情虚假"么？诗写得动静
相应、声色交互、幽凄对照，真不愧称为精工稳切之作。诗人的心志殆与

陶潜作《归去来兮辞》时相近似。怪不得欧阳修论杨亿云"盖其雄文博学，笔力有余，故无施而不可"①，足见其倾想之深。

崇安（今武夷山市）五夫里人柳永（约987—约1053）是中国慢词的开拓者，也是北宋初期最重要的词人。他博学多才，精晓音律，由于政治上抑郁不得志，遂用主要精力从事词的创作。他大大地扩展了词的题材范围，发展了词的艺术形式，丰富了词的表现手法和文学语言。他的词既是所经历、所理解的社会生活的反映，也是他不假掩饰的真实感情的流露。

在柳永的词中，反映妇女生活、愿望和男女间恋情的占了大半。特别是描写妓女初堕风尘时的神态和心情，这类题材在柳永之前尚不多见，更很少人写得像他那样细致和大胆。由于柳永在落第期间跟妓女共同生活过，跟她们产生过某些较诚挚的感情，对她们的愿望有所了解，对她们的不幸有所同情，因此能较真切地在词中表述她们期望跳出火坑和争取人身自由的要求。

柳词以擅长言情著称。千古传诵的《雨霖铃》堪称这方面的代表作。它真挚地写出了词人跟所爱恋的女子离别时难分难舍的心情。如"今宵酒醒何处？杨柳岸、晓风残月"两句，便把一幅别后的凄凉景象勾勒得比眼前的实景还要鲜明，而且兼写出词人复杂的心理感受。因此周济说它"铺叙委婉，言近意远"，是很有道理的。

柳永词多方面描绘了开封（汴京）、杭州（钱塘）、苏州、长安、成都等大城市的繁华景象和江淮、湖湘、川、陕一带的旅途风光。这在柳永之前的词作中是不曾见过的。如《望海潮》把杭州当时的繁华和祖国山川的壮丽写得跃然纸上，至今仍不失为宣传旅游的艺术珍品。

柳永创作了大量咏物慢词。他写物工致，寄慨深沉，纯用白描，不假故实，较之两宋其他名家（如周邦彦、姜夔、史达祖、王沂孙、张炎等）要自然清新得多。

柳永在词中反映了较为多样的社会生活。他创制了大量慢词，使慢词得以迅速发展，从而取得了与小令双峰并峙的地位。他为了适应北宋初年都市繁荣和市民娱乐的需要，为了符合日益繁复的音律要求，遂与乐工、歌伎一同商讨，使慢词艺术更臻完备，使慢词词调更加丰富。这样，就为后代词人填制慢词拓宽了道路。

---

① 《六一诗话》。

柳永在词的表现手法上也多有创新。宋代李之仪说他"铺叙展衍，备足无余"①；清人刘熙载说他"善于叙事，有过前人"②；冯煦说他的词"曲处能直，密处能疏，奡处能平，状难状之景，达难达之情，而出之以自然"③。后世词人如秦观、周邦彦等，都从这些方面受到教益。

柳词中的景物大都染有词人浓厚的主观感情色彩。因此它写景是虚，写情是实。苏轼说："世言柳耆卿曲俗，非也。如《八声甘州》云：'霜风凄紧，关河冷落，残照当楼。'此语于诗句不减唐人高处。"④ 因为景中含情，乃是唐诗中常用的手法。柳永擅于把写景、叙事和抒情紧密结合起来，以取得言简意赅和情深语曲的效果。

柳永善于点染。刘熙载《艺概》说：

> 词有点有染。柳耆卿《雨霖铃》云："多情自古伤离别。更那堪、冷落清秋节！今宵酒醒何处？杨柳岸、晓风残月。"上二句点出离别冷落，"今宵"二句乃就上二句意染之。

"点"即点题；"染"即渲染。毛泽东1923年作的《贺新郎》词，就明显地继承了柳词的这种点染手法。

柳词语言明白易懂，不避俚俗，这正是它可贵之处。夏敬观说："耆卿词，当分雅、俚二类……俚词袭五代淫波之风气，开金元曲子之先声，比于里巷歌谣，亦复自成一格。"⑤ 这话不仅指明了柳词语言的特色，而且探寻出了它的渊源和影响。

正由于柳词在内容和形式方面都有特色，因此当时即"传播四方"，轰动朝野。叶梦得《避暑录话》引西夏一归朝官的话说："凡有井水饮处，即能歌柳词。"《高丽志·乐志》中也载有柳词。足见它流播之广。

柳永对后世词人的影响很大。不仅沈唐、王观，晁端礼、曹组、万俟咏等人直接仿作柳词，即使像黄庭坚、秦观、周邦彦、辛弃疾、姜夔、吴文英、周密、张炎等两宋名家，也无不从柳词中汲取营养。苏轼、李清照曾指摘柳词，却也无法抗拒柳词的影响。刘熙载在《艺概》中就曾指出苏

---

① 《姑溪词跋》。
② 《艺概》。
③ 《蒿庵论词》。
④ 赵令畤《侯鲭录·卷七》。
⑤ 龙榆生《唐宋名家词选》引。

轼"一似欲为耆卿之词而不能者"。

柳词对金元戏曲和后世小说也有明显的影响。董解元《西厢记诸宫调》里的《长亭送别》就不仅借鉴了柳永《雨霖铃》词的艺术构思，甚至也脱化了柳词中的许多隽句（如"有千种恩情何处说"即脱自柳词"便纵有千种风情，更与何人说？"）。关汉卿写了《钱大尹智宠谢天香》杂剧，冯梦龙《古今小说》中有《众名姬春风吊柳七》话本，此外，《清平山堂话本》有《柳耆卿诗酒玩江楼记》，元戴善甫有杂剧《柳耆卿诗酒玩江楼》，金院本有《变柳七》等，写的都是柳永的故事。足见柳词影响力之深广。

总而言之，柳永的创作（特别是他的词）在中国文学史上有着无可争辩的杰出地位。他的出现，正标志着闽北文学的完全成熟。

以"曲尽杨花妙处"（魏庆之语）而名世的章粢，字质夫，浦城人。宋英宗治平四年（1067）进士，官至同知枢密院事。宋徽宗崇宁元年（1102）卒。他以一曲咏杨花的《水龙吟》词而著称词史。苏轼次他的韵和唱了"似花还似非花"一首。虽然，词学界认为苏轼和词高于章粢原词的占绝大多数，对此，我也不持异议，因为艺术上层峦迥出、一峰更比一峰高的现象是令人鼓舞的。但是，也有人极口称赞章粢此词，如黄昇说此词"形容尽矣"[1]，魏庆之甚至说苏轼和词"恐未能及"[2]。这些都说明原词与和词是各有千秋的。不然，若只剩和词而无原词作比衬，则苏轼和词中的壮思逸采也难以如此鲜明地显现出来。

与柳永同为崇安五夫里人的刘子翚（1101—1147），是朱熹的老师。学者称他为屏山先生。他不仅以理学名世，在诗文方面也有很高的造诣。特别是他那些愤慨国事的作品，风格爽朗、豪健，不减唐人。如《汴京纪事》二十首，清人翁方纲就称赞它"精妙非常"，说它"有关一代事迹，非仅嘲评花月之作也。宋人七绝，自以此种为精诣"[3]。又如七律《北风》：

> 雁起平沙晚角哀，北风回首恨难裁。
>
> 淮山已隔胡尘断，汴水犹穿故苑来。
>
> 紫色蛙声真倔强，翠华龙衮暂徘徊。

---

① 《唐宋诸贤绝妙词选·卷五》。

② 《诗人玉屑·卷二十一》。

③ 《石洲诗话·卷四》。

庙堂此日无遗策，可是忧时独草莱。

纪昀评曰："末二句沉郁之至，感慨至深，其音哀厉，而措语浑厚。风人之旨如斯。"① 当北宋破亡和南宋初立之际，刘子翚这种刚劲的诗风确实起到了救亡图存的作用，对当时流靡不返的诗歌形式主义倾向不失为一种有力的纠正。曾受业于他门下的朱熹，在文学方面即受到了他的影响。

在12世纪下半叶的中国文学史上，哲学家朱熹（1130—1200）的文学思想及其创作是应该大书特书一笔的。这不仅是由于他的思想给予了后世中国文学的发展以深远影响，也是因为他创作了不少堪称艺术珍品的诗和散文。他在文学方面的成就虽然不足与同时代的陆游和辛弃疾分庭抗礼，但较之于范成大、杨万里和陈亮诸人却是各有千秋的。可惜的是，朱熹在哲学方面的声誉太高，致使他在文学方面的声誉反被淹没。因此历来对朱熹的文学成就缺少应有的重视和研究，这是很不应该的。

朱熹存世的诗词达1200多首。早年所作，颇似陶渊明、韦应物及柳宗元诗的风格，很有点"萧散冲淡"的情趣。在回闽北乡间专心治学期间，他写了不少好诗。如长期广被传诵的《春日》《观书有感二首》都深含理趣，称得上是宋代理学家的头等好诗。他喜爱游览山水，写了许多咏山水的名篇。陈衍称他"盖道学中最活泼者"②，他充分发挥唐诗和宋诗的各自优势，真正做到融唐入宋而又自成一家了。

朱熹在《南岳游山后记》里说："诗之作，本非有不善也。而吾人之所以深恶而痛绝之者，惧其流而生患耳。初亦岂有咎于诗哉？"这话道出了朱熹的本意，表明他并不真正赞同程颐"作文害道"之说。相反，他在所作中多次表达了对诗的爱好。如《次秀野韵五首·其三》云："急呼我辈穿花去，未觉诗情与道妨。"《抄〈二南〉寄平父因题此诗》："从容咏叹无今古，此乐从兹乐未央。"足见他不仅不反对作诗，而且认为诗和大自然同样美好，非诗无以尽其趣。虽然朱熹早年确曾说过："记诵词藻，非所以探渊源而出治道。"③ "故诗有工拙之论，而葩藻之词胜，言志之功隐矣。"④ 这只不过表明朱熹反对一味追求形式而强调诗以言志的功用罢了。

---

① 纪昀批点《瀛奎律髓·卷三十二》。

② 《宋诗精华录·卷三》。

③ 《壬午应诏封事》。

④ 《答杨宋卿》。

在诗歌的审美方法上，朱熹主张"要从苦淡识清妍"。他提倡师法自然："自然触目成佳句，云锦无劳更剪裁。"① "不是胸中饱丘壑，谁能笔下吐云烟？"② 他强调诗要自然、朴素和劲健，反对诗格卑靡，这些都给后世以良好影响。

朱熹的词，现仅存十九首，风格颇近苏、辛。如《水调歌头·次袁机仲韵》，通篇只用浅边语言写景抒情，而词人之襟抱宛然若见。

朱熹的脍炙人口之作多为四言绝句，其古体亦颇可见。胡应麟认为朱熹的古体诗"在南宋为第一"③。

朱熹写了不少散文。他喜欢曾巩的文章，爱其"清明、峻洁之中自有雍容俯仰之态"④。但他也有语涉讥刺之作，如《记孙觌事》，才寥寥二百余字，便活画出卖国贼孙觌的丑恶面目，称得上是一篇绝妙的讽刺小品文。他继承并发扬了中国古代散文的优秀传统，给后代文人以多方面的教益。

邵武人严羽（约1190—1255）是中国文学史上杰出的文学理论家。他的《沧浪诗话》在宋代诗话中为最有理论价值的著作。钱锺书先生说：严羽"是位理论家，极力反对苏轼、黄庭坚以来的诗体和当时流行的江湖派，严格地把盛唐诗和晚唐诗区分，用'禅道'来说诗，排斥'以文字为诗，以才学为诗，以议论为诗'，开了所谓'神韵派'，那就是以'不说出来为方法，想达到'说不出来'的境界。他的《沧浪诗话》在明、清两代起了极大的影响，被推为宋代最好的诗话，像诗集一样的有人笺注，甚至讲戏曲和八股文的人，也宣扬或应用他书里的理论"⑤。

《沧浪诗话》计分五卷。最精彩的部分是第一卷《诗辨》和第三卷《诗法》。其他各卷也间有可取。其《诗辨·五》写道：

> 夫诗有别材，非关书也；诗有别趣，非关理也。然非多读书，多穷理，则不能极其至。所谓不涉理路、不落言筌者，上也。诗者，吟咏情性也。盛唐诸人惟在兴趣，羚羊挂角，无迹可求。故其妙处透彻玲珑，不可凑泊，如空中之音，相中之色，水

① 《新喻西境》。
② 《奉题李彦中所藏俞侯墨戏》。
③ 《诗薮·杂编卷五》。
④ 《答巩仲至》。
⑤ 《宋诗选注》。

中之月，镜中之象，言有尽而意无穷。

所谓"材"，指题材，非指天才；"趣"，指旨趣，非指风趣。严羽强调诗不能单从书本中去学习，不能用说理去替代言情；但不是说不用读书或不要明理。他主张诗要用形象思维，要意境莹澈，反对纯议论化和概念化。所谓"兴趣"，包括"兴"与"趣"两个方面。"兴"有感兴和兴起的意思，指物之感人；"趣"有旨趣和趣向的意思，指人之咏物。可见严羽的"兴趣说"跟其后王士禛的"神韵说"和王国维的"意境说"是一回事，只是标名不同罢了。

严羽说诗，往往引禅为喻。在他之前，苏轼等人已喜用禅语喻诗。到了南宋，引禅喻诗更成为风气。严羽的《沧浪诗话》即受这股风气的影响，反过来又助长了这股风气。他强调"妙悟"。所谓"妙悟"，实即形象思维。在这方面，他有许多独特的见解，道前人之所未道，发前人之所未发。因此，他以卓越的理论建树，在中国文学史上占有一席之地。他自己也能诗，有《沧浪吟卷》。他对中国诗歌创作和诗歌理论的巨大影响，一直延续至今。

以上所述，只是宋代闽北文学杰出代表者的概况。而两宋期间闽北有成就的诗人、词人和理论家还很多，无法一一备举。如杨时的叔祖父杨徽之，苏轼的和尚朋友惠崇，著名的文人李纲，著《诗人玉屑》的魏庆之，咏《游园不值》（"满园春色关不住，一枝红杏出墙来"）的叶绍翁等，都是中国文学史上不可多得的人才。其时，还有不少著名的文学家如陆游、辛弃疾、张元幹、谢枋得、谢翱等人先后流寓闽北，写下了许多光辉篇章。这些便组成了一幅幅绚丽多姿和光芒四射的宋代闽北文学图。

宋代以后，闽北文学历久不衰。元代浦城人杨载号称"元诗四大家"之一，他的理论著作《诗法家数》久负盛名。光泽人黄镇成，所作诗"超然尘埌之外"[①] 曾为清代大诗人王士禛所称赞。明代建阳人熊大木和建瓯人余象斗，都是著名的通俗小说的编著者和刊行者，对中国小说的发展起了巨大的促进作用。

鉴古可以知今。具有优秀文化传统的闽北人民，必将以更大、更新和更辉煌的创造，为有中国特色的社会主义（为保留本文1993年发表时的原貌，故未将"有中国特色的社会主义"改为"中国特色社会主义"——编辑注）建设做出重要的贡献。

---

① 《四库全书总目·卷一六七》。

作为上层建筑的文学之特殊性

一

文学是不是上层建筑？这个问题的回答应该是肯定的。这不仅由于马克思列宁主义的经典作家们对此已做过明确的阐述，而且它已被一部文学的发展史所证明。也就是说，它是一个已经过实践检验被充分证明了的马克思列宁主义原理。这方面已有不少同志发表过意见，马克思列宁主义经典作家们的一些有关论述，也纷纷被引用过。本文不打算重述这一问题，只打算就作为上层建筑的文学之特殊性问题，谈一点自己的看法。但在触及这一问题之前，有必要先谈一谈上层建筑与意识形态两者的关系问题。

朱光潜先生提出："我坚决反对在上层建筑和意识形态之间画等号，或以意识形态代替上层建筑。"[①] 这个说法我是赞成的。但我之所以赞成这一说法，因为有些意识形态的确是不属于上层建筑之列的。如自然科学、语言等；至于上层建筑中的政治、法律等设施不属于意识形态的范畴，那就更为明显了。可见，上层建筑和意识形态是两个不同的范畴，它们两者之间有共同的部分，那就是指既是上层建筑又是意识形态的"政治、法律、哲学、宗教、文学、艺术等"[②] 观念。因此，把这些意识形态排斥于上层建筑之外，我认为是错误的。

但是，在作为上层建筑的各种意识形态之中，有些是人类在其一切社会发展阶段中都有的，如哲学、文学、艺术等观念；有些，则仅存在于一定的阶段，如政治、法律、宗教等观念，到共产主义社会完全实现时，便

---

① 朱光潜：《西方美学史（上卷）》，商务印书馆，2011年，第17页。
② 恩格斯：《给斯他尔根堡》，见《马克思恩格斯关于历史唯物论的信》。

将消失。

除了这些以外，每一种意识形态又各自有它专门的特点。这些专门的特点，是由于客观事物本身的丰富性和多样性，以及人类意识本身在反映客观事物和反过来影响客观事物时有着各种不同的形式和方法而产生的。

社会意识形态的专门特点，对于一门科学来说是最重要的。正如斯大林所指出的，"社会现象，……还有着自己专门的特点，这些专门的特点使社会现象互相区别，而且这些专门特点对于科学最为重要"（《马克思主义与语言学问题》）。正因为社会现象有着自己的专门特点，它才成为各门独立科学的研究对象。

文学是反映社会生活的意识形态之一。它是人类精神活动的产物，也是一种被经济基础所决定又反过来给予基础以积极影响的上层建筑。但我以为，文学在上层建筑中有它的特殊性，而且包含了某些非上层建筑性质的成分。现分述如下：

（1）文学跟自然科学、语言不同。它和生产及人的生产行为没有直接联系，生产的变化不直接反映在文学的质的变化中，而是通过基础的变化间接地和曲折地引起文学的质的变化。因此，它反映生产力水平的改变不是直接和立刻发生的，而是在基础改变以后，通过基础中的各种改变来反映的。正如社会主义的文学首先出现在"十月社会主义革命"前后的俄国，而不是出现在生产力水平更先进的美国，就是这个缘故。列宁之所以劝告高尔基把《阿尔达莫诺夫家事》的写作推迟到十月革命后才进行，也是考虑到当时资本主义的经济基础尚未被摧毁，因此无法准确地描绘出资产阶级的没落和灭亡来。文学适应基础的变化而变化，于此可见。

（2）文学虽是上层建筑的一种，但它不同于政治、法律等观念和制度。如果说，作为上层建筑的宗教、哲学等意识形态曾被恩格斯称为"更高地浮在空中的思想领域"[①]，那么文学则更是如此。政治、法律等观念往往只反映所处社会的思想和要求；而文学，特别是伟大的文学作品，则必须真实地反映全社会，因此往往触及各种人的生活和思想。正如列宁论列夫·托尔斯泰时所指出的："如果我们看到的是一位真正伟大的艺术家，

---

① 《恩格斯致康施米特》，见《马克思恩格斯选集》第4卷，人民出版社，1972年，第474页。

那么他就一定会在自己的作品中至少反映出革命的某些本质的方面。"① 因为文学的专门特点在于形象地表现现实生活，它必须描绘整个社会的情况，对各种人的生活和思想做具体而又综合的反映。同时，为了它的艺术说服力，它必须真实地再现现实。这样，就使它具有和其他意识形态不同的性质了。

政治、法律等观念及其设施都随着基础的产生而产生，随着基础的变化而变化，随着基础的消失而消失。任何一个新社会的诞生，必须粉碎旧社会的政治、法律设施，扬弃旧社会的政治、法律观念。而在文学史上却往往有这样的情况：某些伟大的文学作品经历了好几个社会阶段而仍旧保存了下来，且被各个阶层的人们所爱读。这是为什么呢？我以为有下列几种原因：

第一，文学是反映现实生活的，它能帮助人们更深刻地认识生活。因此，一部伟大的文学作品，虽然它所反映的时代已经过去了，但它仍然可以帮助后代人们对它所反映的时代有所认识。如《诗经·豳风·七月》反映了周代奴隶的劳动和生活情况，对我们具有历史的认识意义。

第二，一部伟大的文学作品，往往反映了当时人们对未来的理想的追求。虽然，它所追求的理想可能已成为过去，但它追求未来理想并为之斗争的那种精神，却仍旧可以鼓舞我们前进。如屈原那种上下求索的精神，至今对我们仍有教育作用。

第三，一部伟大的文学作品，往往含有极其复杂而丰富的内容。因此，在不同时代的人们看来，各有不同的解释。譬如同是一部屈原的作品，以往的封建文人读它，取其忠君的思想（如王逸说："今若屈原，膺忠贞之质，体清洁之性，……"②）；而我们现在读它，则取其爱人民、爱祖国及追求未来理想的伟大精神。

第四，一部伟大的文学作品，大都具有优美的形式。在文学的形式中，某些部分（如结构、韵律等）是没有阶级性的。因此，伟大文学作品的优美形式，往往为后代人们所继承，作为后代作家从事创作的借鉴。

（3）文学作为上层建筑，又具有非上层建筑性质的成分。文学是一种

① 列宁：《论文学与艺术》第 1 册，人民文学出版社，1962 年，第 281 页。
② 《楚辞章句·序》。

语言艺术，它跟语言有密不可分的联系。一切民族的标准语言都是文学语言。语言是文学不可或缺的要素之一。既然语言不属于上层建筑的范畴，则文学必然也包含着某些非上层建筑的成分。像汉代某些为封建统治阶级"劝百讽一"的辞赋，就其思想内容来说，至今已觉陈腐不堪；但它使用了大量词汇和发展了以铺叙为主的"赋"的手法，因此至今仍被保存，作为研究古代语词和文体变化的珍贵材料。这种非上层建筑性质的成分，更添加了文学的永久性价值。

（4）随着基础的更换，并不是一切传统的文学、艺术成果都要消失。在旧基础上形成的某些文学、艺术作品跟新时代之间，并没有一条不可逾越的鸿沟。这是因为在文学、艺术作品所反映的社会生活中，我们可以遇到许多现象，它们并不随着产生它们的那个时代的消逝而消逝；相反，它们继续在其他的历史条件下存在。如人和自然的关系，男女之间的爱情，或者像勇敢、毅力、谦逊和崇高等性格，这些在任何时代都被人们根据一定的观点加以承认。例如：我国古代寓言《愚公移山》中的愚公形象，它所体现的人们对克服困难的毅力，在任何一个时代，都是被人们根据一定的观点加以承认的。

此外，在作家、艺术家根据一定的历史特点塑造的人物形象或典型性格中，往往能揭示出为其他历史时期的人所共有的东西。作家、艺术家对这种历史特点反映得越深刻、越鲜明，那么他所描写的性格就越会远远地超出性格所产生的时代。因为在社会生活中，一般的东西总是通过一定的历史特点呈现出来，在一定的历史特点中也包含着为其他历史时期的人所共有的东西。正如车尔尼雪夫斯基所指出的：在鲜明的、有趣的、独创的人身上，有力的是"表现在他的性格的坚强特点上的全人类共有的品质；因此这样的个性就有普遍的意义，成为一般人的代表"[1]。

我们知道，在每个典型的艺术形象中，都体现着某种相对真理。这种相对真理构成艺术形象的客观内容。体现在伟大的文学、艺术作品中的形象的客观内容，也往往作为历史的遗产而为以后的文学、艺术所承受，并继续保持它的永恒的魅力。尽管作家某些过时的、错误的观点对我们会失去意义，但是作家所塑造的某种程度上使我们感兴趣的性格，仍然会保持

---

[1]　依·萨·毕达可夫《文艺学引论》。

其认识和教育的作用。例如：北朝民歌《木兰诗》中的女主人公形象，其英雄气概和天真、活泼的儿女情状，就至今仍深深地感动着我们。尽管木兰的性格被民歌作者高度浪漫主义化了，但从中仍可窥知当时社会的现实情况（如战争、兵役制度等）和察觉当时人民的普遍愿望。这些都构成文学、艺术的历史继承性（也称历史持续性）的丰富内容。

朱光潜先生说得对："各个领域的意识形态都有自己的历史持续性和相对独立的历史发展。"① 但文学、艺术的历史持续性的内容，要远比上层建筑中的其他意识形态丰富。不注意到这一点，便不能很好地理解文学、艺术的特殊功用。

二

把文学作为上层建筑的性质和特点弄明白之后，文学应否为政治服务，应否从属于政治等问题，便可迎刃而解了。

我以为，政治作为"经济的集中表现"，是任何人也回避不了的。一个作家想脱离政治、脱离现实，就正像鲁迅所说：恰如一个人"用自己的手拔着头发，要离开地球一样"②，是无论如何也离开不了的。任何阶级都希望并要求文学、艺术为它的政治利益服务；任何作家也不管他自觉或不自觉，实际上也都在为一定阶级的政治利益服务。因此，文艺为政治服务的命题是正确的。至于对政治的理解不应过于狭隘，不应把文艺作品变成某些政策条文的图解，那是正确的。今天，实现四个现代化就是我们最大的政治。一切有利于"四化"的文学、艺术作品，包括那些有益无害的山水诗、花鸟画等，毫无疑问，都应被看作为当前政治服务的作品。当然，山水、花鸟一类题材不应取代，也无法取代重大的政治题材。如果文学、艺术作品中"连篇累牍，不出月露之形；积案盈箱，唯是风云之状"③，那就连封建时代有远见的政治家和文学家都懂得反对，难道我们还去重蹈这一覆辙么？

---

① 朱光潜：《西方美学史（上卷）》，商务印书馆，2011年，第18页。
② 《南腔北调集·论"第三种人"》，见《鲁迅全集》第4卷，人民文学出版社，1958年，第336页。
③ 李谔《上隋高帝革文华书》。

　　至于"文艺从属于政治"的提法，我以为是不够准确的。因为文学、艺术跟政治都是建立在一定的经济基础之上的上层建筑，它们之间是平行的关系，而不是主、从的关系。在上层建筑中，政治跟基础的联系比文学、艺术跟基础的联系更紧密，政治对文学、艺术的影响也远较其他意识形态如哲学、宗教对文学、艺术的影响强大，这些都是不容否认的事实。但文学、艺术作为上层建筑的意识形态，毕竟有它相对独立的地位，它归根结底是会适应基础的需要而发展变化的。在上层建筑中，除了政治对文学、艺术的强大影响外，也还存在其他方面如哲学、宗教的明显影响。文学、艺术所反映的社会生活，也不仅限于政治方面。更何况"文艺从属于政治"的口号极容易造成误解，正如罗荪同志所指出的："其结果则是把文艺的社会功能、文艺的认识和审美作用，或加以简单化，或一笔勾销，文艺变成了政治的附庸，变成了政治的传声筒，变成了政治概念的图解，一切生动活泼的艺术消失了。"①

　　我们说，文艺应该为政治服务，事实上，政治为了使文艺能更好地为自己服务，也在为文艺服务。从古至今，一切有远见的政治家大都懂得这一点。如唐代以诗赋取士，实际上就是用政治力量来扶植文学，这对造成唐诗的繁荣局面，不能不说是一个重要因素。我们党制定的"百花齐放，百家争鸣"的政策，党对文学家、艺术家的关怀和鼓励，党和政府为发展文学、艺术事业所做的种种努力，又何尝不可以看作用无产阶级的政治为繁荣无产阶级的文学、艺术所做的服务呢？我们这样说，丝毫没有贬低政治作用的意思。那么，为什么一提"文艺为政治服务"，有些同志就忧心忡忡，觉得把文艺看成比政治低了一等呢？

　　文学是不是工具问题，已有不少同志发表过种种看法了。我赞成不把这句话看作文学的定义，因为它不可能完整地概括一切文学现象。也就是说，把它当作文学的定义是不科学的。至于在阶级社会中，文学往往成为阶级斗争的工具，那无论作家承认与否，它都是客观事实。

　　我想着重就"政治标准第一、艺术标准第二"的提法，谈一点个人意见。自古以来对哪个放在第一位、哪个放在第二位的问题就无争论。据我所知，在中国古代文论中，就多次出现过"质胜"和"文胜"或"重道"

---

① 见《文学评论》1980 年第 1 期第 3 页。

和"重文"的争论。两千多年来的中国文学史证明：任何偏执于一隅的理论都不曾给文学事业带来良好的后果。主张"文胜"或"重文"的如梁代萧纲、萧绎兄弟，他们的理论助长了形式主义和唯美主义文学的恶性泛滥，"宫体诗"的大量产生即其明证。相反，主张"质胜"或"重道"的如宋代理学家邵雍、周敦颐、程颢、程颐、真德秀等人，完全视文学为"载道""贯道"的工具，其结果怎样呢？我们只需翻一翻邵雍的《击壤集》，就可以尝到其中滋味了。那真是枯涩无味到了令人厌憎的地步。两千多年来争论的结果，看来还是孔子所说"质胜文则野，文胜质则史（指浮华）。文质彬彬，然后君子"① 的话，更接近真理一些（当然，"君子"一词表明了孔丘的阶级偏见）。这就是在中国古代文论中占主流地位的"文道合一"说。我以为，无论从事文艺创作或文艺批评，用"第一，第二"的提法都难免产生消极效果，最好还是用毛泽东同志所说的"我们的要求则是政治和艺术的统一，内容和形式的统一，革命的政治内容和尽可能完美的艺术形式的统一"② 作标准，会更切合实际一些。文学的内容和形式是不可分割的。没有艺术性的作品首先就不是艺术品；没有健康思想内容的作品，也理应受到我们的排斥。我们不宜像某年高考作文评分标准那样规定个百分比（比如说，政治标准占60％；艺术标准占40％）来要求作家和艺术家。因为这样做的结果，势必造成政治和艺术的分离，内容和形式的分离。"四人帮"统治文坛期间出现的《虹南作战史》一类作品，不正是被以"政治加艺术"的方式弄成非驴非马、荒谬绝伦的东西而成为历史的笑柄了么？这种教训，值得我们引为殷鉴！

---

① 《论语·雍也》。
② 《在延安文艺座谈会上的讲话》。

形象思维的光辉典范

——读毛泽东诗词札记

"诗要用形象思维",这是毛泽东总结出的一条诗歌和文艺创作的基本规律。我们只需大致考察一下古今中外著名诗歌和文艺创作的经验,探索一下其成功的奥秘,便不难领会这一基本规律的无比正确性。

问题的关键是:什么是形象思维?要怎样用形象思维方法去进行诗歌和文艺创作?从前些年已讨论过的情况看来,有必要就这方面做更深一步的研究和探索。

毛泽东诗词是马克思列宁主义和毛泽东思想的形象体现,是反映近半个多世纪来的中国革命的伟大史诗,也是震烁中外、无与伦比的艺术珍品。对毛泽东诗词不懈地进行认真研究和细心探索,显然将为我们用形象思维方法创作今诗提供一个良好的范本。

据我的领会,诗歌创作的形象思维方法至少包括下列两个方面:一、诗人的创作过程即形象思维的过程;二、诗歌应采用多种形象化的手法以创造生动感人的诗歌意境或艺术境界。本文打算就学习毛泽东诗词的几点粗浅体会,分别谈一谈这两个问题。

一 诗人形象思维的过程

曾有同志认为:毛泽东诗词是采用了"辩证的艺术表现形式",是诗人"把斗争的本质化为绚丽多彩的艺术形象"的结果。根据这种理解,仿佛毛泽东写作诗词是先有某种对斗争本质的抽象认识,然后才用绚丽多彩的艺术形象把它谱写出来;或者为了要表达某种深邃的思考,才采用辩证的艺术表现形式。这两种理解很可能都是受了"四人帮"宣扬的"主题先行论"的影响，它跟毛泽东一再强调的"诗要用形象思维"的理论是大相径庭的。

毛泽东早在《在延安文艺座谈会上的讲话》中指出："作为观念形态的文艺作品，都是一定的社会生活在人类头脑中的反映的产物。革命的文艺，则是人民生活在革命作家头脑中的反映的产物。"准此，毛泽东诗词也是无产阶级和广大人民的生活在他头脑中的反映的产物。正由于毛泽东亲自在实践中观察、体验、研究、分析了一切人、一切群众的生动的生活形式，有着丰富的创作原始材料，然后才通过形象思维过程并采用形象化的方法写成诗词作品；有些作品甚至是即景口占，"在马背上哼成的"。如写《采桑子·重阳》词就是这样。当时，毛泽东在开辟闽西革命根据地的尖锐复杂斗争中有着深切的感受，因此面对着"寥廓江天万里霜"等景物①，便采用"战地黄花""秋风劲"等艺术形象，大气磅礴地抒发了他的革命人生观。我们很难设想，如果离开了沸腾的战斗生活，离开了具体的景物感受，诗人能仅凭对斗争本质的抽象认识写出如此动人的诗篇来？钟嵘说："气之动物，物之感人，故摇荡性情，形诸舞咏。"（《诗品·序》）这话很有道理。它说明：首先是客观的"物"感动了作者，然后作者才通过形象思维把这种对"物"的感受表现为诗歌意境或艺术形象。我们认为，诗歌和文艺创作的特点之一就是只能从具体的生活感受出发，而不能从抽象的思维概念出发。诗人或艺术家即使处于对生活素材进行研究、分析等判断推理的过程中，也不应摒弃生活现象的具体感性特征和细节；换言之，在诗人或艺术家的思维过程中，作为艺术概括前提的具体事物的映象不但被深刻地保留，而且应选择那些明显表现出某种斗争本质而又具有感性特征的细节，把它们特别集中起来。只有这样，才能创造出既有深厚的思想内容而又生动感人的艺术作品。

从许多在毛泽东身边多年和熟知他写作过程的同志们的大量回忆中得知：毛泽东诗词中的绝大多数篇章都是根据亲自实践得来的材料写成的。

---

① 此词写作地点，曾有种种说法。上杭县革命纪念馆的工作人员根据多方面的调查材料推断，此词应作于上杭县城关临江楼。"寥廓江天万里霜"，即临江楼上所见实景。临江楼对岸为南冈，据说当年枫树很多，秋来枫叶变红，风光大好。

如《渔家傲·反第一次大"围剿"》，据郭化若的回忆[①]，不仅"雾满龙冈千嶂暗"写的就是当时的景色，连"齐声唤，前头捉了张辉瓒"也是当时沿途听到通信人员和后方人员高兴叫喊的写真。类似这样的例子，我们还可以举出很多。如吴吉清著《在毛主席身边的日子里》，就有着许多这类的记述。

但这绝不意味着诗人仅靠拾掇现实生活中的感性材料就可以写诗了。在无穷无尽的现实生活材料中，作者选取哪些，摒弃哪些，首先取决于他的世界观。只不过在创作过程中，作家的世界观往往已化为他们活生生的感受的一部分，体现为某种强烈的爱憎感。诗人从自己的爱憎出发，总是把自己的感情融入客观的景物中去，正如王国维所说："以我观物，故物皆着我之色彩。"（《人间词话》）因此，同样的景物在不同诗人的笔下可以见仁见智，判如水火，甚至在同一诗人不同时期的作品中也可以或喜或忧，区若霄壤。像同样一条长江和同是龟、蛇二山，在毛泽东不同时期的词篇中就表现为不同的形象。在《菩萨蛮·黄鹤楼》中的长江被涂上一层浓重的沉郁色彩；而在《水调歌头·游泳》中却给人以无限宽舒的感觉。在前首词中表现为妄图锁困长江的龟、蛇二山，到后首词中却变为驯服于人民意志之下的幽静景物。诗人就通过这类富有感情色彩的景物描写，创造出幽美的艺术意境，以直接作用于读者的感官，使他们产生如见其人、如闻其声、如历其境的种种感觉和印象，进而认识作品中所反映的生活和思想倾向。

当然，在创作过程中，诗人选择和集中的生活现象还必须经过一番"去粗取精、去伪存真、由此及彼、由表及里的改造制作工夫"，还必须依靠逻辑思维的帮助。如毛泽东写《忆秦娥·娄山关》，词中"长空雁叫霜晨月。霜晨月"在一手稿中原作"梧桐叶下黄花发。黄花发"。从这里我们可以清楚地揣测到：毛泽东在创作此词的过程中，先后进入思维中的景物除了长空、雁叫、霜晨、月之外，还有过梧桐叶、黄花，等等。但经过一番改造制作之后，他终于摒弃了后者而选择了前者。显然，这里有过一个推敲的过程，在这个过程中，诗人必然也借助于逻辑思维对以上景物进

---

① 郭化若：《红军从游击战到运动战的伟大战略转变——毛主席伟大革命实践回忆之一》，《历史研究》，1977 年第 5 期。

行过研究和分析，终于认为前者更符合主题的需要和更富有典型意义而舍弃了后者。但更重要的是，毛泽东在借助逻辑思维进行研究、分析的过程中，长空、雁叫、霜晨、月等景物的具体感性特征自始至终被保留在作为诗人的毛泽东的脑子里，而且由于集中、概括的结果，这些具体感性的特征越到后来变得越鲜明了。这其间绝不存在反形象思维论者所说的从"表象"到"概念"再到"表象"那样的过程。在诗歌创作过程中，诗人可以"寂然凝虑，思接千载；悄焉动容，视通万里。吟咏之间，吐纳珠玉之声；眉睫之前，卷舒风云之色"（《文心雕龙·神思》），却唯独不见一个赤裸裸的抽象思维过程。要不然，诗人舍弃了生活中的具体感性特征，通过抽象的思维过程把生活用概念规定下来，然后再根据这些概念硬套某一类形象，就势必破坏诗歌意境的创造，以至于无法写出真正的好诗，而只能写出像钟嵘在《诗品·序》中批评过的那种"理过其辞，淡乎寡味"的作品。

往往还有这样的情况：诗人在借助逻辑思维的过程中，一时用某种概念对丰富的生活现象做了较抽象的概括，但由于形象思维的结果，终于又用典型的生活场景取代了概念的叙述。如毛泽东的《七律·到韶山》，据周世钊和其他同志的回忆，在早几年传抄出来的这首诗的末句是"人物风流胜昔年"（一作"人物峥嵘胜昔年"）。毛泽东经过几回修改，才定为"遍地英雄下夕烟"。周世钊说："从这里，可以看出主席对写作的态度是十分严肃、认真的。我认为末句改得特别好。这样，才把新农村中劳动人民可爱的精神面貌表现得具体、生动和鲜明。我们读这篇诗末两句，仿佛就看到了韶山公社的一群群勤劳健壮的男女社员在暮色苍茫中从生产工地上收工回家，当他们走过稻田和豆垄的时候，对着眼前一望无际、随风起伏的禾苗和豆叶的绿浪，引吭高歌，喜笑颜开的样子。"[1] 其实，"遍地英雄"四字给予读者的联想，又何止限于韶山公社勤劳健壮的男女社员！祖国大地到处英雄辈出、峥嵘胜昔的景象，通过这一典型生活场面的描绘，不是更概括无遗了么！

据周立波在《韶山的节日》[2] 中的记述，毛泽东是 1956 年 6 月 25 日

---

[1] 周世钊：《对长沙市中学语文教师作的辅导报告》(1971 年 11 月 27 日)。

[2] 见《人民日报》，1978 年 3 月 23 日。

傍晚回到韶山的。周立波写道："为了中国人民的解放，整整的三十二年，他没有到过这里。如今回来了，多少青年时代的记忆涌到了他的脑际呵。历史的长河，在他泛舟的这一段出现了澎湃的翻天的巨浪。一直到黎明四点，红绒幔子遮住的他房间的玻璃窗子的缝里还透出微弱的灯光。他一夜没睡，吟成了一首七律。"这就是毛泽东当年写《七律·到韶山》的生动情景。应该说，周立波的描绘是符合诗人形象思维的实际情况的。"遍地英雄下夕烟"这一典型画面，应该说也早在毛泽东改稿之前，就已映入他的眼帘和浮现于他的脑际了。

诗人借助逻辑思维对生活现象进行研究、分析和比较，除有利于深化诗歌的主题外，对艺术形象的完美表达也是有益的。如毛泽东写《卜算子·咏梅》词，"已是悬崖百丈冰"原作"已是悬崖万丈冰"①。毛泽东把"万"改为"百"，说明不要把反面力量看得太大了，这样一改，就使艺术形象更加准确了。又如毛泽东写《七律二首·送瘟神》，"红雨随心翻作浪，青山着意化为桥"二句，据郭沫若1962年4月19日在北京全国文艺界诗歌座谈会上所述，"随心"原作"无心"，"着意"原作"有意"，毛泽东后来改了。郭沫若说："这一改，改得好极了，可见其锤炼字句的功夫。"② 事实上这何止是锤炼字句，更重要的是诗人把审美主体的感情更深地注入审美客体的形象了。像这类修改，诗人是需要借助逻辑思维进行研究、分析和比较的，但更重要的仍是遵循生活的规律和以有助于加强形象的准确性、鲜明性及生动性为前提。

诗人可不可以根据间接得来的材料写诗呢？当然可以。毛泽东诗词中有些篇章就是根据所闻而不是所见的材料写成的。如《西江月·井冈山》词，写的是黄洋界保卫战。虽然陈毅于1960年春解释此词的题记手迹中说"毛主席亲率一个营将敌击退"③，但多方面的史实材料说明，毛泽东当时往湘南迎还大队，并未亲自参加这次战斗。他于此次战斗后近一个月始返井冈山，根据井冈山军民的叙述才写成这首词。但词中所写的场景仍然是那么逼真。他正是用自己身经百战的丰富阅历作为血液注入了这首词。我

---

① 转引自成都日报社：《毛主席诗词注释、参考资料》（1968年）。

② 见《诗刊》1962年第3期。

③ 见文物出版社：《文物特刊》第24号（1977年1月31日）

们可以断言：如果是一位从未见过战阵的诗人，是绝对写不出这样气势宏伟而且宛似亲临战斗的场面的。

在《七律二首·送瘟神》的小序中，毛泽东谈了他写此诗的经过："读六月三十日《人民日报》，余江县消灭了血吸虫。浮想联翩，夜不能寐。微风拂煦，旭日临窗。遥望南天，欣然命笔。"所谓"浮想联翩"，实际上就是一个形象思维的过程。诗人把新、旧中国许多具体、生动的社会图景，通过卓越的形象思维加以典型化。正如他在《在延安文艺座谈会上的讲话》中所说："例如一方面是人们受饿、受冻、受压迫，一方面是人剥削人、人压迫人，这个事实到处存在着，人们也看得很平淡；文艺就把这种日常的现象集中起来，把其中的矛盾和斗争典型化，造成文学作品或艺术作品，就能使人民群众惊醒起来，感奋起来，推动人民群众走向团结和斗争，实行改造自己的环境。"这段话，不正好可以用来作为"千村薜荔人遗矢，万户萧疏鬼唱歌"① 两句诗的绝妙注脚吗？我们不妨设想：如果诗人不是用形象思维的方法写这两句，而是用抽象思维的方法把它写成"劳动人民多痛苦，剥削阶级好快活"一类纯概念式的语句，那怎能使读者惊醒和感奋呢？"千村薜荔人遗矢，万户萧疏鬼唱歌"，这既是具体、生动的社会图景，又是旧中国阶级剥削和阶级压迫的典型概括；既广泛地概括了千村万户的悲惨境遇，又形象地表明了穷富阶级的尖锐对立。这样的诗就"比普通的实际生活更高，更强烈，更有集中性，更典型，更理想，因此就更带普遍性"。

周世钊在谈到毛泽东的《七律·答友人》的写作情况时说："大概在某一段时间里，毛主席接到湖南一些友人的书信和诗词，这些书信和诗词反映了湖南人民在社会主义革命和社会主义建设中的某些辉煌的成就和某些突出的表现，感到衷心的喜悦，因而'浮想联翩'，想到湖南人民的现在，更想到湖南人民的将来；因而借题发挥，写成这首热情歌颂湖南人民美好的现在和祝愿湖南人民光明的前途的诗篇。"② 从诗里可以看出：毛泽东即使在祝愿湖南人民（应该说也祝愿全中国人民）的光明前途时，用的

---

① 鬼唱歌：指瘟神得意扬扬地唱歌。

② 周世钊：《伟大的革命号角，光辉的艺术典范——读毛主席诗词十首的体会》，《湖南文学》，1964 年 7 月号。

也仍然是形象思维方法，写出了"我欲因之梦寥廓，芙蓉国里尽朝晖"这样既富实感，又富气势，色彩绚丽，光辉灿烂的美好前景。

总之，无论诗人用直接得来还是间接得来的材料写诗，都必须通过创造性的想象，把脑子里原已储存的各式各样具体的生活映象尽可能调动起来。用高尔基的话说，就是要"从知识和印象的蕴积中抽出最显著和最有代表性的事实、景象、细节，并把它们包括在最确切、鲜明、家喻户晓的言词里"。①

诗人的想象，在诗人所积累的大量生活印象的基础上进行，是形象思维的最高形式。没有想象，就没有诗歌和文艺创作。一个缺乏生活知识和印象蕴积的诗人，是不可能借着想象的翅膀在诗国里自由翱翔的。但诗人的想象，不同于科学家的想象。科学家的想象，只是为求得某项最后逻辑结论而对某些事物所做的假设或猜想（如哥德巴赫猜想）；而诗人的想象，却可以"精骛八极，心游万仞"②，"流连万象之际，沉吟视听之区"③，它可以从一切感受中搜捕典型的生活映象，加以集中、概括，创造出各式各样的艺术形象和构制出各种各样的诗歌意境来。如毛泽东《蝶恋花·答李淑一》中杨、柳二烈士的形象，就是通过创造性想象获得最大成功的艺术范例之一。这首词虽然只有第一句是写实，但全词中，一切奇特、瑰丽的想象，无不以革命的现实生活为依据。烈士们虽然牺牲了，但在革命人民的心目中，他们的精神是永生的。吴刚、嫦娥虽是神话中人物，但原都是人民理想的化身，他们对烈士们的热情欢迎和隆重接待，正生动表达了亿万人民对先烈的无限敬爱。当忽然传来中国人民伟大胜利的消息时，烈士们激动得喜泪迸涌，更是完全合乎情理的了。毛泽东正是充分动用了他无比丰富的"知识和印象的蕴积"，才写出了如此深刻、如此光辉的艺术作品来的。

二　诗人的形象化手法

毛泽东说："诗要用形象思维，不能如散文那样直说，所以比、兴两

---

① 高尔基：《论文学》，人民文学出版社，1978年，第124页。
② 陆机《文赋》。
③ 刘勰《文心雕龙·物色》。

法是不能不用的。赋也可以用，……然其中亦有比、兴。"这段话，我以为是着重从形象化手法方面来谈的。

关于赋、比、兴，历来有各种解释。特别是兴的解释，分歧更大。毛泽东引了朱熹《诗集传》中的解释。因为从总的方面看来，朱熹的说法还是比较允当的。

毛泽东诗词中使用比、兴手法的范例是很多的，并很有特色。关于比：有明比、有暗比；有隐喻、有借喻；有拟人、有拟物。关于兴：有用于发端的、有贯串全篇的；有的融于景、有的托于物。而且大都兴寄深远，兴味无穷。本文限于篇幅，不可能条分缕析，全面论及，只能稍举数例，以窥一斑。

先谈比。

毛泽东诗词中有全用比法的，如《十六字令三首》的二、三两首：

> 山，倒海翻江卷巨澜。奔腾急，万马战犹酣。
>
> 山，刺破青天锷未残。天欲堕，赖以拄其间。

前一首，写群山起伏、奔驰之势。诗人通过想象，把静态的群山描绘得仪态飞动：似波涛澎湃翻涌，似战马纵横破敌。后一首，诗人把山比成锋利无比的巨剑，刺破青天仍完好无缺；又比作巍然屹立的巨柱，支撑青天而不使坍塌。这些比喻都非常奇特、生动，不仅能状其形，而且能传其神。当然，词中还蕴含着某种象征意义：前者象征中国工农红军的英勇奋战；后者象征中国共产党人是中国人民的中流砥柱。若这样理解，则这两首词就不仅是比法，而应该说是比且兼兴了。关于这一点，下文再说。

毛泽东诗词中的比法是多种多样的。有的为明比，像"苍山如海，残阳如血"，在被比喻物和比喻物之间标明了比喻词语。有的为暗比，像"风云突变，军阀重开战，洒向人间都是怨，一枕黄粱再现"。"风云"暗指反动军阀之间的政治局势，虽句中并未出现被比喻物和比喻词语，但读者只需根据上下文稍作揣摩，就能明了它的喻义。

以上两种比法，都不难领会。至于说这些比中仍有深意，仍有兴味，那是另一回事，这里暂且不谈。

另有一些比喻，表面上是写景物或人事，实际上却隐指或兼指别的事物。像"牢骚太盛防肠断，风物长宜放眼量"。"风物"一词表面上指自然界的风光景物，而实际上却隐指或兼指社会事物（按我的理解，在这里应是指新社会中的美好事物，而不应解作泛指社会上的任何事物，因为"风物"是个好字眼①）。像这类比法，既不是明比，也不同于上述那种暗比，应称之为隐喻。

至于借喻，我以为应包括修辞学上所说的借代。它往往以部分代指全体和以具体代指抽象。如"中华儿女多奇志，不爱红装爱武装"。"红装"一词，不应狭隘地理解为涂脂抹粉和穿红着绿，而应理解为一切贪图享受的资产阶级生活方式；"武装"一词，不仅限于指军人的装束，而且作为一种热爱革命斗争的标志。这种手法有助于形象的具体性、鲜明性和生动性，是很明显的。

拟人和拟物，我以为也属于比法。此种例子，在毛泽东诗词中很常见，无须枚举。如《念奴娇·鸟儿问答》，就把这两种手法都用了。一方面把某些人比作"蓬间雀"，这是拟物；一方面赋予词中的雀儿以人的特征，又是拟人。只是这种比法往往容易跟以象征、寄托为主的兴法混淆，这一点，也待下文另述。

再谈兴。

关于兴的界说，最为纷纭。有人把兴理解得很狭，以为仅指咏物起兴一类。清人姚际恒就认为："兴者，但借物以起兴，不必与正意相关也。"（《诗经通论·诗经论旨》）有人又把兴理解得很宽，如黄宗羲就认为："凡景物相感，以彼言此皆谓之兴。"（《南雷文定四集·卷一·汪扶晨诗序》）我是比较倾向后一说的。我以为，兴除了用于发端的"借物以起兴"之外，也有通篇为兴体的。举凡寄托、象征之类，都可归入兴法。刘勰《文心雕龙·比兴》说"比显而兴隐"，即认为比法相对说来是较明显的，而兴法却往往"环譬以托讽"，用各式各样的景物为象征来委婉地寄托诗人的思想感情。释皎然在《诗式·用事》中说："取象曰比，取义曰兴。义即象下之意。"也就是说：凡着重从形象上打比方的为比法；着重用形象所包含的意义寄托诗人的思想感情的为兴法。因此钟嵘称"兴"为"兴托"（《诗品·卷中》），陈子昂称"兴"为"兴寄"（《与东方左史虬修竹篇

---

① 毛泽东诗词中，凡称"风×"的词，除指自然物的如"风云""风烟""风雨"等外，绝大多数是褒义词，如"风华""风光""风景""风雷""风流""风骚"，等等。由于《风》和《骚》历来被看作是中国古代诗歌的典范，因此冠"风"字的词用来指社会事物的大都含有美好的意思。

序》），就是这个道理。

毛泽东诗词中的兴法用得很宽，有用于发端的，如"茫茫九派流中国，沉沉一线穿南北"，表面上是写黄鹤楼头极目所见之景，却给景物染抹上浓厚的感情色彩，显示出诗人的主观爱憎，使读者产生无穷的联想。有贯串全篇的，如《七律·冬云》，用一连串景物为象征，极为深刻地反映了当时国内外斗争的形势，热情地歌颂了敢于坚持斗争的中国共产党人，并辛辣地嘲讽了敌人和胆小鬼，形象地刻画出他们的虚伪本质和丑恶面目。这类兴法，往往容易跟以拟人、拟物为主的比法混淆。我以为，凡诗词中所写景物显然只是用作比拟，舍此外别无其他字面意义可求的属比法，如《满江红·和郭沫若同志》中的"小小寰球，有几个苍蝇碰壁"，即属此类；凡诗词中所写景物虽象征含义亦颇明显，但字面上仍可视为写景赋物的应属兴法，如《卜算子·咏梅》，即属此类。

毛泽东诗词中的"兴寄"是很深远的。有的融于景，如《渔家傲·反第二次大"围剿"》中的"白云山头云欲立"；有的托于物，如《清平乐·六盘山》中的"天高云淡，望断南飞雁"。这些，我们乍一读来，觉得只是在写景，但多读几遍，多想几番，就能觉出其中兴味无穷。把"云"拟成人状站立起来，这是比法；但诗人的本意并不在写云，而在写红军的昂扬斗志。同时通过景的渲染，为一场激烈的战斗烘托气氛，让读者从中寻味出许多含义，这就比直说"一场激烈的战斗打响了，红军战士个个义愤填膺，从山头上猛冲下来"要生动、隽永得多。"南飞雁"是极目所见之物，看似寻常，但一经诗人加上"望断"二字，就使读者感到有无限深情寄托其中。因为雁飞向南，正是红军当时所从来的地方，那里还有许多留下的同志在艰难困苦的环境下坚持卓绝的斗争，还有广大的根据地人民正陷于水深火热之中，过着非人的生活；同时也还有许多红军部队，包括一些伤病老弱的同志还在途中跋涉。诗人遥望南天，当时具体想了些什么，我们固不可得知，但我们联想起古代鸿雁传书的故事，忖度诗人此时此境的无限深情，说他希望群雁给南方人民传去红军长征胜利的喜讯，传去红军北上抗日的决心，传去他对南方人民的关切和慰问，从情理上是完全说得通的。像这样兴寄深远、兴味无穷的例子，在毛泽东诗词中可谓比比皆是。这也就是毛泽东诗词为什么诗味浓郁、诗趣横生的奥妙之一。

毛泽东除惯用比、兴手法外，有时也用赋法。像《如梦令·元旦》词：

> 宁化、清流、归化，路隘林深苔滑。今日向何方？直指武夷
> 山下。山下、山下，风展红旗如画。

此词除词末用了个明比外，通篇都是"敷陈其事而直言之"。按我的理解："敷陈其事"意即多方面的描写和叙述。这种手法，也同样需要通过形象思维捕捉那最富特征的典型场景，把它集中、概括起来，以表达诗人对生活的深切感受。《如梦令·元旦》只用了三个跳动的地名——宁化、清流、归化，交代这次行军的线路；用了三个并列的主谓结构短语——路隘、林深、苔滑，描绘了途中的典型场景；接着便急转直下，点明了进军的方向和目的地——武夷山下；然后融情入景，以极富诗意的画面，淋漓尽致地抒发了革命豪情的胜利信心。这样，就把红四军广大指战员在古田会议精神的鼓舞下，不畏艰苦，不惧险阻，高举红旗向前挺进的英雄气概和崭新面貌生动地刻画出来了。这既似一幅壮丽的行军图展现在我们眼前，又似一支雄强的进行曲，嘹亮于我们耳际。因此，有的人认为赋体只需直说，无须形象思维，也无须诗味，那是大大的误解。

赋、比、兴三者，在诗歌创作中是不可偏废的。晋挚虞《文章流别论》说："赋者，敷陈之称也。比者，喻类之言也。兴者，有感之辞也。"它们各有各的用处。用比、兴，固能引人入胜，给读者以无穷的联想和寻味的余地，但赋体用得好，也能"体物写志"（《文心雕龙·诠赋》），极尽其巧，有时且直抒胸臆，以典型的感受感染读者。如宋代大诗人陆游的《示儿》："死去元知万事空，但悲不见九州同。王师北定中原日，家祭无忘告乃翁。"通篇都用赋体而感人至深，即一证。

钟嵘《诗品·序》说："若专用比、兴，患在意深，意深则词踬；但若用赋体，患在意浮，意浮则文散，嬉成流移，文无止泊，有芜蔓之累矣。"像李商隐的某些诗，"为芳草以怨王孙，借美人以喻君子"[1]，意则深矣，但有时就未免流于晦涩。而宋代许多诗人，一反唐人规律，"尚理而病于意兴"[2]，不注重形象思维，其尤甚者，更以语录入诗，自然味同嚼蜡了。毛泽东有鉴于此，指出"比、兴两法是不能不用的，赋也可以用"，

----

① 李商隐《谢河东公和诗启》。
② 严羽《沧浪诗话·诗评九》。

正是对古今诗歌进行了全面考察然后做出的科学结论。而毛泽东诗词在使用赋、比、兴等形象化的手法方面，为我们做出了光辉典范。

诗人写诗，往往把赋、比、兴三种手法交叉使用。有些赋中兼有比、兴；有些比中有兴，兴中有比，兴或类比，比或类兴。在这点上，姚际恒说得对："分兴为二，一曰'兴而比也'，一曰'兴也'。……如是，使比非全比，兴非全兴，兴或类比，比或类兴者，增其一途，则兴、比可以无淆乱矣。""其比亦有二，有一篇一章纯比者，有先言比物而下言所比之事者，亦分之，一曰'比也'，一曰'比而赋也'。"① 实际上，又何止比、兴各分二种，细分之，亦当有"赋而比也""赋而兴也""比而兴也""兴而赋也"之目。毛泽东诗词中也常出现这种情况。郭沫若在谈及《七律·到韶山》的"为有牺牲多壮志，敢教日月换新天"等诗句时，就认为"前者是象征性的手法，所谓'比而赋'也"②。这样，我们也可以回答前面已提到的问题：《十六字令三首》的二、三两首，是"比而兴"也；《渔家傲·反第二次大"围剿"》是"兴而赋"也，但其中亦有比（像"枯木朽株""飞将军自重霄入""横扫千军如卷席"都是比语）。《如梦令·元旦》整首为赋体，而"风展红旗如画"一语却又兼用比、兴。由此可见，有些人把赋和比、兴完全对立起来，认为用比、兴的才是形象思维，用赋的就会味同嚼蜡，那是不符合毛泽东原意的。

另一方面，诗的解释往往因人而异。姚际恒说："古今说诗者多不同，人各一义，则各为其兴、比、赋。"③ 同一首诗，有人做这样理解认为是赋，有人做那样理解认为是比或是兴，是常见的事。像《沁园春·长沙》中"看万山红遍，层林尽染"两句，有人认为是"象征当时蓬勃发展的工农运动和大好的革命形势"，有人又反对做此猜测。因此是兴是赋，众说不一。这样是否意味着真如董仲舒所说"诗无达诂"了呢？那也不对。毛泽东曾指出，诗有达诂，达即通达，诂即确凿。我们要准确地领会毛泽东诗词的思想和艺术，就必须充分注意"通达"和"确凿"这两条。

总之，毛泽东在诗歌理论上和创作实践上都为我们留下了极丰富、极

---

① 姚际恒《诗经通论·诗经论旨》。
② 郭沫若：《"芙蓉国里尽朝晖"》，《人民日报》，1963 年 5 月 16 日。
③ 姚际恒《诗经通论·诗经论旨》。

宝贵的遗产。让我们在建设有中国特色的社会主义（为保留本文1996年发表时的原貌，故未将"有中国特色的社会主义"改为"中国特色社会主义"——编辑注）理论指引下，更好地继承这一优秀遗产，为发展我国社会主义的新诗、创造出无愧于我们伟大的时代和人民的作品而不懈努力！

毛泽东诗词将作为我们用形象思维方法写诗的光辉典范。

谈继承与发展

——重新学习毛泽东文艺思想札记

1986 年 12 月，我在上海参加第二次全国词学讨论会，会上有人谈起：理论界有一匹"黑马"冲出来，竟公然宣称"中国的传统文化理该后继无人了"。我当即在大会上予以驳斥："不论它是黑马还是白马，哪怕是红鬃烈马，如果它把祖国的传统文化践踏得一无是处，我敢肯定说这绝不是一匹好马。"

我之所以如此愤慨，是因为这牵涉到一个对传统文化的看法问题。换言之，它涉及马克思主义关于继承和发展的原则问题。

关于文化的继承性，马克思主义经典作家有过一系列重要的论述。这些论述早已为理论界所熟知，无须我详加引用。把这些论述的主旨集中到一点，即如恩格斯所指出的：任何新学说都"是必须首先根据在它以前已经积累起来的思想资料出发的，虽然它的根源是深藏在物质经济事实中"（《社会主义由空想发展为科学》）。也即说：不继承前人所创造的文化（哪怕只是思想资料），任何新文化（包括任何新学说）都是不可能建立起来的。为此，毛泽东同志在《新民主主义论》中说："中国现时的新政治新经济是从古代的旧政治旧经济发展而来的，中国现时的新文化也是从古代的旧文化发展而来；因此，我们必须尊重自己的历史，决不能割断历史。"可是，想要"割断"历史和不尊重历史的言论，却时有出现。比如有的论者就认为："中国新诗要想发展，必须首先冲垮中国古典诗歌和西洋古典诗歌两座大山！"古典诗歌真的成了阻碍新诗发展的大山了么？我打算紧扣住这个论题，着重从诗歌方面谈谈我对继承与发展关系的看法。

从中国诗歌发展的历史看，任何时代出现的新诗歌，都是在继承前人诗歌的基础上经过改造、革新才逐渐形成的。建安诗歌的形成是这样，唐代诗歌的形成是这样，词和散曲的形成也都是这样。这是早已为中国文学、史学界多次阐明过的事实，无须我赘述。我只想着重谈一谈：后代诗人向前人继承了些什么呢？

关于这个问题，我拟分别从几个方面做些探讨。

一、思想的继承性

各个时代都拥有各种不同思想倾向的作家和诗人。在世界观比较接近的作家和诗人们之间，其作品中的思想继承性是比较明显的。如屈原对后世爱国诗人的影响就是如此。即使是当代社会主义中国的优秀领导人，在他们的诗歌作品中也常常闪烁着前代诗人的思想光辉。如陈毅的《吾读》：

吾读渊明诗，喜其有生趣。时鸟变声喜，良苗怀新穗。

吾读杜甫诗，喜其体裁备。干戈离乱中，忧国忧民泪。

吾读太白诗，喜有浪漫味。大不满现实，遂为游仙醉。

吾读乐天诗，晓畅有深意。一生事白描，古令谁能继。

吾喜长短句，最喜是苏辛。东坡胸次广，稼轩力万钧。

这其中不就分明叙述着他从思想上（当然不只是从思想上）对陶潜、杜甫、李白、白居易、苏轼和辛弃疾诸人的继承么？

"但是继承和借鉴决不可以变成替代自己的创造，这是决不能替代的。文学艺术中对于古人和外国人的毫无批判的硬搬和模仿，乃是最没有出息的最害人的文学教条主义和艺术教条主义。"（毛泽东《在延安文艺座谈会上的讲话》）同样是陈毅，在他的《湖海诗社开征引》中写道：

……不为古人奴，浩歌聊自试。师今亦好古，玩古生新意。……李（白）杜（甫）长已矣，苏（轼）黄（庭坚）非我类。韩（愈）孟（郊）能硬瘦，温（庭筠）李（商隐）苦柔媚。元（稹）白（居易）自清浅，刘（禹锡）陆（游）但恣肆。……

这说明陈毅在继承和借鉴前人作品的同时，又持着一种十分可贵的批判态度，而绝不是一味地模仿和盲目地硬搬。

在思想倾向不同的作家、诗人之间，存不存在后人对前人的思想继承性呢？这问题自不宜一概而论。因为人的思想是十分复杂的，而且随着时代、环境的变化会不断发生变化。譬如说朱熹，从总的哲学、政治、伦理观点说，毫无疑义他是站在维护封建统治者利益的立场上的，但不能否认他有许多具体见解是正确的或合乎实际的，特别是在诗歌理论方面。好比在具体品评诗人和作品时，朱熹就往往有独到的看法。如《晦庵说诗》：

> 李太白诗不专是豪放，亦有雍容和缓底，如首篇"大雅久不作"，多少和缓。陶渊明诗，人皆说是平淡；据某看，他自豪放，但豪放得来不觉耳。其露出本相者，是《咏荆轲》一篇。平淡底人，如何说得这样言语出来。

不意在几百年后，朱熹的这一思想竟被近代启蒙思想家龚自珍所继承。龚自珍在他的《己亥杂诗》中写道：

> 陶潜酷似卧龙豪，万古浔阳松菊高。
>
> 莫信诗人竟平淡，二分《梁甫》一分《骚》！

诗中除首句语意本自辛弃疾《贺新郎》词"看渊明风流酷似卧龙诸葛"外，其论陶潜诗平淡中兼有豪放的辩证观点，就是从朱熹的话中直接受到启迪的。

再经过近一百年，中国新文化旗手鲁迅在谈到陶渊明"并非浑身是静穆"时，又继承和发扬了朱熹、龚自珍的这一思想。[①]

因此，我们必须坚决反对一切拒绝接受过去文化遗产的虚无主义态度，努力吸收和改造"人类思想和文化发展中一切有价值的东西"（列宁：《论无产阶级文化》）。正如毛泽东同志所说："从孔夫子到孙中山，我们应当给以总结，承继这一份珍贵的遗产。这对于指导当前的伟大的运动，是有重要的帮助的。"[②]

二、主题的继承性

文学作品的主题，就是作家所描写的社会生活。在社会生活中，我们可以遇到许多带有永恒性的现象，它并不随着某一时代的消逝而消逝。如：人和自然的关系，男人和女人的关系，大人和小孩的关系，或者像勇敢、坚毅、谦逊和崇高等品德，都被不同时代的作家根据一定的观点加以

---

① 参阅《且介亭杂文二集》第171－172、175、180页。

② 《毛泽东论文艺》第5页。

描写。像常见的山水诗、爱情诗和儿童诗一类，便是这样。这类作品主题的继承性是不言而喻的。哪怕像曾扬言要与李白、杜甫比高低（《正当山青水绿花开时》）的新诗人郭小川，他在《长江组歌》开头便吟道：

> 大水天来，一泻万里……

熟悉唐诗的读者们就不难发现：它多像李白《将进酒》中的"君不见黄河之水天上来，奔流到海不复回"啊！虽然他们一个写长江，一个写黄河，但他们描写的是同类主题。由此足见，在艺术创作的天地里，若把"一空依傍"强调到绝对地拒绝继承前人的地步，那是肯定写不出成功作品来的。

此外，如爱国主义的主题、同情人民疾苦的主题，在中国诗歌的历史长河中，也是一代传一代的。我国古代的优秀诗人，大都渴望祖国的富强和人民的幸福，因此对阻挠祖国向前发展的邪恶势力，纷纷表示深刻的愤懑。像这一类主题，随着近、现代人民民主解放运动的发展而愈益增强。如梁启超的《读陆放翁集》：

> 诗界千年靡靡风，兵魂销尽国魂空。
>
> 集中什九从军乐，亘古男儿一放翁。

鲁迅的《自题小像》：

> 灵台无计逃神矢，风雨如磐暗故园。
>
> 寄意寒星荃不察，我以我血荐轩辕！

诗中除表达了他们愈益增强的爱国感情和人民民主意识之外，不也分明看出梁启超对陆游、鲁迅对屈原同类主题作品的继承么？

三、形象和意境的继承

体现在优秀的古典文学作品中的艺术形象和意境，也作为传统的文化遗产而为后代的作家和诗人们所继承，并继续保持着它的永恒魅力。如体现在《诗经》首篇《关雎》中的热恋者的抒情主人公形象，就一直在后代的作家和诗人们笔下反复呈现。虽然在不同的作品中，热恋者的形象有着各自时代的印记和独特的内容。如陆游的《钗头凤》词和《沈园》诗二首，其热恋者的抒情主人公形象就打上了封建时代的印记并充满了他个人独特的哀苦内容。

最早尝试写新诗的胡适，在他的许多诗篇中的形象和意境，大都从中国古典诗词和西方古典诗歌的形象和意境里脱化而来。如《尝试集》首篇《蝴蝶》：

> 两个黄蝴蝶，双双飞上天。
>
> 不知为什么，一个忽飞还。
>
> 剩下那一个，孤单怪可怜。
>
> 也无心上天，天上太孤单。

这黄蝴蝶的形象，不恰似中国古典诗词里习见的那样用"挚而有别"的禽鸟（如鸳鸯、鸾凤、雀、燕之类）形象以写男女爱情的忠贞么？如先秦时宋康王舍人韩凭的妻子何氏作《乌鹊歌》云：

> 乌鹊双飞，不乐凤凰。
>
> 妾是庶人，不乐宋王！

歌中借双宿双飞的乌鹊形象自喻，充分表达了女主人公对爱情宁死不渝的决心。这类形象在中国古典诗词里可谓俯拾皆是。白居易著名叙事诗《长恨歌》中"在天愿作比翼鸟，在地愿为连理枝"两句，正是这类坚贞爱情的形象概括。

胡适的《尝试集》中另有一篇《江上》：

> 两脚渡江来，山头冲雾出。
>
> 雨过雾亦收，江楼看落日。

诗中的意境，就俨似王维诗"空山新雨后"和"渡头馀落日"的风味。当然，后代诗人们不宜一味模仿前人，但前代诗人对后人影响的潜移默化，那是谁也无法抗拒的。恰似青草生长无法拒绝接受阳光化育和雨露滋润一样。

后代诗人之所以要重复前人已经写过的形象和意境，是由于现实中存在着相似的社会生活，有着许多相似的人物和事件。虽然，在这一系列相似的形象和意境中，它们各自有着独特的内涵和性格。一般说来，后代创造的形象和意境应比前代创造的更高、更完美。但人们总是习惯于把前人的创造看作珍贵的第一个。譬如说杜甫名句"落日照大旗，马鸣风萧萧"（《后出塞》），显然是融化了《诗经·小雅·车攻》中的"萧萧马鸣，悠悠旆旌"的形象和意境的。杜甫抓住了日暮行军塞外的特色，突出地表现了千军万马威严雄强的场景。尽管这样，人们总还是忘不了《诗经》作者们的首创之功，但这无损于杜甫的杰出和伟大。杜甫之所以不愧为杰出和伟大的诗人，正在于他能够在继承前人遗产的基础上有所创造和发展。

四、艺术描写手段的继承性

历代优秀的作家和诗人们在掌握语言技巧和艺术描写手段方面呕尽了心血，创造了大量艺术珍品。这些宝贵的艺术财富理应由我们继承下来，作为我们从事创作的借鉴。毛泽东同志《在延安文艺座谈会上的讲话》指出："我们必须继承一切优秀的文学艺术遗产，批判地吸收其中一切有益的东西，作为我们从此时此地人民生活中的文学艺术原料创造作品时候的借鉴。有这个借鉴和没有这个借鉴是不同的，这里有文野之分、粗细之分、高低之分、快慢之分。所以我们决不可拒绝继承和借鉴古人和外国人。"即使在不同思想倾向的作家、诗人之间，也可以有某种继承关系。如被称为"苏维埃时代最优秀、最有才华的"苏联诗人马雅可夫斯基的诗歌，除继承了俄罗斯古典诗歌（如雷列耶夫、普希金、莱蒙托夫和涅克拉索夫等人的公民诗歌）的传统之外，还继承了英国资产阶级民主诗人拜伦，以及法国象征派和意大利未来派诗人的某些艺术描写手法。

中国现代新诗的最初代表作家如郭沫若、闻一多、徐志摩、戴望舒等人，从他们的诗作中都很容易看出其对中国古典诗词和西方古典诗歌艺术描写手段的继承。哪怕是以"蔑视传统，勇于创新"而著称一时的郭沫若，仍不难看出他在艺术手法、语言和韵律等方面对中国古典诗词传统的承接。如写于1956年9月17日的《骆驼》诗首段：

> 骆驼，你沙漠的船，
>
> 你，有生命的山，
>
> 在黑暗中，
>
> 你昂头天外，
>
> 导引着旅行者
>
> 走向黎明的地平线。

诗人把称为"沙漠之舟"的骆驼比作坚韧不拔的长征者形象。这种比兴手法，就是从前人继承来的。

冯牧在为《郭小川诗选》写的《代序》中说："诗人郭小川在探索如

何以中国古典诗歌和民歌为基础而发展新诗方面做出了可贵的努力，取得了许多值得重视的成果，而且是有所创造，有所发现，有所前进的。他从优秀的中国古典诗歌和辞赋吸取营养，创造了一种雄浑有力的诗体：这种诗体继承和发扬了中国古典诗词的艺术特征，采用大量的铺陈排比、感物咏志的方法来表达作品的主题思想。"如果说锐意改革的新诗人郭小川仍然需要向中国古典诗词吸取营养方能有所创造，那么某些矢口否认要学习传统文化的新潮派诗人究竟能凭空创造出什么，也就可想而知了。

当然，继承传统文化是有我们的目的的。我们必须继承发扬民族优秀文化而又充分体现社会主义时代精神，立足本国而又充分吸收世界文化优秀成果，我们反对搞民族虚无主义和全盘西化，而绝不是反对"吸收世界文化优秀成果"。盲目地排斥一切外国文化，那也是跟我们社会主义开放、改革方针大相径庭的。

总之，各时代文学的形成和发展，除了由当时的社会生活决定之外，还跟前一时期的文化传统密切相关。它是在继承以前传统文化的基础上发展起来的。如果谁抛弃了文化传统或脱离了本民族的文化土壤而热衷于搞全盘西化，那么他们叫喊的"创造"将注定是要失败的！如十八世纪初俄罗斯彼得大帝的改革在政治和经济方面成绩都很辉煌，唯独在文学领域几乎见不着一朵灿烂之花，这是什么缘故呢？我以为，它除了反映出政治、经济和文化发展的不平衡规律外，其最大的教训是：漠视俄罗斯传统文化和推行全盘西化而结出了恶果。

古人云："前事之不忘，后事之师。"我们务必记住这条教训！

孔子文学思想评价

两千多年来，孔子的文学思想给予中国古代文论的影响至为深远。新中国成立后，随着时势的变化，论者或褒或贬，莫衷一是。在"文革"期间，孔子被打入"十八层地狱"，便只准全盘批判而不准肯定一句了。现在学术上的自由争论已初步展开，我们应实事求是地对孔子的文学思想加以评价。

评价孔子的文学思想可以有两种方法：一种是从"知人论世"入手，先弄清孔子所处的社会性质、历史趋势、时代思潮和孔子本人的立场、政治主张、哲学观点等，而后考察孔子文学思想的来龙去脉；另一种是就孔子文学思想在当时的地位和对后世的影响来衡量它的功过和历史作用。这两种方法都不失为科学的方法。只是孔子所处的时代和社会性质，至今历史学界尚难有定论；孔子的立场、政治主张和哲学观点等也因此而众说纷纭。有争论自然是好事，但我们不应从假定的前提出发，用贴阶级标签的办法先判定孔子的文学思想如何如何，然后从孔子的论述中撷取片言只语予以证实，我们吃这一类假科学的苦头已够多了。因此我以为，目前除继续开展有关孔子所处时代和社会性质等的争论外，也不妨同时着手研究孔子的文学思想在当时的地位和对后世的影响，以社会实际效果为尺度，检验哪些是正确的，哪些是错误的。张文勋同志的《孔子文学观及其影响的再评价》一文（载《古代文学理论研究丛刊·第一辑》），在这方面做了有益的试探，他的许多意见我是赞同的。为避免重复他的论点，我打算仅就孔子的文学思想在先秦文论中的地位和作用，谈一点粗浅看法。

一

在先秦文论思想的发展过程中，孔子和他所创立的儒家学派占有突出的地位。孔子就文学的社会作用、文学的内容和形式、文学的创作原则和方法等问题，都做过较明确的回答并发表了较完整的见解。在这方面，他不仅在中国文论史上无愧为首创者，即使较之欧洲文论思想的先驱人物如柏拉图、亚里士多德等也早出现约一个世纪。列宁说得好："判断历史的功绩，不是根据历史活动家没有提供现代所要求的东西，而是根据他们比他们的前辈提供了新的东西。"① 我以为，在文论领域中，孔子不仅比他的前辈提供了许多新的见解，而且比他的同时代人，甚至晚于他一两个世纪的人提供了较为正确的看法，这正是他的历史功绩。

据《论语》记载："子以四教：文、行、忠、信。"② 在孔子的教学活动中，"文"竟排在第一位。这里所说的"文"，自然是泛指当时全部文化典籍，不仅指文学，但毕竟包括文学在内。孔子用作文学教科书的主要是《诗》(《诗经》)。"子所雅言：诗、书、执礼。"③ 孔子说："兴于诗，立于礼，成于乐。"④ 都把诗排在第一位。当时诗的概念接近于今天文学的概念，谈诗才是真正谈文学。据前人统计，仅《论语》一书，谈诗就达十四处之多。在先秦诸子中，除继承孔子学说的孟子和荀子外，像孔子这样重视诗的几乎再也举不出其他人。孔子一再教诲他的儿子和学生要学诗，他说："小子何莫学夫诗？诗可以兴，可以观，可以群，可以怨。迩之事父，远之事君；多识于鸟兽草木之名。"⑤ 这"兴""观""群""怨"四字，前人已多有阐述，这里不细谈。概言之，它多方面说明了文学的社会作用和认识作用。孔子还说："不学诗，无以言。"⑥ "人而不为《周南》《召南》，其犹正墙面而立也与？"⑦ 孔子把诗的语言看作标准的文学语言。他提倡语言要文学化。他说："言以足志，文以足言。不言，谁知其志？言之无文，行而不远。"⑧ 这对促进古代汉语的规范化，无疑起了巨大的作用。

---

① 《评经济浪漫主义》，见《列宁全集》第 2 卷，人民出版社，1959 年，第 150 页。
② 《论语·述而》。
③ 《论语·述而》。
④ 《论语·泰伯》。
⑤ 《论语·阳货》。
⑥ 《论语·季氏》。
⑦ 《论语·阳货》。
⑧ 《左传·哀公廿五年》引孔子语。

时代略后于孔子的墨子反对文饰，注重实用，强调要"先质而后文"①。韩非子指出："墨子……恐人怀其文，忘其用，直以文害用也。"②《墨子·公孟》中说："弦歌鼓舞，习为声乐，此足以丧天下。"《墨子·非乐》中说："是故子墨子之所以非乐也，非以大钟、鸣鼓、琴瑟、竽笙之声以为不乐也；非以刻镂文章之色以为不美也，……然上考之不中圣王之事，下度之不中万民之利。是故子墨子曰：为乐非也！"墨子之所以反对文学和音乐，是从节用爱民的观点出发，并不是否定文学和音乐的艺术美。孔子也主张节用爱民，但十分重视文学和音乐。他说："周监于二代，郁郁乎文哉！吾从周。"③ 墨子却主张"背周道而用夏政"④。相较之下，墨子的观点显然是错误和保守的，表现了一种狭隘功利主义的思想。

庄子和孔子更是相反。他不只否定文学的社会作用，而且连语言的作用也否定了。《庄子·齐物论》中说："夫大道不称，大辩不言。"《庄子·秋水》中说："可以言论者，物之粗也。可以意致者，物之精也。言之所不能论，意之所不能察致者，不期精粗焉。"《庄子·外物》中说："筌者所以在鱼，得鱼而忘筌；蹄者所以在兔，得兔而忘蹄；言者所以在意，得意而忘言。吾安得夫忘言之人，而与之言哉？"《庄子·天道》中说："意有所随。意之所随，不可以言传也。"因此庄子跟老子一样，都主张"行不言之教"⑤。我们知道：文学是语言的艺术，"语言是思想的直接现实"⑥。既然庄子认为思想不可能用语言表达，那么又怎能通过语言去接触思想呢？他既然说要"忘言"，为什么又要"得忘言之人"而"与之言"呢？岂不是自相矛盾，越说越神秘了么？

庄子"不求文以待形"⑦。因为他不仅否定文学的作用，而且连五色、五声也在一概否定之列。《庄子·天地》中说："且夫失性有五：一曰五色，乱目，使目不明；二曰五声，乱耳，使耳不聪；……"《庄子·胠箧》

---

① 见《墨子闲诂》附录引《说苑》。

② 《韩非子·外储说左上》。

③ 《论语·八佾》。

④ 《淮南子·要略》。

⑤ 《老子·第二章》；又《庄子·知北游》。

⑥ 《德意志意识形态》，见《马克思恩格斯全集》第3卷，人民出版社，1960年，第525页。

⑦ 《庄子·山木》。

中主张"灭文章，散五采"。他否定美有客观标准。《庄子·齐物论》说："毛嫱、丽姬，人之所美也。鱼见之深入，鸟见之高飞，麋鹿见之决骤。四者孰知天下之正色哉？"他认为文学艺术只是"使民离实学伪"①，为此，他提倡"朴素而天下莫能与之争美"②（这一主张对后世起过一定的积极作用）。但就其思想倾向来说，庄子否定文学的价值，跟古希腊的柏拉图表述在《理想国》中的思想有着许多惊人的相似之处。在先秦诸子中，跟庄子这种思想相对立的，乃是继承了孔子文学思想的孟子和荀子。荀子批评庄子"蔽于天而不知人"③，指出庄子一味强调自然而否定人的作用是错误的。荀子提出了"被文学，服礼义"④ 的主张，为建立正统的儒家文学观奠定了基础⑤。

法家韩非虽出于荀子之门，但在文学观方面却完全废弃了老师的主张。他整个否定文学的作用，甚至主张禁绝文学。他说："夫物之待饰而后行者，其质不美也"⑥；"工文学者非所用，用之则乱法"⑦；"儒以文乱法，侠以武犯禁；而人主兼礼之，此所以乱也"⑧。因此他主张"息文学而明法度"⑨。这种极端的主张，严重危害到文学的发展。

孔子既重视文学，又注重把文学用之于社会实践。他说："诵诗三百，授之以政，不达；使于四方，不能专对；虽多，亦奚以为？"⑩ 这说明孔子提倡文学的目的就在为政治服务。毋庸讳言，孔子心目中的政治有它特定的内容。他主要是为维护当时统治阶层的利益说话的，而不可能真正为了人民大众。郭沫若先生在《十批判书》中写道："孔子的基本立场……是站在人民利益方面的，他很想积极地利用文化的力量来增进人民的幸福。对于过去的文化于部分地整理接受外，也部分地批判改造，企图建立一个

---

① 《庄子·列御寇》。
② 《庄子·天道》。
③ 《荀子·解蔽》。
④ 《荀子·大略》。
⑤ 郭绍虞：《中国文学批评史》，上海古籍出版社，1979年，第18—22页。
⑥ 《韩非子·解老》。
⑦ 《韩非子·五蠹》。
⑧ 《韩非子·五蠹》。
⑨ 《韩非子·八说》。
⑩ 《论语·子路》。

新的体系来以为新的封建社会的韧带。"① 话虽不恰当，但不能认为郭沫若早年这一看法毫无道理。在先秦诸子中，毕竟只有孔子和他所创立的儒家学派的文学思想更接近人民和现实一些。我们若除掉孔子的部分历史唯心主义的外壳，从他的文学思想中是可以剥取到一些合理的内核的。一部以民歌为主体的《诗经》，不就多亏了孔子和他的后继者们才得以留传下来的吗？若是依了先秦法家的主张把书都烧光禁绝，我国古代的人民文化岂不就真的成了一片空白么？

二

先秦文论思想的发展，仍处于萌芽状态。对作为社会意识形态之一的文学，人们尚缺乏清晰的认识。因此在先秦诸子的著作中，真正论述文学的并不多，而涉及文学自身构成的则更少见。相对说来，还只有孔子和他的后继者们较多地接触到了一些文学内部的规律问题，特别是在有关文学作品的内容和形式方面。

孔子在论《诗》时说过："《诗》三百，一言以蔽之曰：'思无邪'。"② 前人多以此说明孔子对待文学作品偏重于思想内容。其实并非如此。"思无邪"本是《诗·鲁颂·駉》末章中的一句，俞樾《曲园杂纂》说这"思"字是语辞，没有意义，不应作"思想"解。我是赞同这一说法的。"无邪"二字，实际上概括了孔子对整部《诗经》的评价，既指其思想内容，也指其艺术形式。《论语》记载孔子阐述《诗经》思想内容的话固然不少，但也常涉及它的艺术形式。如孔子说："师挚之始，《关雎》之乱，洋洋乎盈耳哉！"③ 这话就是称赞诗的音律美的。孔子主张"放郑声"，斥"郑声淫"④，也是从音乐角度说的，并非像宋儒朱熹那样指《郑风》中某些诗为"淫诗"。

孔子对文学作品的内容和形式是并重的。在这方面，他多次明确表示

---

① 郭沫若：《十批判书》，东方出版社，1996年，第87页。
② 《论语·为政》。
③ 《论语·泰伯》。
④ 《论语·卫灵公》。

过看法。如他说："质胜文则野，文胜质则史。文质彬彬，然后君子。"①
《礼记·表记》引孔子语："虞、夏之质，殷、周之文，至矣！虞、夏之
文，不胜其质；殷、周之质，不胜其文。"所持都是文、质不偏废的态度。

在墨子、庄子、韩非子等人的著作中，也有一般涉及文、质关系的言
论。如《墨子》："是故置本不安者，无务丰末。"② 墨子视质为"本"，视
文为"末"，因此主张先质而后文，重内容而轻形式。庄子以为"文灭质，
博溺心"③。从表面看，庄子反对儒家的"博我以文"④，但实际上他只是
反对雕饰，主张任其自然。这固然有他的片面性，但对儒家过于繁文缛礼
的做法仍然不失其补弊救偏的作用。

韩非子则不然。他"和儒家底敦尚诗书乐舞，重视黼黻文章的观念相
为水火"⑤。他认为"喜淫〔辞〕而不周于法，好辩说而不求其用，滥于文
丽而不顾其功者，可亡也"⑥。他不只是一般地否定文学作品的形式，而且
是把整个文学都否定了。我这样说，丝毫无意贬低韩非子本人在文学方面
的巨大成就。我只是着重指出：在韩非子笔下，除了千方百计教权势者们
如何耍弄"法、术、势"等的理论外，真正的文学理论是不存在的。

文学作品的内容和形式问题，是文论中的重要论题。如何解决这个问
题，往往成为现实主义理论或形式主义理论的表征。应该说，孔子对这个
问题的一些见解，还是比较接近现实主义理论的。他既重视文学作品的思
想内容，又不否定文学作品应具有尽可能完美的形式。他说"情欲信，辞
欲巧"⑦，在相传是孔子所作的《易·系辞》中又写道："其旨远，其辞
文"，都兼顾到内容和形式两个方面，但在论及二者的关系时，他强调了
内容对形式的决定作用。他说："志于道，据于德，依于仁，游于艺"⑧；

---

① 《论语·雍也》。
② 《墨子·修身》。
③ 《庄子·缮性》。
④ 《论语·子罕》。
⑤ 郭沫若：《十批判书》，东方出版社，1996年，第367页。
⑥ 《韩非子·亡徵》。
⑦ 《礼记·表记》引孔子语。
⑧ 《论语·述而》。

"有德者必有言，有言者不必有德"①；"志之所至，诗亦至焉"②。这些话虽不都是谈文学艺术，但显然跟内容和形式的论题有关。在孔子看来："道""德""仁"是第一位的，"艺"和"言"则属于第二位，后者依存于前者。这些都无疑有一定的道理。但是否"有德者"就必定"有言"呢？果真如此，文学家就只需注重涵养德性，又何必讲求"言"和"文"呢？孔子这些话，到了宋代理学家们的嘴里更发展成为"德足以求其志，必出于高明纯一之地，其于诗固不学而能之"。③ 这样，就只需求"道"而不必求"文"了。这种貌似"重道"而实质是"废文"的谬论，其始作俑者，不正是孔子吗？至于说孔子的唯心主义思想如"天生德于予"④ 一类的话需要批判，我当然不持异议。

三

在孔子的文学思想中，还接触到一些文学创作的原则和方法问题。这在先秦文论中更不多见，因此更觉珍贵。

《礼记·经解》引孔子的话说："其为人也，温柔敦厚，诗教也。"这话有可能出于后代儒生们的依托，但它基本上符合孔子的文学观点。孔子曾说过："《关雎》乐而不淫，哀而不伤。"⑤ 所赞许的就是这种精神。这种被历代儒家奉为创作原则的"诗教"，正是孔子所提倡的"中庸"之道在文学创作方面的体现。如屈原的《离骚》，仅仅由于骂了几句昏庸的君主和一批卖国求荣的佞臣，就被班固斥为"露才扬己"⑥，连司马迁等人给它以稍为公正的评价，也遭到激烈反对。司马迁的"发愤著书"说，就被看成是跟这种"诗教"大相径庭的。

但孔子并不反对"怨刺上政"的作品。汉代王逸指出："且诗人怨主

---

① 《论语·宪问》。
② 《礼记·孔子闲居》引孔子语。
③ 朱熹《答杨宋卿》。
④ 《论语·述而》。
⑤ 《论语·八佾》。
⑥ 班固《〈离骚〉序》。

刺上曰：'呜呼！小子，未知臧否。匪面命之，言提其耳。'① 讽谏之语，于斯为切。然仲尼论之，以为大雅。"② 意思是说，孔子也容许怨主刺上和当面提意见。《诗经》中愤怒形之于色的作品有好些篇，如《鄘风·相鼠》和《小雅·巷伯》之类，孔子都一律许之为"无邪"，可见他并不赞成一味"歌德"。相传为孔子所作的《易传》中写道："君子豹变，其文蔚也；小人革面，顺以从君也。"就是说："君子"们才有"文"，而"小人"们只能用"文"来洗心革面，从而俯首听命。

儒家的"诗教"对后世文学创作的影响是否也有它较好的一面呢？我以为这值得进一步探讨。至少中国古典诗词以含蓄为贵的传统，显然与此有关。不然，动辄以骂詈为诗，则难免失之浅陋。

孔子还谈到辞章表达的方法。他主张"辞达而已矣"③。要怎样才算是"辞达"呢？《易·乾文言》引孔子的话说："修辞立其诚。"诚，就是真实。修辞要注重真实，虽不能说这就是现实主义，但它至少接触到了现实主义方法的一个侧面。孔子是主张在重视内容的前提下重视形式的，《礼记·哀公问》引他的话说："有成事然后治其雕镂、文章、黼黻以嗣。"这说明孔子认识到形式的创造必须在内容已具备的基础上进行。孔子在齐国听了一回《韶》乐，竟高兴得"三月不知肉味"④，为什么呢？他说："《韶》，尽美矣，又尽善也。"⑤ 就因为他觉得《韶》乐达到了内容和形式的完美统一。如果只是形式好，内容不够好，他不满足，因此他对《武》乐尽美而未尽善有微词。至于说孔子的善恶观和美学观无不打上他的阶级烙印，那是必然的。但孔子要求内容和形式的统一、善和美的统一，在理论上是完全正确的。

孔子重视文学的辞采。他把辞采比作"黼黻"（古代礼服上绣的半黑半白的花纹）。《礼记·学记》引他的话说："五色弗得，不章"（没有五颜六色，织不出文章来）；"不学博依⑥，不能安诗"（不学会大量比喻，不能

---

① 《诗经·大雅·抑》。
② 王逸《〈楚辞章句〉序》。
③ 《论语·卫灵公》。
④ 《论语·卫灵公》。
⑤ 《论语·八佾》。
⑥ 郑玄注："博依，广譬也。"

把诗写好）。《左传·桓公二年》引孔子的话说："火龙黼黻，昭其文也。"（火龙半黑半白，是为了使文采鲜明）这都说明孔子不惜在文章的辞采方面下功夫。但孔子反对过分追求辞采而伤害内容，因此他曾担心："吾党之小子狂简，斐然成章，不知所以裁之。"① 《仪礼·卷八》引他的话说："辞无常，孙（顺）而悦。辞多则史，少则不达。辞苟足以达，义之至也。"他认为修辞没有死板的格式，只要用得顺当，让人看了喜欢。太浮华固然不好，过于贫乏也不行。辞采要能充分表达思想感情，才最合宜。他讨厌"巧言令色"和"恶郑声之乱雅乐"②，即反对用虚假或淫靡的形式做掩饰。这些见解无疑也是正确的。

像孔子这类见解，在墨子、庄子、韩非子的著作中是找不到的。《墨子》提出了"三表法"，那是属于逻辑思维方面。《庄子·天下》中谈到创作方法，有浪漫主义倾向。韩非子是擅长写寓言故事的，但他"好质而恶饰"③，对辞章方法闭口不谈。只有孔子和他的后继者孟子、荀子，才在辞章方法方面有所发挥。

孔子信"天命"。他的世界观是唯心主义的。韩非子的世界观，许多人认为是唯物主义的，这点我也不完全否认。但在文学思想方面，我认为孔子比韩非子正确。正如列宁所说："聪明的唯心主义比起愚蠢的唯物主义更接近聪明的唯物主义。"④ 对孔子和韩非子的文学观，我正持此看法。

总之，在文化学术方面，有比较才能鉴别，有鉴别才能决定取舍（即继承什么，扬弃什么），才能发展。把孔子的文学思想跟他同时期或略后的各种文学思想做一比较，就不难发现：在先秦文论中，孔子的文学思想具有更多现实主义的成分。因此，它对后世现实主义文学理论的发展，是起了很多的积极作用的。

---

① 《论语·公冶长》。
② 《论语·阳货》。
③ 《韩非子·解老》。
④ 列宁：《哲学笔记》，人民出版社，1993年，第311页。

长作江西社里人

——谈黄庭坚诗学中的忧世情结和亲民思想

黄君兄让我写一篇关于黄庭坚诗歌史地位方面的文章，说实在话，我正想写，我现在的确很想完成我这一辈子最后一篇最重要的文章，或者说，完成我最后最心爱的一个学术研究吧，但是，我老了，今年 88 岁，所以我只带来一个提纲，现在我按照这个提纲分四个问题，讲一讲我对黄庭坚，对江西诗派的认识，以及我与江西诗派的感情。

一、元好问为什么反对江西诗派

我先讲讲我跟黄庭坚的关系。我跟黄庭坚什么关系呢？首先，黄庭坚是江西人，我也是江西人。其次，黄庭坚经常称自己是江西豫章人，就是黄豫章，我也是豫章人，而且我年轻的时候读的是江西南昌市豫章中学，就是现在的南昌一中跟南昌二中。再次，30 年前纪念黄庭坚诞辰 940 周年的活动在这里（修水）举行，我是跟胡迎建教授的老师胡守仁两个主持学术讨论的。所以我跟黄庭坚有一种特殊的感情，而且我 1985 年在《文学评论》发表的一篇文章叫《黄庭坚词风管窥》，那篇文章，我主要是论证黄庭坚词的地位，因为过去都说秦七黄九，有的人就把秦七秦少游捧得很高，而把黄九黄庭坚压得不像话。我当然不敢贬秦，我从来对秦也是非常喜爱的，但是我发现黄在词的造诣，尤其词风上，一点不比秦七差，而是综合水准比他高。所以我拼命抬黄，把黄的优点、特色做了充分的论述，为他打抱不平。我说，看一个人的诗词作品，评判他的文学作品和诗词的好坏，不能从他多数作品来评论，应该从他最好的作品来评论，这就像跳高，你要以他最高的成绩那次为准，其他哪怕连低难度也曾经跃不过去，也没有关系。

黄庭坚写了比较多美艳一类的作品，由此，他曾遭到某些非议。但是黄庭坚最好的作品我认为是跟秦观同样高的。所以我就创造了一个评判文学的标准，在古典诗词里面现在很多人谈到诗词的评判标准，1988年在广州召开的山水诗会议上我就提出八字标准："情真、味厚、格高、韵远"，这八字的顺序是按诗学构成原理提出来的，如果从艺术标准本身来考虑，那么第一个，诗要好，首先要"格高"，我就认为黄庭坚有很多高格的东西。

元好问说"未作江西社里人"，元好问是大家，他曾经有过的《论诗三十首》，是我们中国古代文人的经典之作，他对黄庭坚有个评价，对江西诗派有个评价，集中反映在那首诗中："古雅难将子美亲，精纯全失义山真。论诗宁向涪翁拜，未作江西社里人。"我要学诗，"宁向涪翁拜"，"宁向"两个字有两种解释，一种就是"我哪肯跟着黄庭坚去学呢"，这表明他看不起黄庭坚，但还有另外一个相反的结论。经过我的老师钱锺书先生的考证，他说"宁向"是"宁可向"的意思，宁可拜黄庭坚做老师，我也不做江西社里人，就是说元好问对黄庭坚还是肯定的，但是对江西诗派他持否定的态度。我在20世纪80年代是元好问的少数几个研究者之一，我曾经写过多篇文章，包括元好问的评传，里面我都把元好问的《论诗三十首》捧上天了。而且我在山西忻州开会的时候曾经讲过一句话，山西忻州的人们到现在还感谢我，就是我曾经称元好问是"八百年来第一人"。我的观点，在中华诗词史上，陆游之后第一个诗人就是元好问，这个话我至今不讳言。但元好问说"未作江西社里人"，他显然对江西诗、江西诗派、江西诗社是有看法、有意见的，当年他认为江西诗派有问题，我们也相信当时通行的说法，江西诗派是有形式主义倾向的。

我是专门搞古代文论的，我后来发现这个话不全面，对照事实很不准确，为此，我反复思考、研究，希望找出答案。后来我终于发现，这里有一个问题，为什么元好问对南宋以后的那些江西诗派的诗人都好像很看不起，不放在眼里？原来这里面除了某种诗学方面的问题以外，更深刻、也是更主要的原因，是民族矛盾。为什么这样说？大家想，元好问是金人，他本身是拓跋族，是少数民族。作为当时金朝的臣子，站在金的立场上，这理所当然。所以对南宋的这些爱国之士他是有偏见的。我觉得江西诗派最值得我们敬仰的就是江西诗派这些人几乎清一色是爱国、爱民的。不用说后来的文天祥了，你看江西诗派的这些人，除了一个黄初做了一些有辱民族脸面的事情以外，所有江西诗派的诗人都令我感情冲动，我为前辈江西诗派有那一大批爱国诗人而感到莫大的荣幸。所以这次你们叫我来，我虽然年纪大，但还是和夫人一起来了。

现在可以得出结论了：元好问对江西诗派的评价有一种民族偏见，他没有看到江西诗派在某些方面的成就，或者因为民族偏见，对这种成绩视而不见，故意贬低、扼杀。所以他关于江西诗派很不以为然的评价，在诗歌史上是站不住脚的。我有一个见解，大家都承认陆游是南宋时期最大的诗人，但包括我的老师钱锺书都认为他最初是受江西诗派的影响，后来他不满江西诗派就跳出了江西诗派的圈子。我爱我师，但是对钱先生的看法我是有一些不同的意见，你在我的论文里面著作里面看不到一个我批判我的老师的文章，为什么呢？我都是说钱先生讲得对，朱光潜先生讲得对，林先生讲得对，老师讲的对的地方我们要大力弘扬，但是他们不对的地方，我是学生，我不能讲，这也是尊师之道。怎么办？我就讲我自己的，我绝不敢批我老师一个字。

二、江西诗派继承了什么？追求什么？

江西诗派之所以值得我们尊敬，第一，它是有家国之诗，爱家乡、爱国家，我觉得每一个文艺工作者都应该有这样一个最起码的立场。再就是，习总书记一再强调，文艺作品要有一个基本价值。

第二，一种忧世情结，这也是黄庭坚坚持的一个重要特色。你们去看黄庭坚《病起荆江亭即事》十首，这诗词里面，那种关心国家命运的忧世情绪体现得很典型。比如他说："成王小心似文武，周召何妨略不同。不须要出我门下，实用人才即至公。"他这是在向刚刚登基不久的宋徽宗进言献策。当时徽宗有重整国是，取用元祐忠义老臣，以恢复昌明的志向。黄庭坚以西周成王在周召公辅佐下恢复文武之治来做比，但他提出了一个非常重要的用人原则，即以人才是否"实用""至公"为标准，而不要考虑派系、门户。新旧党派之争、门户之见，是当时北宋朝政最为严重也至为关键的积弊。黄庭坚以"老子五十七"的长老身份，郑重提出"不须要出我门下，实用人才即至公"这一个用人主张，是他忧世情结的最好体现。当然，很可惜，宋徽宗没有采纳黄庭坚的这条好建议，北宋朝政依然停留在派系纷争之中，很快蔡京、赵挺之等奸猾一派掌控朝廷，以至于很快酿成北宋灭亡的悲剧。关于黄庭坚的诗歌，过去有不少不正确的看法，包括他对创作理念如"点铁成金""夺胎换骨"的看法，都存在偏见，有时候根本就是不理解他，反而贬损、批评他，这很不公平。

我认为黄庭坚继承了中国最优秀的诗歌传统，中国三千年的诗歌史，我们从《诗经》算起，《诗经》之前的我们就作为另外的来看待了。有两个传统，一个是风雅的传统，《国风》跟《小雅》的传统；一个就是《离骚》的传统。这两个传统，前面的传统我们都称它为现实主义的形象，后面这个传统我们都称它为浪漫主义的形象。

三、一祖三宗继承了中国诗歌的正确传统

早在一千二百年前，唐代的殷璠，他在《河岳英灵集》中就提出了"文质半取，风骚两挟"的创作主张。什么叫"文质半取"，"文"就代表文学形式，"质"就代表文学内容，他说文学作品必须要内容跟形式两个都各占百分之五十，就是说要把两个结合起来。诗歌的内容跟艺术形式，一个正确的政治内容跟尽可能完美的艺术形式要结合，这叫"文质半取"。"风骚两挟"，他的"风"就是《国风》，《小雅》就是指《诗经》，现实主义的传统；"骚"就是指屈原的楚辞，骚体的浪漫主义传统。所以他的"文质半取，风骚两挟"已经提出了中国的诗歌应该走现实主义跟浪漫主义相结合的道路。可是这个道路、这个创作以谁为代表呢？江西诗派的"一祖三宗"，杜甫、黄庭坚、陈师道、陈与义都是典型。关于杜甫，早有定论，只是可惜殷璠偏偏就把他漏了。他的《河岳英灵集》保留了很多盛唐的著名诗人，可偏偏没有杜甫，当然，这个也不奇怪。

过去我也是大奖赛的评委，我们经常把一些人漏了，那也没有办法。像我的老师程千帆一样，参加第一次评奖的时候，我跟周笃文教授做评委，我说这个不好评，我们给他荣誉奖好了。给我的老师周祖谟一个三等奖，我跟陈贻焮两个坚决反对，你给他三等奖我们不敢见他，给他一个荣誉奖吧。当年很多著名的诗人没有被发现，这个是可以理解的，因为诗词

的评赏毕竟有个人倾向，审美会有差异。我是学了审美辩证法的，审美一定要有两个体，一个主体一个客体，审美主体跟审美客体是能够完全结合的，所以我写鉴赏文章主要是把自己的感情全部倾注在作品里面。

黄庭坚、陈师道、陈与义都是"文质兼取""风骚两挟"的重要代表人物。这里面可以列举许多的例子，有心的朋友，希望你们今后在这个方面做进一步的研究，我是心有余而力不足了。

四、长作江西社里人

黄庭坚的"桃李春风一杯酒，江湖夜雨十年灯"，你们不够精益的时候可能不注意，可能一读就过，我读这首诗的时候，在这两句上停一二十分钟甚至半个小时，因为我细细琢磨这里有很多感情是我们没有体会到的。"江湖夜雨十年灯"就表现出了黄庭坚深厚的忧世情结，他十年当中到处漂泊，对国家依旧充满了感情。黄庭坚爱民，我只举两个例子。因为我这次到江西非常高兴，我长期在厦门大学教书，所以我的学生大部分都在福建。我没有想到在江西还碰到了我的学生，而且是很出色的学生，比如在座的陈孝，我曾经在江西大学中文系教了一个月的课，教了《古代文论》。他是我的学生，而且他写了一本《黄庭坚传》，我都很怀疑，我说我们不如每人送一本《黄庭坚传》更好呢。我昨天虽然谈不上细读，大致上读，我觉得他写的黄庭坚比我好。我昨天还求教他一个事情，黄庭坚在太和当县令的时候，当时朝廷发一些食盐的许可证，叫盐榷，我开始不懂什么叫盐榷，我们现在很多书店拼命抢书号，书号越多利润就越多，它也是，专卖盐，专卖许可证，官府可以通过这个大捞一笔油水，刚才好像丛文俊教授也谈到这个典故。但是黄庭坚不干，他看到百姓贫苦，无钱买盐，而官盐又贵又差，不利百姓，所以没有强行盐榷制度，以致吏部不高兴，那些当官的小官吏也不高兴，但他为"宁安之道"当地老百姓得到好处，避免了很多中间的盘剥、敲诈。不仅如此，他在这期间还写了一批体恤民情，关注民生的诗，发出了"民病我亦病，呻吟达五更"的咏叹，还有"但愿官清不爱钱"的警世恒言。所以我们说黄庭坚是个好官，是一个亲民爱民、善良勤政的好官。

总的来说，黄庭坚的诗体现了一种家国之情。你看他的诗歌里面，对修水多么称赞，他把你们的双井茶多次送给苏东坡，他处处以家乡为荣。所以在 1985 年我参加黄庭坚诞辰 940 周年活动的时候也在修水这个地方，当时我在会上就发表了一篇文章：《江右文风不坠》，"江右"就是江西，江西的文风是永远没有掉在后面的。

我对江西充满了感情，这不仅仅是家乡情结，还有一个重要原因就是江西诗派。我今天表示，我愿意为江西社里人，这也不仅仅是叶落归根，更是我精神的一种皈依。听说胡迎建跟黄君兄要组织新江西诗派，征求我的意见，我说我愿意做江西诗社的人，我要长做江西诗社的人。当代一个很有名的书法家，也是诗人，苏仲湘先生，他曾经一边喝酒一边给我写了一个条幅，第一句就是"江西诗派黄双井"，把我比作黄庭坚，我是不敢当。他问福建有什么人，我说福建蔡襄，"左海文章蔡莆田"，蔡襄是莆田人。

我今天也没有别的话讲，也不用占大家更多的时间，四个题目，各有结论。元好问为什么反对江西诗派？民族偏见。江西诗派继承了什么？这就是一祖三宗，就是杜甫，杜甫继承的就是"风""骚"的传统，一祖三宗继承了中国诗歌的正确传统。我们说陆游他批判的是江西诗派的某些形式主义的错误，但他并没有离开江西诗派，他对江西诗派的两个精神我给他归纳一下，就是马凯同志说的——"求正容变"，所谓求正就是要继承传统，一点都不能走样的；容变就是允许适当的创新。用黄庭坚的话来说就是"奇外无奇更出奇"，这当然是元好问的诗了，一个是要继承传统，一个要创新，这就是马凯同志提出的"求正容变"，我的理解，我说这也是政府和江西诗派一贯的主张。陆游没有离开江西诗派，他是南宋江西诗派最后的一个突出代表，我蔡厚示愿意跟着胡迎建、黄君之后一道来学习。我们前面从黄庭坚、陈师道，当然不一定不是江西人就不可以参加江西诗派，江西诗派有很多都不是江西人，包括陆游，所以很多。我说，今天这个题目叫"长作江西社里人"，因为老了，88 岁了，稀里糊涂了，讲得不成体系，浪费大家时间，请求大家原谅。

（本文根据作者在 2015 年"黄庭坚与中国文化"高峰论坛上的发言录音整理而成，已经作者本人审阅）

第 二 辑 ■

汉儒的诗论

——读《毛诗序》小札

两汉是中国早期封建社会鼎盛时代。"汉承秦制"，它既继承了秦王朝的大一统局面，建立了较稳定的中央集权制度，又吸取了秦王朝迅即覆亡的历史教训，注重在发展生产的同时，大力稳固上层建筑，以维护其封建经济基础。特别是汉初，历经高、惠、高后、文、景、武、昭、宣各朝（内除汉武帝晚年好大喜功、穷兵黩武外），基本上都采取了一项与民休息的政策，使文化和学术得到了长足的发展。

正是在这种文化和学术得到长足发展的基础上，汉代文学才初步形成为一个相对独立的部门，与哲学、历史学、政治学、经济学一类著作有了区分。章学诚《文史通义·内篇六·文集》说："两汉文章渐富，为著作之始衰。"尤其是汉初文学承受了楚文学的影响，发展为盛极一时的辞赋，又继承了《诗经·国风》的传统，创立了乐府机构，大力搜集和整理民间歌谣。再加上政论散文、史传文学的兴起，真可谓彬彬之盛。在这样的情况下，文学理论与文学批评也相应地得到发展，出现了一些较自觉、较系统的研究和论述。如对《诗经》的研究，便出现了《毛诗序》这样带有总结性的著作。

关于《毛诗序》的作者，历来有各种不同说法。有说是孔子的学生卜商（子夏）所作，有说是卜商和大毛公（毛亨）合作。范晔《后汉书·儒林传》载："初，九江谢曼卿善《毛诗》，乃为其训。（卫）宏从曼卿受学，因作《毛诗序》。"但究系何人所作，目前尚难定论。从它的内容和文学风格看，疑是汉儒的集体研究成果，经卫宏纂集而后写定。

《毛诗序》涉及了哪些诗歌理论呢？它在中国古代诗论发展史上起了什么作用？它今天对我们还有何种借鉴意义？凡此种种，谨根据个人学习所得，略述如下：

一、论诗歌的功用

《毛诗序》据孔子的"兴""观""群""怨"说做了具体的阐述，提出了"正得失，动天地，感鬼神，莫近于诗"的说法，把诗歌的功用强调到了无以复加的地步，为曹丕《典论·论文》的"经国之大业，不朽之盛事"说提供了张本。但《毛诗序》的作者们显然是站在封建统治阶级的立场上，竭力宣扬文学为封建政治服务的观点。它写道："先王以是经夫妇，成孝敬，厚人伦，美教化，移风俗。"几乎把诗歌的伦理、道德和社会功用都囊括进去了。即使这样，它仍然承认诗歌拥有"上以风化下，下以风刺上"的职能和"吟咏情性，以风其上"的权利，并提出了"言之者无罪，闻之者足以戒"的原则。这里"风化"的"风"作教化解；"风刺"的"风"作讽刺解。前者指自上而下施行教育；后者指自下而上开展批评。早在约两千年前，中国古代诗论就如此明确地强调创作的社会功用，这对促进中国古代诗歌朝着"为时""为事"的方向发展，无疑是起了积极作用的。

二、论诗歌的特点

《毛诗序》说："诗者，志之所之也。在心为志，发言为诗。情动于中而形于言，言之不足，故嗟叹之；嗟叹之不足，故永歌之；永歌之不足，不知手之舞之，足之蹈之也。"

这段话清晰地表达出汉儒对诗歌产生过程的见解。它强调诗歌是人们思想感情的表达，指出远古时代的诗歌是跟音乐、舞蹈结合为一体的。后世诗论所谓"言志"和"缘情"的说法，大致都是从这里演绎开来的。

显然，《毛诗序》的作者并不承认诗歌起源于劳动，也不可能进一步阐明诗歌是一定的社会生活在诗人头脑中反映的产物。这纯由于作者们的阶级偏见。因为在先秦、两汉的许多典籍中，已注意到诗歌跟劳动和社会生活的关系。如东汉人何休在《春秋公羊传·宣公十五年解故》中就明确地写道："男女有所怨恨，相从而歌。饥者歌其食，劳者歌其事。"《毛诗序》的作者完全回避了这个问题，甚至连《礼记·乐记》已提出过的"感于物而动"的说法也被抛弃了，这无疑是一种理论的倒退。后世唯心主义的诗论家们往往引此为"自我表现"说的依据。

三、论诗歌与社会和时代的关系

成书于西汉初年的《礼记·乐记》就已言明："凡音者，生人心者也。情动于中，故形于声；声成文，谓之音。是故治世之音安以乐，其政和；乱世之音怨以怒，其政乖；亡国之音哀以思，其民困。声音之道，与政通矣。……郑、卫之音，乱世之音也，比于慢矣。桑间、濮上之音，亡国之音也，其政散，其民流，诬上行私，而不可止也。"《毛诗序》接受了这种观点，几乎一字不易地重述了"治世之音安以乐，其政和；乱世之音怨以怒，其政乖；亡国之音哀以思，其民困"的见解。这见解突出了诗歌跟社会和时代的密切关系，为后世刘勰"文变染乎世情，兴废系乎时序"的历史主义观点培育了初胚。这是一条诗歌发展的客观规律，是社会存在决定社会意识的必然反映。中国古代诗论很早就注意到这个规律，因此十分强调诗歌为政治服务和宣扬诗歌与社会和时代应保持密切关系的观点。

四、论诗歌的种类和写作方法

《毛诗序》把诗歌分了类。它提出了"诗有六义"的说法。这种说法，最早见于《周官·春官》："大师教六诗：曰风，曰赋，曰比，曰兴，曰雅，曰颂。"

风、雅、颂是根据音乐的不同来区分的。《毛诗序》对风、雅、颂的某些解释自难免是望文生义和穿凿附会，不足以为征信；但它视风为地方诗歌，雅为朝廷诗歌，颂为祭祀诗歌，这个总看法还是比较符合实际的。《毛诗序》说："是以一国之事，系一人之本，谓之风，言天下之事，形四方之风，谓之雅。雅者，正也，言王政之所由废兴也。政有小大，故有小雅焉，有大雅焉。颂者，美盛德之形容，以其成功告于神明者也。是谓四始，诗之至也。"孔颖达在《毛诗正义》中解释这段话说："一人者，作诗之人。其作诗者，道己一人之心耳。要所言一人心，乃是一国之心。诗人览一国之意以为己心，故一国之事系此一人使言之也。但所言者，直是诸侯之政，行风化于一国，故谓之风，以其狭故也。言天下之事，亦谓一人言之。诗人总天下之心，四方风俗，以为己意，而咏歌王政，故作诗道说天下之事，发见四方之风，所言者，乃是天子之政，施齐正于天下，故谓之雅，以其广故也。"孔颖达在这里显然是替《毛诗序》圆其说，但就中确不乏卓越的见解。如他强调诗人应该"览一国之意以为己心"和"总天下之心，四方风俗，以为己意"，就包含着对典型概括的正确理解。早在一千多年前，连孔颖达都懂得"大我"和"小我"的辩证关系，从不把诗歌看作单纯自我表现的手段，这岂不值得当前某些侈言"新的美学原则"的同志们深思么？

赋、比、兴的提出，说明关于形象思维的理论已早被中国古代诗人所掌握和诗论家们所理解。当然，这种理解还是比较初步和零碎的，但它为全面探讨这个问题积累了丰富的有益资料。

对赋、比、兴的解释，虽然始于汉代郑众和郑玄，但后世争论很大。郑玄注《周礼·春官》曰："赋之言铺，直铺陈今之政教善恶。"后来刘勰、钟嵘以至朱熹都一致认为"直书其事""体物写志"是赋的特征。比，郑玄解作"比方于物也"。朱熹说："以彼物比此物也。"意见也相近。唯独兴的解释，歧义纷纭。郑玄说："见今之美，嫌于媚谀，取善事以喻劝之。"何晏《论语集解》引孔安国说："兴，引譬连类。"朱熹《诗集传》说："先言他物以引起所咏之辞也。"都偏于一隅或执其一枝一节。有人甚至把兴理解得极狭，以为仅指咏物起兴一类，如清人姚际恒在《诗经通论·诗经论旨》中就认为："兴者，但借物以起兴，不必与正意相关也。"有人又把兴理解得很宽，如黄宗羲在《汪扶晨诗序》中就认为："凡景物相感，以彼言此皆谓之兴。"我是比较倾向后一说的。我以为，兴除了用于发端的"借物以起兴"之外，也有通篇为兴体的，举凡寄托、象征之类，都可归入兴法。刘勰《文心雕龙·比兴》说"比显而兴隐"即认为比法相对说来是较明显的，而兴法却往往"环譬以托讽"，用各式各样的景物为象征来委婉地寄托诗人的思想感情。释皎然在《诗式·用事》中说："取象曰比，取义曰兴。义即象下之意。"也就是说，凡着重从形象上打比方的为比法，着重用形象所包含的意义来寄托或象征诗人的思想感情的为兴法。因此钟嵘称兴为"兴托"（《诗品·卷中》），陈子昂称兴为"兴寄"（《与东方左史虬修竹篇序》），就是这个道理。我以为，凡诗词中所写景物显然只是用作比拟，舍此外别无其他字面意义可求的属比法，如"小小寰球，有几个苍蝇碰壁"即属此类；凡诗词中所写景物虽象征含义很明显，但字面上仍可视为写景赋物的应属兴法，如陆游与毛泽东同志的《卜算子·咏梅》都属此类。

五、所谓"正""变"

《毛诗序》说："至于王道衰，礼义废，政教失，国异政，家殊俗，而变风、变雅作矣。"所谓"变风""变雅"，指的就是那些"怨刺相寻"的乱世之音和亡国之音。《毛诗序》用一刀切的办法把《诗经》三百零五篇强蛮分为"正"和"变"，自难免有不恰当的地方。但诗有"正""变"，本符合事物发展的辩证法，无可厚非。只是儒家学者存着"正"优于"变"的观点，骨子里仍是宣扬"温柔敦厚"的诗教，强调诗歌要"主文而谲谏"和"发乎情，止乎礼义"，其目的是巩固封建阶级的统治。但不可否认，中国古典诗歌含蓄隽永、耐人寻味等特点的形成，是跟儒家这种诗教密切相关的。邱世友同志在《"温柔敦厚"辨》① 中对这一诗歌理论命题做了分析，否定了它的伦理原则而适当肯定了它的艺术原则，我以为是很有见地的。

总之，《毛诗序》的出现标志着汉代学者对诗歌的理论认识已逐步深入。它提出了一系列可供探索的论题，对中国古代诗论的发展有着深远的影响。我们不能只着眼于它的某些穿凿附会而斥之为"一堆最沉重最难扫除"的瓦砾，而应当从历史发展的观点肯定它承前启后的作用。敏泽同志说："《毛诗序》不仅比此前的诗论阐述得更加详尽，而且也更加系统完整，对后来的文学理论批评发生了重大而长远的影响。"② 王文生同志说："《毛诗序》概括先秦诗歌创作经验而提出诗的'六义'说，以及汉代学者对'六义'说做了初步的评述，这件事本身就表明了当时人们对诗歌的本质和特征的认识的深入。汉代理论家不仅开始对诗歌做了较科学的分类，并初步对艺术思维和艺术表现方法的特点进行了有意义的探讨，这对我国后来的文学理论文学创作是有深远影响的。"③ 我同意他们的这些看法。

---

① 载《学术研究》1983 年第 5 期。
② 敏泽：《中国文学理论批评史》，人民文学出版社，1981 年，第 74 页。
③ 王文生：《两汉的文学理论批评》，载《古代文学理论研究》（第三辑），1981 年，第 89 页。

"离形得似"与"万取一收"

——试论司空图《诗品》中关于诗歌
形象化和典型化的见解

司空图的《诗品》，前人多把它看成专门谈论诗歌风格的著作。即使像才识卓越的清代诗人兼诗论家袁枚，也公然持此看法。他在《续诗品序》中写道：

"余爱司空表圣《诗品》，而惜其只标妙境，未写苦心，为若干首续之。"

袁枚所谓"只标妙境，未写苦心"，就是说司空图在《诗品》中只描绘了诗歌意境和风格的美妙，而没有写出诗歌创作的甘苦。他这话若用来评论顾翰的《补诗品》或曾纪泽的《演司空表圣诗品二十四首》等类续作，倒是不错，但用来讥弹司空图的《诗品》，就未免有一叶障目而不见舆薪的样子。

《诗品》（以下凡称《诗品》，都指司空图的《诗品》）究竟有没有写出诗歌创作的甘苦？或换句话说，《诗品》是否涉及诗歌创作的理论呢？

关于这一问题，在新中国成立后出版或重版的几部中国文学批评史中，有着各种不同的回答。试摘引几段如下：

1. 罗根泽著《中国文学批评史·二》：

"司空图对于二十四诗品，虽如四库提要所言，'诸体毕备，不主一格'，但也寓藏着他的诗学见解。"（241页）

2. 朱东润著《中国文学批评史大纲》：

"诗品一书，可谓为诗的哲学论，于诗人之人生观，以及诗之作法，诗之品题，一一言及。"（99页）

3. 郭绍虞著《中国古典文学理论批评史·上册》：

"司空图《诗品》值得注意的地方，不在分别诗的风格，也不在用形似之语说明各种风格，而在用这种韵外之致、味外之旨的标准来论各种风格，于是更觉得这些形似之语，格外超脱，格外空灵，可以使人启发，使人领悟，却不会教人死于句下。"
（257 页）

4．刘大杰主编《中国文学批评史·上册》：

"这二十四品的名目，除掉像实境、形容那样的少数品目外，都是指的诗歌的风格或意境。各品韵语除对各类风格、意境进行描述外，还常常涉及与风格、意境有关的创作修养和写作方法的问题。"（327 页）

从上面各种不同的回答中，有一点倒是共同的：都或多或少、或明或暗地指出《诗品》涉及诗歌创作的理论问题，只是都未予以充分阐述。因此，从诗歌创作论的角度对司空图《诗品》做进一步的考察，以吸取其精华，剔除其糟粕，并澄清一些理论是非，有待于学术界同仁的继续努力。我认为，这样做不仅有助于全面了解司空图的诗学见解，而且能够为我们当前的诗歌创作从理论上提供有益的借鉴。

《诗品》一书，分列二十四品，看似谈诗歌的不同风格，实际上，在各品之中都贯串着司空图的诗歌见解和创作主张。即以"雄浑"一品为例，就涉及一系列的创作理论问题：如内容与形式，构思过程与写作过程，现象与本质，形象与典型，等等。开头两句"大用外腓，真体内充"，就包含了两方面的意义：（1）孙联奎的《诗品臆说》指出："文以意为'体'，词为'用'。""理扶质以立干，是'体'，文垂条而结繁，是'用'。"可见这里的"体"和"用"，指的正是作品的内容和形式。司空图借此开宗明义式地表达了他对这一基本理论问题的看法。（2）"用"，兼指作品的功用。无名氏《诗品注释》说："见于外曰'用'，存于内曰'体'。腓，变也。充，满也。言浩大之'用'改变于外，由真实之'体'充满于内也。"杨廷芝《二十四诗品浅解》说："外腓，言气体劲而用其宏也。"综上所述，我以为"大用外腓"一语，既指作品辞采的丰富（即孙联奎《诗品臆说》中所谓的"沉浸浓郁，含英咀华"），又指艺术形式的感染力。孙联奎解道："然非真体内充，则理屈词穷，何以大用外腓乎？故欲大用外腓，必先真体内充。"这说明司空图已认识到：诗歌艺术功用的大小，应首先取决于作品内容是否充实。这些他虽仅就"雄浑"一品而言，却提出了一条对一切创作都适用的原则。像这类理论问题，《诗品》中已广泛接触到。本文因限于篇幅，不可能全面论述，只拟专就诗歌的形象化和典型化问题，对司空图的见解做一番探讨。

一

诗歌，作为文学的一种样式，是通过形象来反映社会生活的。毛泽东同志强调："诗要用形象思维。"这是客观存在的一条艺术规律，哪怕是人类蒙昧时代和野蛮时代的歌唱。如我国相传为黄帝时代的《弹歌》和伊耆氏的《蜡辞》等，都不可能违背这一规律，否则，就不成为艺术作品。诚然，从理论上认识形象思维并明确地意识到这一艺术规律，那是较后的事。但应该说，这种认识从有诗歌之后不久就开始了，而且直到今天，这种"循环往复以至无穷"的认识过程也未结束。拿我国较早时期的一部著作《周易》来说，尽管它主要探讨的是哲学论题，但它对人类思维方式之一的形象思维特点已有所认识。且撇开后人繁复的传注不谈，单就《周易·系辞上》"圣人有以见天下之赜，而拟诸其形容，象其物仪，是故谓之象"及"圣人立象以尽意"等话看来，都已明显接触到某些形象思维的特点。哪怕这里所谓"象"指的是卦象，且被抹上一层占卜学的神秘色彩，但它毕竟是古代人们形象地反映客观事物的一种艺术雏形。至于把形象思维作为艺术家（包括诗人）创作的主要思维方式进行论述，我们虽无法断言始自何时何人，但至少可以说陆机在《文赋》中已有过大量阐述，更无须列举在陆机之后的刘勰和钟嵘了。司空图正是在广泛总结前人创作经验（不限于王维、孟浩然、韦应物、柳宗元一派）和继承前辈（包括陆机、刘勰、钟嵘）理论成果的基础上，形成了自己的诗学见解，提出了自己的创作主张，并把它贯串在整部《诗品》中。

司空图在《诗品》中涉及了哪些有关形象思维的理论呢？他对诗歌的形象化和典型化持有什么样的见解？这是本文想要着重探讨的问题。

诚然，在中国古代文论中，不曾出现"形象思维""形象化"和"典型化"一类术语，在司空图的著作中也同样找不到这些。从表面看，《诗品》一书主要是按风格分成二十四品进行描述，因此不可能系统地阐明形象思维的理论，但贯串在各品中的一些观点和想法，仍多方面地反映出司空图对以上问题的见解。司空图在描绘二十四种不同意境和风格时，涉及许多共同的创作原则。如洗炼、缜密，它对一切成功的创作都是必需的，因此有关它的品评，对一切诗歌创作都具有普遍的意义。当然，我们不可能要求在同一诗篇之内，兼备各品的意境和风格，但其中许多品是可以融合、贯通而且相得益彰的，如雄浑、劲健、豪放等品，就不妨跟自然、精神、清奇等品结合起来。即使像冲淡与纤秾、缜密与疏野等，表面看来似乎如冰炭之不可相容，而实质上仍然是互为表里或互相制约的。它们有时且共同构成一个矛盾统一的艺术体。如孟浩然的著名诗句："微云淡河汉，疏雨滴梧桐。"从写作手法说，是似疏实密；从诗人的内在感受说，则是寓秾于淡，即苏轼所谓"寄至味于淡泊"（《书黄子思诗集后》）。像这类例子，古今中外诗歌中常有，无须枚举。因此，我们切不可胶执于一隅，把品与品截然对立起来。相反，我们不妨把司空图在各品中分述过的一些零星论断合在一起，以弄清他对有关问题的看法。

诗人进行形象思维，首先要具备什么呢？司空图于首篇中提出要"具备万物"，即要求诗人认识和掌握万事万物的道理。郭绍虞先生指出，"万物，万理也。具于内者，至备乎万理而无不足，斯发于外者，也就塞于天地之间，自成一家，横绝太空，而莫与抗衡了。杜甫所谓'读书破万卷，下笔如有神'，庶几近之"（《诗品集解》）。杜甫的"读书破万卷"，谈的是书本知识的重要性，相当于刘勰所说"积学以储宝"的方面；而对诗人来说，更重要的应是深入生活，参加社会的实践，相当于刘勰所说"研阅以穷照"的方面。从这个意义上说，"读万卷书不如行万里路"是正确的，因为直接经验终归比间接经验给人的印象要深刻和强烈得多，虽然间接经验有时也是不可缺少的。

但诗人光具备了直接经验和间接经验还不够，因为诗人置身于生活的海洋中，不能单凭感性直觉，为了理解生活的真谛和探索宇宙的奥秘，还必须有一个冷静地观察、研究、分析客观事物的过程。所以司空图紧接着在"冲淡"一品中，着重强调了诗人的内省功夫："素处以默，妙机其微。"他说明诗人在创作过程中有时需要对事物做冷静、深邃以至纯理性的考察。因为热和冷、动和静、感性和理性都是矛盾物的两个方面，它们相互依存，相互为用。没有相对的冷静观察和理性思维，人们是不可能深入认识事物的本质的。一切把感性的活动绝对化了的理论之所以错误，就在于它们必然引导人们坠入"主观战斗精神"的泥坑。

诗人用什么来指导社会实践和观察、研究、分析社会生活呢？这当然离不开世界观。司空图把这归之于"道"。我们知道，司空图的世界观相当复杂，他所承受的影响，儒、释、道各家都有。因此，他所谓的"道"是个"杂拌儿"，含义并不明确。一般说来，司空图心目中的"道"是主观唯心主义的，但有时也含有某种"自然之道"的意味。《诗品》中多处涉及师法自然的道理，如"如觅水影，如写阳春。风云变态，花草精神；海之波澜，山之嶙峋；俱似大道，妙契同尘"（"形容"），提倡一种与自然契合的主张，就是明证。关于这点，本文不拟深谈。我只想着重说明：司空图不是形式主义者，他懂得形象离不开一定的思想指导，诗人离不开一定的世界观的制约。因此他强调诗人要"饮真茹强，蓄素守中"（"劲健"），就是要求诗人加强道德修养和思想锻炼。郭绍虞先生说得好："曰饮，曰茹，正见得经过消化，化为己有。"（《诗品集解》）用今天的话说，就是诗人的道德修养和思想锻炼必须化为自己的世界观和活生生感受（如爱、憎等）的一部分。但诗人决不能舍弃形象思维，单凭某种抽象的道德观念和纯用推理、判断从事创作，否则就难免涉于理路和落入言筌了。司空图指出："少有道气，终与俗违。"（"超诣"）孙联奎解说为："儒先诗，大段不脱性理，便是'有道契'者。老杜儒术自许，却不作头巾语。诗虽言志，然亦须脱去头巾气。"）（《诗品臆说》）像晋代玄学家和宋代理学家那些"头巾气"十足的"诗"委实不成为诗，就因为它除了具有押韵等一类诗歌形式外，几乎看不到任何生动的艺术形象。正如司空图所说："知道非诗。"（《诗赋赞》）即懂得道的人未必都能作诗，即使作诗"诗未为奇"也是必然的。

司空图既强调"俱道适往"（"自然"）和"由道返气"（"豪放"），又反对"少有道气"；即既强调诗人道德修养和思想锻炼的重要性，又反对把诗变为纯抽象的说教。这说明司空图在对待"道"和"文"二者的关系上是正确的，怎么能斥之为"形式主义者"呢？

二

诗人进入创作过程之后，应该注意些什么呢？司空图在《诗品》中多次谈到"形"和"神"的问题。其中突出的一点是：他强调要"离形得似"（"形容"）。这是否意味着他完全漠视"形似"的作用了呢？

司空图在《诗品》中关于肯定"形似"的话确实一句也不曾说。但通观《诗品》全书，则又觉得他处处在用"形似"的手法描述诗歌的各种意境和风格。纪昀说他"各以韵语十二句体貌之"（《四库全书总目提要》），所谓"体貌"，就是"形似"。许印芳说他"比物取象，目击道存"（《二十四诗品·跋》），也是先就其"形似"而言。试以"纤秾"一品为例，司空图为了描述纤秾的景象，前八句用了多么绚丽、细致的笔触："采采流水，蓬蓬远春。窈窕深谷，时见美人。碧桃满树，风日水滨。柳阴路曲，流莺比邻。"孙联奎说他"入手取象，已觉有一篇精细、秾郁文字在我意中，在我目中"（《诗品臆说》）。所谓"取象"就是"形似"的另一种说法。诗歌既然是通过形象来反映社会生活的，如果完全撇去"形"和"象"，又从何去表达它的"神"和"意"呢？

当然，所谓"形似"，只能是相对而言，切不可把它绝对化。任何真正的艺术，绝不可能是生活的自然主义写照和机械翻版。过于追求形体的酷似，反往往导致艺术的破产。齐、梁诗风中的一个致命弱点就在于它"情必极貌以写物"（《文心雕龙·明诗》），以致"彩丽竞繁，而兴寄都绝"（陆子昂《与东方左史虬修竹篇序》），终于走入一条形式主义的死胡同了。

司空图是反对"极貌以写物"的。他提出"离形得似"的主张，鼓励诗人们"略形貌而取神骨"（许印芳《与李生论诗书·跋》）。他在"冲淡"一品中写道："脱有形似，握手已违。"杨廷芝说："脱，犹若也。言若有形似，欲指其状，即一握手间，已涉迹象，非冲淡矣。"（《二十四诗品浅解》）应该说，不只"冲淡"一品的诗须如此，一切好诗都须如此，诗人不能以自然主义地摹写客观事物为能事。艺术之可贵，乃在于通过"形"去表现"神"，通过"象"去表现"意"，通过典型化了的艺术形象去反映生活的某些本质，使人们能更深刻地认识客观事物，领会生活的真谛。司空图提出要"超以象外，得其环中"（"雄浑"），主张写"象外之象，景外之景"（《与极浦书》），不是没有道理的。我们知道，作品的思想，固赖形象以表达，但绝不能局限于所描绘的表面形象之中。真正的艺术形象绝不等于生活中的表象，而是经过艺术家头脑反映过、集中提炼过的产物。用司空图的话来说，这就叫作"意象"。"意象"就是寓有作家思想感情的艺术形象。"缜密"一品中说："意象欲出，造化已奇。"意思就是说当作家创造的艺术形象告成之时，他所描绘的大自然已变得更为美妙了。因为这时反映在作品中的艺术形象已不是客观事物的表象了。正如南宋画家马麟所绘的《层叠冰绡图》，画面上只画了两枝洁如冰雪的白梅，这里既没有背景，也没有前后的枝丫，作者只是把他感受最深的和最生动的两枝画了出来，融入了自己的思想感情，因此这画面上的梅花便显得比大自然的梅花更加俏丽了。杜甫的《绝句》："两个黄鹂鸣翠柳，一行白鹭上青天。窗含西岭千秋雪，门泊东吴万里船。"在辽阔的空间里只写了黄鹂、翠柳、白鹭、青天、西岭、雪、船等，但更重要的是通过这些写出了一位在窗内、门内欣赏这美好景色的诗人自己，而且暗暗流露出诗人漂泊西南欲归不能的牢落心情。因此这诗里的黄鹂、翠柳等诸种景象，也就不是客观事物的表象，而是被赋予诗人思想感情的艺术形象了。我以为，司空图所标举的"象外之象"，前一个"象"指的乃是表象，后一个"象"指的才是诗人笔下的艺术形象，亦即"意象"，只要我们不把这两种"象"混淆起来，他这话似乎也不太难理解。他说"超以象外"，就是要诗人跳出事物的表象之外；"得其环中"，就是要诗人抓住对象最本质的核心。一方面，情思只可能通过形象的某个侧面来体现，故也可求之于表面形象之外；另一方面，形象又大于情思，即从表面形象之外，可联类而及，窥见或察知诗人无穷无尽的内心活动。如李白的《黄鹤楼送孟浩然之广陵》："故人西辞黄鹤楼，烟花三月下扬州。孤帆远影碧空尽，唯见长江天际流。"末两句从表面形象来看只写了帆影、碧空、江流等，而诗人的情思却远超出于这些之外；但从诗中所提供的艺术形象（即"象外之象"）看来，读者很容易察知诗人写帆影、碧空、江流等的目的，是在写自己对老朋友无限惜别的心情。我们借此可以联想起李白当时一直站在江岸上久久凝视孤舟远去的情景，深刻感受到李白对孟浩然的真挚友谊。而这些，诗中似乎是"不着一字"，但却从"象外之象"和"景外之景"中自然流露了出来。因此，读者必须既置身于诗歌所描绘的形象之中，又必须跳出所描绘的表面景象之外，不胶柱鼓瑟，而求之于言意之表。我们通常所说"言外之意"和"弦外之音"即指此，司空图所谓"味外之旨"和"韵外之致"亦指此。中国古典诗歌的含蓄有致和隽永有味，也就是从这方面得来的。

"离形得似"还包含了另一层意义，那就是"神"比"形"重要，"意"比"象"重要。高尔基说"文学就是人学"，那是完全正确的。诗歌更是如此。中国古代诗论特别强调"言志"和"缘情"，就是这个道理。离开了表现人的精神面貌、情志和意愿，还有什么诗歌艺术好谈呢？因此，哪怕是模山范水，也必须写出人的精神，必须寓有作者的思想感情。如曹操的《步出夏门行·观沧海》之所以成为描写山水的名篇，不在于他所描摹的山水形状是否酷似，而在于它"有吞吐宇宙气象"（沈德潜语），突出地表现了他的远大抱负和宽广襟怀。但诗人的情志、意愿或抱负、襟怀，不宜用语言直接吐露，不宜在诗歌中尽发哲学议论。因此，司空图强调要"行神如空"（"劲健"），要求像"落花无言"（"典雅"）似的做到神行无迹，把诗人的心曲都只通过艺术形象展现出来。

总之，"离形得似"是既要诗人不刻意追求形体的酷似，又必须通过"形似"以达到"神似"。这种不即不离、不脱不粘的要求，正表明在司空图的艺术思想中确实存在某些辩证法的因素。

三

诗人在形象思维的过程中，必须进行一番"将丰富的感性材料加以去粗取精、去伪存真、由此及彼、由表及里的改造制作工夫"。但诗人不是将它造成概念和理论的系统，而是通过典型化了的形象使它更集中、更突出地反映出社会生活的本质，同时又保留它本身的具体感性特征。我以为，司空图"含蓄"一品中"万取一收"四个字，已概略地涉及这方面的理论。

诗人在丰富的感觉材料面前，既不能仅仅拾取其中的一鳞一爪，又不可能包罗万象，兼收并蓄。他必须博观约取，既广泛地留心各种事物，从中挑选最具特征而又最有代表性的生活现象，同时又从其他纷繁的生活现象中汲取有用的材料，然后加以提炼、概括，通过想象（即艺术虚构）把它集中、统一为完整的艺术形象。尽管司空图当时还不可能对此做系统的阐述，但从他许多零星的见解里，仍然可以看出他已或深或浅地接触到这些论题。

孙联奎为"万取一收"四字做了很好的说明："万取，取一于万；……一收，收万于一。"（《诗品臆说》）这话准确地表述了对纷繁的生活现象进行选择和概括的必要。纵观历代伟大诗人的创作史，他们几乎无不广泛地接触过所描绘的生活，因此在他们构思之际，才可能达到"真力弥满，万象在旁"（"豪放"）的境界，才可能对纷繁的社会生活做出"万取一收"式的概括。翁方纲《石洲诗话》卷二谓司空图"论诗亦入超诣，而其所自作全无高韵，与其评诗之语竟不相似，此诚不可解"，而我以为这正可从司空图的生活阅历中得到某些解释。司空图晚年隐居王官谷，日夕以诗酒自娱，却未曾写出广被传诵的好诗，关键就在于他脱离了时代生活的激流，政治上又日趋消极。至于他的理论，由于总结了前人丰富的经验和成果，自不妨有所发现和发明。但卓越的诗论家不一定能成为卓越的诗人，这在中外文学史上已屡见不鲜，不足为怪，何况司空图的诗歌理论和他的创作实践之间，确实隔着一条"竟不相似"的深沟！司空图由于缺乏"万取一收"的生活基础和艺术魄力，所以才写不出好诗来。

司空图还在"雄浑"一品中提出了"反虚入浑"的典型化主张。这"反虚入浑"四字，许多注释家聚讼纷纭，莫衷一是，有些注释且不免越说越玄，反使读者更不易理解。孙联奎引陆机《文赋》中"课虚无以责有，叩寂寞而求音"两句来作解释，我以为是比较接近司空表圣原意的。从此可看出，司空图已初步触及艺术虚构的问题了。所谓"虚"，指虚构（想象）；所谓"浑"，指浑成。"反虚入浑"，即谓诗人可以经过虚构创造出更加全面、完整的艺术典型来。诗人有权虚构，只有通过虚构，才可能较全面、完整地反映出社会生活的本质。郭绍虞先生说得好："浑，全也，浑成自然也。所谓真体内充，又堆砌不得，填实不得，板滞不得，所以必须复还空虚，才得入于浑然之境。"（《诗品集解》）摒弃艺术虚构，是决计写不出好诗来的。即使是写实景、实事，也总该有所舍弃，有所拾取，有所提炼，有所加工，有所夸大，有所集中吧？如王之涣写《凉州词》："黄河远上白云间，一片孤城万仞山。羌笛何须怨杨柳？春风不度玉门关。"景可能是实景，事也可能是实事，但如果不经过诗人的想象和适当的夸张，把这一切都融入一个雄伟壮阔而又慷慨悲凉的艺术境界，千百年来它能如此扣动亿万读者的心弦吗？试想，即依某些学者的考证把"黄河远上"改为"黄沙直上"，从景来说自然更实在些，但从艺术意境来说，却未免高低悬隔有如一在天上、一在人间了。

司空图于"反虚入浑"句下，紧接着又提出"积健为雄"的主张。"反虚入浑"，指的是构思过程中的典型化手段；"积建为雄"，指的是写作过程中典型化的内涵，而典型化的基础在"具备万物"。只有当诗人能够"具备万物"，感到"万象在旁"，才可能"万取一收"，而要做到"万取一收"，又非经过一个"反虚入浑"的过程不可。

"万取一收"，把典型的共性和个性（即普遍性和特殊性）都涉及了。从"万"到"一"，确需诗人下一番"犹矿出金，如铅出银，超心炼冶"（"洗炼"）的工夫。不仅需要炼字炼句，而且需要炼意，使有限的容量中融入无限的诗情。能这样，诗歌就不至于像白开水一般淡而无味了！

诗人朱熹

　　说起朱熹，人们往往尊称他为杰出的哲学家、思想家、教育家和历史学家，而较少注意到他也是一位优秀的文学家和诗人。我以为，在 12 世纪下半叶的中国诗歌史上，朱熹的成就虽不足与陆游、辛弃疾分庭抗礼，但较之于范成大、杨万里和陈亮诸人是毫不逊色的。

　　朱熹存世的诗歌达 1200 多首，绝大部分见于《朱文公文集》。

　　早在朱熹 21 岁那年（1150），他在给表弟程洵的帖中就写道："作诗须从陶，柳门庭中来乃佳。不如是，无以发萧散冲淡之趣，不免于局促尘埃，无由到古人佳处也。如《选》诗及韦苏州诗，亦不可不熟视。"又说："三百篇，性情之本；《离骚》，辞赋之宗。学诗而不本之于此，是亦浅矣。"由此足见，朱熹对前人作品（如《诗经》《楚辞》和《昭明文选》所载诗及陶渊明、韦应物、柳宗元诗）是很敬重的。

　　现存朱熹最早的诗写于他 22 岁（1151）。《丘子野表兄郊园五咏》其一："欲识渊明家，离离疏柳下。中有白云人，良非遁世者。"就颇似陶、韦、柳诗的风格，很有点"萧散冲淡"的情趣。

　　朱熹在同安（今属福建厦门）任主簿期间（1153—1157）写了不少诗。如《晚望》："禾黍弥平野，凄凉故国秋。清霜凝碧树，落日翳层丘。览物知时变，为农觉岁遒。不堪从吏役，憔悴欲归休。"《夜雨二首》其二："故山风雪深寒夜，只有梅花独自香。此日无人问消息，不应憔悴损年芳。"此外，还有《梦山中故人》《留安溪三日按事未竟》等。无论其为五言、七言，近体、古风，从内容方面看，诗人"民胞物与"之情，跃然纸上；从风格方面看，这些诗纯是唐音，而未涉理趣。它与朱熹中晚年诗作的恬淡自守情趣确是不同。

　　朱熹于高宗绍兴二十七年（1157）十月自行解职回崇安（今福建武夷

山市），在乡间专心致志地做学问。这期间，他写了不少好诗。如长期广被传诵的《春日》："胜日寻芳泗水滨，无边光景一时新。等闲识得东风面，万紫千红总是春。"《观书有感》："半亩方塘一鉴开，天光云影共徘徊。问渠那得清如许？为有源头活水来。"这些诗都深含理趣，称得上是宋代理学家的头等好诗。它用形象的诗句高度概括了某种抽象的哲理，并流露出朱熹初悟道时无比欢乐的心情。这样熔情、景、理为一炉的艺术方法，标志着朱熹的诗正趋于成熟。这跟他的"格物致知"和"即物穷理"的哲学研究方法是并行不悖的。

绍兴三十一年（1161），宋、金之间再次爆发了大规模的战争。朱熹情不自禁地接连写了许多诗，抒发了他志在恢复中原的热烈心愿，表明他确是坚决站在主战派一边的。如《次知府、府判二文韵》："志士怀韬略，奇兵吼镆干（莫邪、干将）。关河那得往？肝胆不胜寒。壮节悲如许，雄图渺未阑。皇与方仄席，陋巷敢求安？"《次子有闻捷韵四首》之二："杀气先归江上林，貔貅百万想同心。明朝灭尽天骄子，南北东西尽好音。"《感事再用回向壁间旧韵二首》其二："迷国嗟谁子？和戎误往年。腐儒空感慨，无策静狼烟。"如果说朱熹有点迂腐，确无退敌之良策，那是连他本人也承认的。但有人抱住"儒家卖国"的谬论至今不放，硬说朱熹主张妥协投降和反对恢复，那就太不尊重事实了。

朱熹常游览山水，写下了许多咏山水的名篇。陈衍说："晦翁（朱熹自号）登山临水，处处有诗，盖道学中最活泼者。"（《宋诗精华录》卷三）如《入瑞岩，道间得四绝句，呈彦集、充父二兄》其四："风高木落晚秋时，日暮千林黄叶稀。只有苍苍谷中树，岁寒心事不相违。"《偶题三首》其二："擘开苍峡吼奔雷，万斛飞泉涌出来。断梗枯槎无泊处，一川寒碧自萦回。"这些诗将人生哲理融入自然景观之中，将诗人的主体情愫含蕴于客体形象之内。这样便充分发挥了唐诗和宋诗的各自优势，真正做到融唐于宋而又自成一家了。

孝宗乾道三年（1167）八月，朱熹前往潭州（今湖南长沙）访张栻。十一月，他俩同登衡山，相互以诗唱酬，辑成《南岳唱酬集》。其后，朱熹偕门人范念德、林用之归闽，途中又唱和了不少诗，成《东归乱稿》。他在《南岳游山后记》里说："诗之作，本非有不善也。而善人之所以深恶而痛绝之者，惧其流而生患耳。初亦岂有咎于诗哉？"这段话，说出了朱熹的本意，表明他并不真正赞同程颐"作文害道"之说。相反，他在所作诗中，多次表达了对诗的爱好，如《次秀野韵五首》其三："急呼我辈穿花去，未觉诗情与道妨。"《次秀野极目亭韵》："不堪景物撩人甚，倒尽诗囊未许悭。"足见朱熹不仅不反对作诗，而且认为诗和大自然同样美好，景物撩人，非诗无以尽其趣。虽然朱熹早年的确陈述过"记诵词藻，非所以探渊源而出治道"（《壬午应诏封事》）的观点，也有过"故诗有工拙之论，而蓖藻之词胜，言志之功隐矣"（《答杨宋卿》）的观点。这只不过表明朱熹反对一味追求形式而强调诗以言志的功用罢了。同样，他主张把"道"放在第一位，把"文"放在第二位。尽管这样说也很偏颇，但跟其他理学家主张废文就道的论调做比较，仍不失为通达之见。

从朱熹序《斋居感兴二十首》中可看出他的诗论主旨是：首要"精于理"，次要"切于日用之实"，再次要"言亦近而易知"。但他并不否定"词旨幽邃，音节豪宕"等作为审美要素，并认为这些具有超实用的审美价值。至于格律之精粗，用韵、属对、比事（用典）、遣词之工拙，他只反对一味地追求，并不否认它的审美作用。

在诗歌的审美方法上，朱熹主张"要从苦淡识清妍"（《过高台，携信老诗集，夜读上封方丈，次敬夫韵》）。他在《新喻西境》诗里说得十分明白："自然触目成佳句，云锦无劳更剪裁。"这是一种以师法自然为宗旨的诗歌创作理论。他在《次韵择之金步喜见大江有作》诗中写道："江头四望远峰稠，江水中间自在流。并岸东行三百里，水源穷处即吾州。"朱熹的诗就像是自在流动的江水，水源穷处就是他要到达的目的地了。

淳熙十六年（1189）十一月，朱熹被任命为漳州知州。光宗绍熙元年（1190）四月，朱熹到任。后因推行经界（一种土地所有制的改革）失败，次年便辞职回乡。在由漳州回崇安的路上，舟过水口（今福建古田县水口镇），写了《水口行舟二首》。其一："昨夜扁舟雨一蓑，满江风浪夜如何？今朝试卷孤篷看，依旧青山绿树多。"这首诗通过形象的叙述和描写，勾勒出一幅幅宛如动画片式的画面，引读者进入一个富有哲学情趣的诗歌境界。因此全诗活泼、隽永，充满了画意和审美趣味。从此诗中，读者可领悟到某种人生哲理，即青山不老、绿树常青、风浪终有平息之时。诗写得朴素、自然、毫不雕琢。陈衍说朱熹的诗能"寓物说理而不腐"（《宋诗精华录》卷三），可谓知言。

朱熹的词，现存仅十九首（见唐圭璋《全宋词》第三册）。由于他把词看作"繁哇"（靡靡之音），因此极少吟哦。凡有作，则大都豪放，颇近苏、辛的旷达风格。如《水调歌头·次袁机仲韵》："长记与君别，丹凤九重城。归来故里，愁思怅望渺难平。今夕不知何夕，得共寒潭烟艇，一笑俯空明。有酒径须醉，无事莫关情。　　　寻梅去，疏竹外，一枝横。与君吟弄风月，端不负平生。何处车尘不到，有个江天如许，争肯换浮名？只恐买山隐，却要炼丹成。"通篇只用浅近语言写景抒情，而词人襟抱宛然若见。如果同时将姜夔之词与之做比较，便觉其枉费推移之力，反不如晦庵词语言的活泼自在了。

朱熹的脍炙人口之作多为七言绝句。但其古体也颇见功力。胡应麟认为朱熹的古体诗在南宋为第一（见《诗薮·杂编卷五》）。朱熹的古风确是师法陈子昂、杜甫等人反映民间疾苦之作的。它上继《风》《雅》，下别伪体，洵为南宋诗坛之正声。

朱熹很少写律诗。他说："余素不能作长律，和韵尤非所长。年来追逐，殊觉牵强。"（见《和刘叔通怀游子蒙之韵》自注）这跟他一贯提倡自然、平淡、清峻、豪放的作诗主张是相符合的。

朱熹的诗论，除大量见于《晦庵诗说》和《清邃阁论诗》或《朱子语类》卷一三九及一四〇者外，见于其晚年诗文中的亦复不少。如："不是胸中饱丘壑，谁能笔下吐云烟。故应只有王摩诘，解写《离骚》极目天。"（《奉题李彦中所藏俞侯墨戏》）"昔诵《离骚》夜扣船，江湖满地水浮天。只今拥鼻寒窗底，烂却沙头月一船。"（《戏答杨庭秀问讯〈离骚〉之句二首》）前一首指出生活阅历对创作的重要意义，后一首说明审美主体对审美客体的反作用，意谓诗人如拥鼻寒窗，不肯积极从事审美活动，则哪怕是明月满船、灿若锦绣，也是产生不了审美效应的。

在具体品评诗人和诗作方面，朱熹往往有独到的见解。如："李太白诗不专是豪放，亦有雍容和缓底。如首篇'大雅久不作'，多少和缓！陶渊明诗，人皆说是平淡，据某看他自豪放，但豪放得来不觉耳。其露出本相者是《咏荆轲》一篇。平淡底人如何说得这样言语出来！"（《晦庵诗说》）这表明朱熹对诗歌的风格多样性和艺术辩证法已有某种程度的理解。特别是他对陶渊明诗的精辟论述，为清代龚自珍和现代鲁迅所继承和发展，为近、现代的文艺思想提供了有益的借鉴。

"要从苦淡识清妍"

——从朱熹的论诗诗说起

朱熹（1130—1200），这位曾长期被误解为道貌岸然、不通情性的理学夫子，似乎是反对作诗的。其实不然。他不仅不反对作诗，而且自己就创作了许许多多极富情趣的好诗。他的诗保存至今的尚有1200多首，且绝大部分经过他亲手编定，现见于《朱文公文集》卷一至卷十中。只是由于他在哲学方面的声誉太高了，人们往往忽略了他在文学和诗歌方面的成就。我曾在文学评传《朱熹》（收入吕慧鹃主编的《中国历代著名文学家评传·续编·二》）中着重指出："在12世纪下半叶的中国诗歌发展史上，朱熹的成就虽不足与陆游、辛弃疾并驾比肩，但较之于范成大、杨万里和陈亮诸人是毫不逊色的。"

乾道三年（1167）十一月，朱熹偕张栻同游衡山，相互以诗唱酬，辑成《南岳唱酬集》。其后不久，朱熹偕范念德、林用之东归，途中又唱和了不少诗。朱熹在《南岳游山后记》里说：

> 诗之作，本非有不善也。而善人之所以深恶而痛绝之者，惧其流而生患耳。初亦岂有咎于诗哉？

从这段话里可看出，朱熹并不真正赞同程颐等人的"作文害道"之说。虽然，朱熹早年的确向皇帝陈述过"记诵词藻，非所以探渊源而出治道"（《壬午应诏封事》）和发表过"故诗有工、拙之论，而葩藻之词胜，言志之功隐矣"（《答杨宋卿》）。这类见解只不过表明朱熹反对一味追求形式而忽视诗以言志的功用罢了。他反对重辞藻而轻治道，反对"弃本逐末"和"以是为当务而切切留意也"（《答徐载叔赓》）。他把"道"放在第一位，把"文"放在第二位，只是强调"文"从"道"出和"文"要服从"道"而已。显然，这种说法也失偏颇，但跟其他主张废"文"学"道"

的理论比较，它毕竟还容许"文"的存在。朱熹在《答杨宋卿》书中说：

> 诗者……亦视其志之所向者高下如何耳。是以古之君子德足
> 以求其志，必出于高明纯一之地，其于诗固不学而能之。

这无疑是忽略了诗歌作为语言艺术的特点，因此，必将导致以"道"代"文"的简单做法，从而造成轻"文"的结果。

尽管如此，朱熹从创作实践中还是体会到许多诗中"三昧"，写下了许多精辟的论诗文字和论诗诗。如《斋居感兴二十首·序》云：

> 余读陈子昂《感遇》诗，爱其词旨深邃，音节豪宕，非当时
> 词人所及。如丹砂空青，金膏水碧，虽近乏世用，而实物外难得
> 之奇宝。欲效其体，作十数篇，顾以思致平凡，笔力萎弱，竟不
> 能就。然亦恨其不精于理，而自托于仙佛之间以为高也。斋居无
> 事，偶书所见，得二十篇。虽不能探索微妙，追迹前言；然皆切
> 于日用之实，故言亦近而易知。既以自警，且以贻诸同志云。

由此可看出，朱熹诗论的主旨有三：（1）要"精于理"；（2）要"切于日用之实"；（3）"言亦近而易知"。这颇有些类似我们现今的要切近政治、切近生活和切近群众的主张，无疑含有它合理的成分。特别值得我们称赞的是：朱熹并不否定"词旨幽邃，音节豪宕"等审美要素，并认为这些都具有超实用的审美价值。至于格律之精粗，用韵、属对、比事和遣词之工拙等，朱熹只反对一味地追求，而不否认它为"物外难得之奇宝"。这正是朱熹的诗论较之于王通、程颐诸人的诗论为通达之处。

朱熹在《过高台，携信老诗集，夜读上封方丈，次敬夫韵》诗中写道：

> 十年闻说信无言，草草相逢又黯然。
>
> 借得新诗连夜读，要从苦淡识清妍。

"从苦淡识清妍"便是朱熹对审美方式的一贯追求。像《石廪峰次敬夫韵》：

> 七十二峰都插天，一峰石廪旧名传。
>
> 家家有廪高如许，大好人间快活年。

此诗只以平叙开篇，而奇想却自天落。诗人盼望人间廪实粮丰，百姓能过上安乐生活。其民胞物与之情跃然纸上。但寻其意趣，则宛似从景物中自然流出，至为平淡。

又如《忆秦娥·雪、梅二阕奉怀敬夫》：

梅花发。寒梢挂着瑶台月。瑶台月。和羹心事，履霜时节。　　野桥流水声呜咽。行人立马空愁绝。空愁绝。为谁凝伫，为谁攀折。

这首词也一洗绮艳，但求清妍。而从清妍中却能明晰地看出词人的襟抱和他对友谊的真挚来。

所谓"清妍"，即清新、幽妍的意思。要怎样才能够达到"清妍"的境界呢？朱熹提出了以师法自然为宗的创作理论。这是从钟嵘以来就一脉相承的在中国诗学界居主流地位的理论，朱熹只不过从哲学的高度予以概括罢了。他在《新喻西境》一诗中已说得十分明白：

自然触目成佳境，云锦毋劳更剪裁！

在《次韵择之〈金步喜见大江有作〉》一诗中，朱熹写道：

江头四望远峰稠，江水中间自在流。

并岸东行三百里，水源穷处即吾洲。

他的诗就像自在流动的江水，水源穷处他就可"舍筏登岸"了。

朱熹的诗论，除大量见于《晦庵诗说》、《清邃阁论诗》或《朱子语类》卷一三九及一四〇者外，见于其晚年诗文中的亦复不少。如：

不是胸中饱丘壑，谁能笔下吐云烟？

故应只有王摩诘，解写《离骚》极目天。

——《奉题李彦中所藏俞侯墨戏》

昔诵《离骚》夜叩船，江湖满地水浮天。

只今拥鼻寒窗底，烂却沙头月一船。

——《戏答杨庭秀问讯〈离骚〉之句二首》

前一首指出生活阅历对诗歌创作的重要意义，提出了艺术源于生活的论断。这一论断竟早于俄罗斯革命民主主义者车尔尼雪夫斯基的同题著述达七个世纪。后一首说明审美主体对审美客体的反作用，意谓诗人若不肯积极从事审美活动，则哪怕生活阅历再丰富，也是产生不了审美效应的。宛似诗人拥鼻寒窗（在窗里吟咏），而兴致索然，则即令皓月当空，岸若锦绣，也是产生不出诗来的。

从以上叙及的朱熹的论诗诗中，现今的学诗者当可获得大量有益的启迪。我们必须贴近时代、贴近人民、贴近生活，反对一味堆砌辞藻，力求清新、隽雅、平易的诗风。这样将有助于诗歌精品能更多、更好地涌现出来。

严羽与《沧浪诗话》

一、严羽卒年及行踪略考

关于严羽的生年，朱东润先生在《沧浪诗话探故》① 中根据严羽和戴复古、刘克庄②及李贾等人的交往情况，推断在宋宁宗庆元元年（1195）左右；吾师兄张文勋在《严羽》③ 评传中据严羽的《庚寅纪乱》《促刺行》等诗推断其大约在宋孝宗淳熙（1174—1189）年间。他们的结论虽稍有出入，但都说出了一定的道理。如果把严羽的生年大致定在1189—1195年之间，我以为是不会有太大差错的。至于严羽的确凿生年，目前因史料不足，自然仍以存疑为是。

严羽的卒年，似乎更难确定。朱东润先生认为"严羽的一生应当是1195 左右至 1240 或其后"；文勋兄认为严羽"主要活动是在宋理宗（1225—1264）年间"。他们都未明确提到严羽的卒年。能不能对严羽的卒年也做个大致的推定呢？我根据现有材料进行了初步考察，断定严羽的卒年在1255 年左右，理由如下：

（1）《沧浪吟卷》卷二中有《送赵立道赴阙仍试春官即事感兴因成五十韵》一诗。朱东润先生根据诗中"一王新盛礼，万国贺重熙"两句，定它为理宗宝庆元年（1225）的作品。这个推断，我以为值得商榷。因为这两句如果指理宗登基，那就不能称理宗为"王"，而只能称他为"皇"、

---

① 朱东润：《中国文学论集（卷二）》，中华书局，1983 年，第 320 页。

② 朱东润《沧浪诗话参证》云："沧浪、后村（刘克庄）曾否定交，虽不可知，然同交于李贾，则为定案。"

③ 吕慧鹃：《中国历代著名文学家评传》，山东教育出版社，1984 年，第 568 页。

"元后"或天子。况且诗中说"漂泊微躯老",足见严羽作此诗时年已老大。据《文献通考》卷十一《户口考》：宋以 60 为老。即使如朱东润先生所说，"叹老嗟卑，在宋人诗中，不是罕见的"；但是 30 岁左右便称老，毕竟使人觉得太突兀。因此我以为这首诗不是理宗宝庆元年（1225）而是理宗宝祐元年（1253）的作品。那时严羽已 60 岁左右，正合称老之年。又据《续资治通鉴》卷一七四载："宝祐元年春正月庚寅，诏以建安郡王孜为皇子，改名禥，封永嘉郡王。"这个赵禥即后来接理宗班的宋度宗。严羽一向关心理宗建储之事，约写于 1236 年的《有感六首》其五即云："得无劳圣虑，犹未立储宫。"到了 1253 年，他终于看到理宗立了皇太子，怎不使他为之充满对"中兴"的期望呢？

诗中另一段："箭流元帅幕，城立叛营旗。国体存矜恤，皇猷务远绥。且从鹰一饱，自待虎双疲。复说西京乱，愁连蜀道危。"其中所咏情事，也都发生在 13 世纪 50 年代初期。元帅，指四川安抚制置使兼知重庆府余玠。他率部力战，多次打退蒙古军的侵略，却因为受奸人暗害，于 1253 年 7 月在四川被迫服毒自杀。又据《续资治通鉴》卷一七三载："戎州帅欲举统制姚世安为代，余玠素欲革军中举代之弊，以三千骑至云顶山下，遣都统金某往代世安，世安闭关不纳。""城立叛营旗"应即指此。鹰，显然喻蒙古统治集团；"虎双疲"，很可能指当时蒙古对大理的战争使双方都受到了损失。南宋当局妄想坐收渔利，但战火终于在四川重新燃起。1252 年冬，蒙古军队侵略成都，围攻嘉定，形成了"愁连蜀道危"的局面。我们由此可以确知：《送赵立道赴阙仍试春官即事感兴因成五十韵》一诗写于 1252 年，并从诗中"穷冬辞老母"句可以判定它写于冬天。足见严羽活到 13 世纪 50 年代初期，该是毋庸置疑的事了。

（2）黄公绍《沧浪吟卷序》云："余幼时，见东乡诸儒藏严诗多甚，恨不及传。今南叔李君示余所录《沧浪吟卷》，盖仅有之者。"黄公绍登宋度宗咸淳四年（1268）进士第，及第时应已冠，因此他的幼年最晚亦当在 1255 年前后。这时，严羽应刚去世不久，因此乡里读书人还收藏着他的不少作品。到黄公绍作序时则已逐渐散失，只"犹存十一"罢了。

根据上述理由，严羽的卒年应不早于 1254 年，也不可能迟于 1260 年。因此把他的卒年推定在 1255 年左右，我以为是妥当的。

也许有人会问：魏庆之的《诗人玉屑》成书于 1244 年前，若此时严羽尚健在，为什么魏庆之竟几乎全文引用了严羽的《沧浪诗话》呢？这不奇怪。因为《诗人玉屑》所引南宋诸家虽大都已"名登鬼录"，但也有个别例外，如书中所引的刘克庄，就一直活到了1269年。何况魏庆之跟严羽同是闽北人，他出于对严羽的钦慕，在严羽健在的情况下大量引用严羽的著作，于彼时也无不可，不存在"侵犯知识产权"问题。

关于严羽的行踪，朱霞《严羽传》仅提到他曾经"避地江、楚"。文勋兄在《严羽》中指出："严羽一生，大概多半是在家乡隐居，其间，也曾到外地客游。从他的诗歌中可知，宋理宗绍定三年（1230）左右，他因逃避农民起义的风暴，跑到江西一带过了两三年漂泊生活。"他还指出："严羽到过江西南昌（即豫章城）、临川、浔阳等地。"

从严羽的作品中，我们似乎还可以考知：早在宋理宗绍定三年（1230）之前，严羽就到过庐陵（今江西吉安）。《沧浪吟卷》中《秋日庐陵送杜子野摄钟陵纠掾》一诗可资证明。杜子野即杜耒，于1227年在楚州（今江苏淮安）被李福杀害。由此足知严羽早在1227年前就在庐陵一带居住过。《沧浪吟卷》中的《游临江慧力寺》《樟树镇醉后题》等诗，可能写于此期间。临江和樟树，今都属江西樟树市。严羽从家乡邵武去庐陵，如溯赣江上行，樟树为必经之地。

严羽《行子吟》云："忆昔客游初，结交重豪迈。高冠湛卢剑，志若轻四海。白首悔前途，蹉跎天一隅。寒冬剑门道，失路空踟蹰。……"从这首诗可以察知：严羽早年曾客游异乡；晚年又到过四川。其《梦中作》云："少小尚奇节，无意缚珪组。远游江湖间，登高屡怀古。……"说明他早在"少小"之时就已经远游他方了。

严羽早年除客游庐陵已如上述外，还到过吴、越（今江苏、浙江）一带。其《送戴式之归天台歌》云："我亦扁舟向吴越"，即可佐证。从《三衢邂逅近周月船论心数日临分赋此二首》，可知他到过衢州（今浙江衢州市）；从《钱塘潮歌送吴子才赴礼部》描绘的景象看，说明严羽必亲眼见过钱塘潮的壮观；从《再送赖成之出都》，可知他在南宋京城临安（今浙江杭州市）居住过；从《吴江春望》《吴中送友归豫章》，可察知他的行踪曾及于苏州一带；从《送崔九过丹阳郡上荆门省亲》《和上官伟长芜城晚眺》，可推测他曾亲历过京口（今江苏镇江）附近的长江两岸。当然，严羽游吴、越不仅限于早年，他壮年、晚年时都再去过。如《再送赖成之出都》有"江海悠悠白发新"句，可知此诗是他晚年居临安时作。特别值得一提的是：严羽曾经和好友吴会卿一道参加过解扬州围的战斗。他在《剑歌行赠吴会卿》中写道："去年从军杀强敌，举鞭直解扬州围。"扬州围，指的是叛将李全兵围扬州，时在1230年冬。次年正月，赵范、赵葵率部力战，终解扬州之围，李全败死。严羽参加过解扬州之围，仅这一举动，就足以说明他绝不是一味脱离现实、不问世事的隐士，而是有过壮烈抱负并曾付诸行动的爱国者。

严羽还到过荆、楚、湘（今湖北、湖南）一带。《沧浪吟卷》中可确知写于荆湘地区的诗篇很多，如《别客》《楚江晚思》《闻笛》《酬友人》等皆是，这里不一一列举。

严羽到四川应在1238年南宋军队收复成都之后，并极可能是在1242年冬余玠帅川[①]之后。余玠乃福建崇安人，严羽以乡谊前往干谒他是完全可能的。这时，南宋和蒙古之间的战争已暂告停止。严羽已50岁左右。他自然是满怀着报国热忱去四川的，但从《行子吟》所写"白首悔前途，蹉跎天一隅。寒冬剑门道，失路空踟蹰"看，说明严羽此时的际遇也不很顺利。另有一篇《蜀女怨》云：

> 几时离月峡？五见紫兰凋。
>
> 塞雁随魂断，江花逐泪飘。
>
> 沙头南北客，京口去来潮。
>
> 日日无消息，空登万里桥。

此诗说明诗人到过成都（万里桥在成都），而且诗人很可能是以蜀女自况，叙说他入川已5年，竟无日不思念远在天一隅的家乡。

严羽仿古乐府写了不少以边塞生活为题材的诗歌作品。如《出塞行》：

> 将军救朔边，都护上祁连。
>
> 六郡飞传檄，三河聚控弦。
>
> 连营当太白，吹角动长天。
>
> 何日匈奴灭？中原能晏然。

还有《关山月》（今夜关山月）、《塞下》（鞍马连年出）、《羽林郎》

---

① 《续资治通鉴》卷一七〇载：理宗淳祐二年（1242）十二月丙寅，以余玠权兵部侍郎、四川安抚置制使兼知重庆府。

（貂帽狐裘塞北装）、《闺怨》（欲作辽阳梦）、《塞下曲》（一身远客逐戎
旌）、《塞下曲》（玉关西去更无春）、《从军行》（朔风嘶马动）。以上这些
篇里提到的地域，如朔边、祁连、六郡、三河、太白、卢龙、大漠、天
山、塞北、辽阳、碛西、玉关、青海、雁门等，当时都已沦为蒙古的统治
区，严羽压根儿不可能去到那里。严羽只不过依传统的手法，用乐府旧题
仿古拟作而已。但其中一些篇章，很可能写在四川。严羽极可能到过利州
西北（今甘、陕南部）前线，亲眼见过或亲耳听过许多边塞情事，否则，
就很难设想他竟能那么传神而又具体地勾勒出河、陇一带的风光！

　　严羽一生的行踪自然远不止限于上述地区，但仅凭我们从他的诗歌作
品中所察知的他的踪迹，就几乎遍及南宋统治区的大半。这说明严羽绝不
是如有些同志所想象的那样终生隐逸，他的诗歌也不是果真像镜花水月那
样缥缈不可捉摸。但这些已越出本文的范围，只好另写专文阐述了。

二、《沧浪诗话》的艺术创见

　　严羽是中国文学史上杰出的文学理论家。他的《沧浪诗话》在宋代诗
话中为最有理论价值的著作。钱锺书先生在《宋诗选注》中指出：严羽
"是位理论家，极力反对苏轼、黄庭坚以来的诗体和当时流行的江湖派，
严格地把盛唐诗和晚唐诗区分，用'禅道'来说诗，排斥'以文字为诗，
以才学为诗，以议论为诗'，开了所谓'神韵派'，那就是以'不说出来'
为方法，想达到'说不出来'的境界。他的《沧浪诗话》在明、清两代起
了极大的影响，被推为宋代最好的诗话，像诗集一样的有人笺注，甚至讲
戏曲和八股文的人，也宣扬或应用他书里的理论。"可以说，在整个宋代
诗话中，没有第二部诗话能像《沧浪诗话》那样系统完整和纲领鲜明，
"议论痛快而富于含蕴，醒人耳目而又耐人思索"[1]（钱锺书语），它对明代
前、后七子，竟陵派诗人和清代初年倡"神韵"说的王士禛等人的影响是
非常巨大的。

　　《沧浪诗话》计分五卷。最精彩的部分是第一卷《诗辨》和第三卷
《诗法》。其余各卷（第二卷《诗体》、第四卷《诗评》和第五卷《考证》）

---

[1]　游国恩，等：《中国文学史》，人民文学出版社，1979年，第689页。

亦间有可取的见解。我们不妨举它最有名的一段话，来看严羽诗论的艺术创见所在：

> 夫诗有别材，非关书也；诗有别趣，非关理也。然非多读书，多穷理，则不能极其至。所谓不涉理路，不落言筌者，上也。诗者，吟咏情性也。盛唐诸人唯在兴趣，羚羊挂角，无迹可求。故其妙处透彻玲珑，不可凑泊，如空中之音，相中之色，水中之月，镜中之象，言有尽而意无穷。近代诸公乃作奇特解会，遂以文字为诗，以才学为诗，以议论为诗。夫岂不工，终非古人之诗也。盖于一唱三叹之音，有所歉焉。且其作多务使事，不问兴致；用字必有来历，押韵必有出处，读之反复终篇，不知着到何在。其末流甚者，叫噪怒张，殊乖忠厚之风，殆以骂詈为诗。诗而至此，可谓一厄也。……故予不自量度，辄定诗之宗旨，且借禅以为喻，推原汉魏以来，而截然谓当以盛唐为法，虽获罪于世之君子，不辞也。①

这段话集中地表达了严羽诗论的一些基本观点，包括他的许多艺术创见。兹分述如下：

（一）"别材""别趣"说

所谓材，指题材，非指天才；所谓趣，指旨趣，非指风趣。这里严羽提出了一个诗歌创作的题材选择和思想倾向的问题。严羽强调诗不能单从书本中去学习，不能用说理去替代言情；但不是说不用读书和不要明理。这就把陆机《文赋》中提出的"诗缘情而绮靡"的见解发挥得更加完备了。严羽主张诗要用形象思维，要意境莹澈，反对纯议论化和概念化。严羽提出的"兴趣"，包括"兴"与"趣"两个方面。"兴"有感兴和兴起的意思，指物之感人；"趣"有旨趣和趣向的意思，指人之咏物。可见严羽的"兴趣说"（即"别材""别趣"说），跟其后王士禛的"神韵说"和王国维的"意境说"是一回事，只是标名不同罢了。

（二）"羚羊挂角，无迹可求"

司空图在《二十四诗品》中曾提出"不着一字，尽得风流"的诗歌艺术标准。强调诗歌应含蓄，蕴藉。这是中国古典诗歌最大的艺术特色。严

---

① 严羽著，郭绍虞校释：《沧浪诗话校释·诗辨（五）》，人民文学出版社，1983年。

羽的《沧浪诗话》继承并发展了这一理论，提出了"羚羊挂角"和"香象渡河"等艺术主张。意即谓诗歌的旨趣不要特别地说出来，而要像盐溶于水地蕴藏在艺术意境中。严羽反对拼凑辞藻（"不可凑泊"）和堆垛典故（"多务使事"），而主张要虚中求实和虚实相生，如"空中之音，相中之色，水中之月，镜中之象"。意即所谓客观事物应呈现为各种艺术形象。从客观形象到诗人脑子里的主观的映象，再呈现为诗人笔下的艺术形象，这是艺术反映生活的三个阶段。严羽主张虚中求实（通过艺术虚构更好地反映生活的真实），正是陆机《文赋》所谓"课虚无以责有"理论的继续。

（三）反对以文字、才学、议论为诗

严羽反对江西诗派末流的"以文字为诗，以才学为诗，以议论为诗"的做法，主张"一唱三叹"，主张"兴致"；反对炫学斗奇，反对押险韵，反对"叫噪怒张"，反对"以骂詈为诗"。严羽的这些主张，固难免有说得太绝对了的毛病，但对纠正当时诗歌创作的"味同嚼蜡"的倾向是很有好处的。

（四）"以禅说诗"和"妙悟"说

严羽说诗，往往"借禅以为喻"。在他之前，苏轼等人已喜用禅语喻诗。到了南宋，引禅喻诗更成为风气。严羽的《沧浪诗话》即受这股风气的影响，反过来又助长了这股风气。

《沧浪诗话》着重谈的乃是艺术性方面，书中涉及思想性方面的话题极少见。严羽反对用抽象思维作诗，因此强调"妙悟"。所谓"妙悟"，实即形象思维。这和陆机《文赋》所说"应感之会"、刘勰《文心雕龙》所说"神思"或钟嵘《诗品序》所说的"直寻"是同样的道理。在这方面，他有许多卓越的见解，道前人之所未道。但他也有些道理说得过于玄妙莫测，给人以迷离恍惚之感。这跟司空图、姜夔等人患的是同样的毛病。

严羽，正是以他卓越的理论建树和艺术创见，在中国诗歌理论史上占有杰出的位置。

第 三 辑 ■

曹操诗歌艺术剖析

　　曹操是汉代末年著名的政治家、军事家，也是我国文学史上卓越的诗人。他的诗歌，保存到现在的虽只有二十多首，但它上继先秦两汉民歌的优良传统，下开建安时期慷慨激昂的现实主义诗风，对后世诗歌的发展产生过深远影响。陈沆《诗比兴笺》云："曹公苍莽、古直、悲凉。其诗上继变雅，无篇不奇。"方东树更推尊曹操是"千古诗人第一之祖"①。这些话无疑都说得过了头。但平心而论，曹操的诗歌不仅在思想上有许多杰出之处，在艺术上也颇富特色。为此，本文拟着重从审美角度对曹操诗歌的艺术试作剖析。

一

　　曹操的诗歌，一反两汉几百年间文人诗歌重形式、轻内容的倾向，真能"以情纬文，以文被质"②，达到了情文并茂和文质相称的要求。这可从以下几方面说明：

　　（1）曹操在诗歌中鲜明地表达了他的哲学思想。如《精列》："厥初生，造化之陶物，莫不有终期。……周孔圣徂落，会稽以坟丘。会稽以坟丘，陶陶谁能度？君子以弗忧。"意思是说：亘古以来，自然界创造的万事万物都有一个从发生、发展到消亡的过程。人也这样，有生必有死。像圣人周公和孔子都死了，禹葬在会稽也变成一抔黄土了。既然如此，谁还能超越这个规律呢？所以聪明人是不为生死担忧的。在《度关山》中，曹

---

　　①　《昭昧詹言》卷二。
　　②　沈约《宋书·谢灵运传论》。

操强调人的作用说："天地间，人为贵。"在《步出夏门行》中，曹操写道："盈缩之期，不但在天。养怡之福，可得永年。"认为人的寿夭，不是全由老天爷决定的；只要人们注意身心健康，保持乐观精神，也能使寿命延长。显然，这些都是用诗的语言表达的朴素辩证法和朴素唯物主义的思想。

不仅上述诸篇是这样，即使某些以游仙为题材的诗篇，我们从中也能察知曹操对宇宙和人生的看法。譬如《气出唱》三首，一般注家多以为是求仙慕道之作，我却不以为然。我认为它是借游仙题材以寄托那一时代特定的审美理想。如在"骖驾六龙饮玉浆，河水尽，不东流"的艺术形象里，就有"吾将上下而求索"的屈原和"与日逐走"的夸父的影子。《山海经·海外北经》载："夸父与日逐走，入日。渴，欲得饮，饮于河、渭，河、渭不足……。"曹操在楚辞和这一神话的基础上，塑造了一个把黄河水都喝干了的雄伟形象，从而反映出他对宇宙、人生的积极态度和昂扬向上的浪漫主义憧憬。

（2）曹操在诗歌中充分地体现出他的政治主张。如《对酒》篇，描绘了一个政令严明、生产繁荣、"民无所争讼"的太平盛世，寄寓了他的政治设想。他提出的"三年耕有九年储，仓谷满盈"的社会规划，在当时是被部分实现了的。

（3）曹操真实地描绘了现实生活，创作了许多富有时代精神的诗篇。如《薤露行》《蒿里行》等篇，都被后代诗评家如钟惺、沈德潜等人称作"汉末实录"，起了一代"诗史"的作用。

以上说明：曹操诗歌的审美价值，首先是跟其先进的哲学思想、政治主张和深刻的社会内容联系在一起的。曹操许多优美的诗篇，综合了那个时代的审美经验，在历史上曾有助于人们对真、善、美的追求。我们不能根据《三国演义》中那个被丑化了的曹操形象去评价历史上那个真实的曹操，正如我们不应该用历史上那个真实的曹操去否定《三国演义》中那个成功的曹操形象是同样的道理。当然，历史上那个真实的曹操也有错误以至反动的一面，如镇压过黄巾大起义，杀了持不同政见的知识分子孔融、杨修等，喜欢玩弄权术……但瑕不掩瑜，他在统一中国北方和发展生产、安定社会方面所做出的贡献，是不应该被抹杀的。他在诗歌审美活动中的优异成绩，也同样是应该受到重视的。

刘勰说得好："故情者，文之经；辞者，理之纬。经正而后纬成，理定而后辞畅。此立文之本源也。"① 曹操的诗歌之所以能有巨大的艺术魅力，正首先由它以情为经，有着先进的思想和深刻的内容。如《度关山》和《步出夏门行》诸篇，曹操敢面对现实，直吐胸臆，恰似清人陈祚明所说："本无泛语，根在性情，故其跌宕悲凉，独臻超越。"② 要不然的话，若是思想陈腐和内容肤浅，则即使技巧工致，也是不可能成为"独臻超越"的艺术品的。

二

曹操的诗歌，不愧为"建安风骨"的代表作。所谓"风骨"，尽管近人有各式各样的解释，但都不否认它是指一种既有充实内容，又有强烈感染力的质朴、刚健、清新、明朗的艺术风格。就审美范畴说，它属于一种刚性的崇高美，或又称壮美。

宋人敖陶孙在《臞翁诗评》中说曹操的诗歌"如幽燕老将，气韵沉雄"，我以为是抓住了它的风格特征的。试细读《步出夏门行》组诗，就可明显看到这点。

《步出夏门行》写于公元207年曹操北征乌桓的途中。它一如曹操的其他诗篇，都是"借古乐府写时事"③ 的。它虽在戎马倥偬之间写成，却立意深远，笔力遒健。在组诗开头相当于序曲的《艳》中，曹操抒发了他身经碣石心怀天下的豪情，为全诗定下了慷慨激越的基调。

组诗的头一首《观沧海》，历来被人们推为中国山水诗的创始之作。它说明那个时代的人们已把大自然作为审美对象，他们的审美感已大为丰富。但这首诗的卓越之处不只在此。更难能可贵的是曹操在这首诗中把审美客体和审美主体融而为一，通过对大海吞吐日月星辰那种壮丽景色的描写，抒发了他统一祖国的雄心壮志。在曹操的笔下，景物都写得生气勃勃。沈德潜说曹操诗"时露霸气"④，是有几分道理的。所谓"霸气"，指

---

① 《文心雕龙·情采》。
② 《采菽堂古诗选》卷五。
③ 沈德潜《古诗源》卷五："借古乐府写时事始于曹公。"
④ 《古诗源》卷五。

的正是曹操志在统一的襟怀。你看：海水动荡，山岛矗立，树木葱茏，百草苍翠。祖国山河显得何等雄浑，何等有生命活力！在萧瑟的秋风中，洪波涌跃，一浪高似一浪。这又是何等顽强的斗争精神！"日月之行，若出其中。星汉灿烂，若出其里。"这四句更是气象壮阔，想象宏奇。诚如沈德潜所说："有吞吐宇宙气象。"① 鲁迅说得好："曹操的胆子很大，文章从通脱得力不少，做文章时又没有顾忌，想写的便写出来。"② 做文章如此，写诗歌也是这样。曹操敢于抒写自己的政治抱负，在诗歌中不隐瞒自己的观点，这点精神是令人赞赏的。

组诗的第二首《冬十月》和第三首《河朔寒》（又作《土不同》）写于胜利班师的凯歌声中。它先后描绘出"天气肃清，繁霜霏霏"的冀北初冬和"水竭不流，冰坚可蹈"的河朔隆寒时的行旅图。尽管一路上"舟船行难"，将士们"心常叹怨"，但曹操在诗中仍然有一股沉雄之气贯串始终。"鹍鸡晨鸣，鸿雁南飞。鸷鸟潜藏，熊罴窟栖"，勾勒出一个虽悲凉、萧瑟却又有声有色的世界。真可谓虽悲而壮，不失幽燕老将的气度。

末一首《龟虽寿》乃千古传诵之作。它显示了曹操在政治上乐观进取的昂扬斗志。曹操虽然认识到生总要转化为死是不可抗拒的自然规律，但他同时认为：在客观规律许可下，人的主观能动性还是很大的。"老骥伏枥，志在千里。烈士暮年，壮心不已"四句，形象地表达出人生有限而壮志无穷的辩证思想。全诗直抒肺腑，不假雕绘。它用质朴的语言，组成"气韵沉雄"的诗句。怪不得《世说新语》记东晋王敦每逢酒后便吟此四句，禁不住以如意击节赞赏，连唾壶也被敲缺了。

钟嵘主张好诗要"干之以风力，润之以丹彩，使味之者无极，闻之者动心"③。意思是说：要以"风力"（"风力"即"风骨"）为躯干，以辞藻为装饰，使读者觉得津津有味，使听众受到强烈感染。建安时期的许多优秀诗歌，堪称这种典范。刘勰说："观其时文，雅好慷慨，良由世积乱离，风衰俗怨，并志深而笔长，故梗概而多气也。"④ 纵观曹操的全部诗作，虽不能过誉为"无篇不奇"，但就志深笔长、梗概多气两点而言，确不愧为

---

① 《古诗源》卷五。
② 《魏晋风度及文章与药及酒之关系》。
③ 《诗品序》。
④ 《文心雕龙·时序》。

"建安风骨"之冠，连他的儿子曹丕、曹植也略逊一筹，七子之徒更是望尘莫及了。明代徐祯卿认为王粲、刘祯等人在气韵（即风骨、韵味）方面皆不如曹操超妙、奇峻①，我深有同感。

三

前人评曹操的诗歌时，多强调它的质朴和古直。在崇尚骈俪、追慕浮华的魏晋南北朝时期，曹操的诗歌未受到应有重视是不奇怪的。但连独具只眼、自称重"自然英旨"的钟嵘在《诗品》中也把曹操诗屈居下品，这就不能不使后人感到是千古憾事了。

鲁迅对曹操的诗文做出了准确而又全面的审美判断。他在《魏晋风度及文章与药及酒之关系》中说："董卓之后，曹操专权。在他的统治之下，第一个特色便是尚刑名。他的立法是很严的，……因此之故，影响到文章方面，成了清峻的风格——就是文章要简约严明的意思。"曹操敢于撇开陈言滥调，革除典雅的陋习，也如鲁迅所指出的"力倡通脱"，"是一个改造文章的祖师"。这无论就散文方面说，或就诗歌方面说，都是恰切的。下面试举一二例说明：

曹操的《薤露行》和《蒿里行》都是用挽歌叙写时事的。它完全摆脱了乐府古题的陈旧约束，直接反映了汉末动乱期间广阔的社会生活。它用质朴而又形象的描绘，有力地控诉了军阀混战的种种恶果。方东树在《昭味詹言》中评《薤露行》说："此诗浩气奋迈，古直悲凉，音节词旨，雄恣真朴。"评《蒿里行》说："真朴、雄阔、远大。"如《蒿里行》："铠甲生虮虱，万姓以死亡。白骨露于野，千里无鸡鸣。"这是一幅多么真朴而又令人触目惊心的悲惨画面！"生民百遗一，念之断人肠！"再从画面中引出必然的慨叹。写到此，诗人已无须另费笔墨，而人们渴望祖国安定统一的心愿就昭然揭出了。这是何等质朴、古直，又何等真实、生动！

《苦寒行》是曹操写公元 206 年春征伐袁绍余党高干时行军路上的情景。全诗用铺垫的手法，写得一层深似一层。起首写道路的艰难、山谷的凄凉，兼之以野兽出没，风雪交加。无怪乎诗人要"延颈长叹息"，心情

---

① 徐祯卿《谈艺录》："……气韵绝峻，止可与孟德道之；王、刘文学，皆当袖手耳。"

为之"怫郁"不安了。后半进一步写水深桥断，日暮途迷，加上人饥马饿，无处栖宿。在这样困难的境况下，曹操统率的大军没有退却，相反，还"担囊行取薪，斧冰持作糜"，克服困难继续前进。诗中所描绘的凄凉景物，正好反衬出诗人的豪迈心情。读者透过诗中一些悲苦的字面，能清楚地触摸到诗人一颗刚毅、火热的心。方东树《昭昧詹言》说它："沉郁直朴，……寻其意绪，无不明白；玩其笔势文法，诵之令人意满。"他所谓"直朴"，也就是古直和质朴的意思。

综上所述，可见曹操诗的质朴、古直，实乃一种造诣高超的艺术手法。明代王世贞说曹植天才流丽，虽誉冠千古，而实比不上他的父亲。为什么呢？就由于曹植的诗词藻过于华丽，缺少他父亲作品中那种质朴、古直的朴素美①。

四

在曹操的诗歌中，情和景是不断变化的，往往能于悲凉中觉其豪放，空间和时间也是不断转换的，常给人以壮阔、邃远之感。曹操擅长用虚表实、举少总多、因小见大、化静为动等方法，以充分抒发自己的审美遐想。如脍炙人口的《短歌行·对酒当歌》就用了许多合乎艺术辩证法的手段，表达了诗人思贤若渴的迫切心情。

"对酒当歌，人生几何。譬如朝露，去日苦多。慨当以慷，忧思难忘。何以解忧，唯有杜康。"一开头，诗人就因眼前景物起兴，用虚表实，慨叹人生的短促和年华的消逝。诗由写景变为写情，由对空间的描绘转为对时间的回顾。从表面看，似乎曹操在诗里提出了一个异常消极的主题，甚至给后世许多悲观之士引为口实；而实际上刚好相反：全诗洋溢着高昂的情绪，蕴藏着应该及时努力的思想。它通过微吟、低唱的形式，倾吐出慷慨激烈的心曲。魏源说："对酒当歌，有风云之气。"② 陈沆《诗比兴笺》指出："此诗即汉高（祖）《大风歌》思猛士之旨也。"汉高祖刘邦思得猛

---

① 王世贞《艺苑卮言》："子建天才流丽，虽誉冠千古，而实逊父兄。何以故？才太高，辞太华。"

② 魏源《诗比兴笺序》。

士以守四方，曹操想求贤才以定天下，他们的思想基调确是很相似的。

"青青子衿，悠悠我心。但为君故，沉吟至今。呦呦鹿鸣，食野之苹。我有嘉宾，鼓瑟吹笙。"八句诗中有六句引自《诗经》。以古喻今，自不免启人思接千载之上。"青青"写色，"呦呦"写声。诗中有色有声，便顿觉鲜艳、活泼多了。从表面看，曹操的话只有"但为君故，沉吟至今"两句，但它通过借古以讽今的手法，举少总多，联类无穷，宛转而清晰地吐露了深挚的情意。

"明明如月，何时可掇？忧从中来，不可断绝。越陌度阡，枉用相存。契阔谈䜩，心念旧恩。""掇"一作"辍"，我同意作"掇"是。在这里，诗人奇想天外：明朗的月亮，什么时候能把它摘到手呢？后来李白"欲上青天揽明月"的诗句应即由此脱胎。这两句写得委实精彩！它除了凸显出诗人不失赤子之心想"上九天揽月"外，还作为一种比兴手法，因小见大，暗寓贤才何时求得、理想何时实现等丰富含义。诗人因求才不得而忧，又因贤才到来而喜。这一忧一喜、忽忧忽喜的矛盾心理，正完满地表现了思贤若渴的主题。

"月明星稀，乌鹊南飞。绕树三匝，何枝可依？山不厌高，海不厌深。周公吐哺，天下归心。"诗人融情入景，因抬头见月明星稀，遂顿生孤寒寂寞之感。接着又化静为动，以乌鹊南飞喻人才外流。诗人怜贤才的无所依托，渴望其归己。最后，以"山不厌高，海不厌深"作比方，引"周公吐哺"作楷模，表明自己求贤不懈的耿耿赤忱。

这首《短歌行》立意深远，风格别致。它融抒情、写景、叙事、说理于一体，而能相互发热增辉。全篇音韵铿锵有力。韵脚或八句一换，或四句一转，既摇曳生姿，又错落有致。真能给人以无穷的审美享受。

五

曹操毕竟是地主阶级的政治家、文学家。由于阶级和时代的局限，他有许多和人民对立的思想。他的抱负和愿望只能是为巩固地主阶级专政效力。他不可能真正表达劳动人民的感情，因此在他的诗中，人民只能作为受难者的形象出现。他的理想，他的审美观念，连同他的欢乐和哀伤，都深深地烙上了封建统治者的印痕，显然包含着他"立功""创业"的自私打算。在他的作品中（特别是晚年时期的作品），有时确不免也流露过一些人生无常的慨叹和虚无求仙的幻想。

曹操的诗歌在艺术上也不可能完美无缺，就正如他在思想上不可能没有谬误一样。

曹操的审美标准无疑把政治放在首位。由于这样，他有时出于图解政治的需要，就不惜舍弃对艺术的追求。如《短歌行·其二》《善哉行（三首)》等篇，都或多或少地存在一味说理的概念化倾向。这样做，不只降低了诗的艺术水平，同时也损害了诗的社会效果。像某些诲之敦敦而使人听之昏昏式的哲理诗，又怎能给广大读者以审美趣味呢？

鉴古知今，这对我们发展社会主义的新诗是大有裨益的！

黄庭坚词风管窥

对黄庭坚的诗、词和文学理论，自宋迄今历代研究者褒贬不一，尤其对他的词更是毁誉参半，其评价之高下悬隔不啻霄壤。尊之者如宋代陈师道说："今代词手，惟秦七、黄九耳，唐诸人不逮也。"① 近人夏敬观说："少游清丽，山谷重拙，自是一时敌手。……曩疑山谷词太生硬，今细读，悟其不然。'超轶绝尘，独立万物之表；驭风骑气，以与造物者游'，东坡誉山谷之语一也，吾于其词亦云。"② 卑之者如其同门友晁补之说："黄鲁直间作小词，固高妙，然不是当（行）家语，自是着腔子唱好诗。"③ 清代陈廷焯更指斥说："黄九于词，直是门外汉，匪独不及秦（观）、苏（轼），亦去耆卿（柳永）远甚。"④ 这些话虽然各执一端，但都有一定的道理。因为在黄庭坚现存的一百八十多首词中，品类很杂，诚如纪昀所指出："顾其佳者则妙脱蹊径，迥出慧心；其劣者则'褒诨不可名状'。"⑤ 那么，我们究竟该怎样评价黄庭坚的词呢？

无论是从辩证唯物主义的全面观叙或是根据一般系统论的整体性原则来看黄词，我以为都不能把上述的矛盾现象撇开。我们只能从黄庭坚词的多样性、多侧面或多层次中去探索它的内在联系，并对此做出科学的解释。

本文只打算就黄词的风格问题略陈管见，以求正于海内外方家和广大读者。

---

① 见《苕溪渔隐丛话》后集卷三十三。
② 见龙榆生《唐宋名家词选》，引《手批山谷词》。
③ 见《苕溪渔隐丛话》后集卷三十三。
④ 《白雨斋词话》卷一。
⑤ 《四库全书总目》卷一九八集部词曲类一。

一、在开拓中前进

黄词的风格是多样的。前人早已指出：黄庭坚词早年多类柳永，晚年颇近苏轼。但我以为，黄词所受的影响是多方面的，不仅限于柳永和苏轼。它还受到了以晏殊、宋祁、欧阳修等人为代表的传统词风的影响，而且这一影响形成了黄庭坚早年词风的主要方面。从黄庭坚《书王观复乐府》所说："须熟读元献（晏殊）、景文（宋祁）笔墨，使语意深厚乃尽之"，便足见他对传统词风的景仰。他有不少词与秦观词风格类似。历来"秦七、黄九"并称，显然也意味着他们在词风方面有许多共同处。他们有些词经常彼此混杂，使我们至今仍难以明确判定是谁的作品。如《画堂春》：

> 东风吹柳日初长，雨余芳草斜阳。杏花零落燕泥香。睡损红妆。　　宝篆烟销龙凤，画屏云锁潇湘。夜寒微透薄罗裳。无限思量。

此词就被南宋黄昇当作秦观词选入他的《花庵词选》。我们不论从情韵、用语或表现手法看，都很难断定它一定不是秦观的作品。虽然李调元在《雨村词话》卷一中指出："秦少游《淮海集》首首珠玑，为宋一代词人之冠。今刊本多以山谷作杂之。黄九之不逮秦七，古人已有定评，岂容混入？如《画堂春》词……，气薄语纤，此山谷十六岁作也，不应杂入。"但这纯出于李调元扬秦抑黄的偏见。他先肯定《画堂春》是黄庭坚的作品，而后讥其"气薄语纤"。实际上，此词韵味深长，何尝"气薄"？较之于秦观的其他作品，也未必"语纤"。如"雨余芳草斜阳。杏花零落燕泥香"两句，就受到王国维的特别赞赏，说它是从温庭筠词"雨后却斜阳，杏花零落香"中脱胎，且有"出蓝之妙"（见《人间词话附录》）。许昂霄《词综偶评》也说此词"高丽"，远在柳永、周邦彦词之上。把此词置于《淮海居士长短句》中，虽然不似《满庭芳》（山抹微云）、《踏莎行》（雾失楼台）、《鹊桥仙》（纤云弄巧）等词那样享有盛誉，但与绝大多数作品相比，是毫不逊色的。

又如《满庭芳》（北苑春风）、《丑奴儿》（夜来酒醒清无梦）、《宴桃源》（天气把人僝僽）等几首，也俱载于黄庭坚和秦观各人的词集。凡此种种，都说明他二人的某些词作在风格方面的酷似。

综观黄庭坚的诗词创作，我们可以看出一个共同的特点，即作者锐意创新，力图在开拓中前进。用他自己的话说就是："文章最忌随人后"，"自成一家始逼真"①。他写词也是这样。如果我们通读了他的全部词作，便很容易得出一个结论：他在多方面向前人或师友学习的过程中，从事了解多种探索，用意在扩大词的写作门径和丰富词的写作手法，因此形成了各种不同的风格。他学柳永，学苏轼，也学晏殊、宋祁和欧阳修，甚至向比自己年轻的秦观学习，目的都在"转益多师"后能够"自成一家"。从他的某些成功之作看，他这一目的是达到了的。这一点，我们留到后面再谈。

但既然是探索，就难免有时成功，有时失败，而且失败往往多于成功，这是每一个力图创新的作家都无法避免的。黄庭坚也不可能例外。

黄庭坚词最受人非议的是那些学柳永的作品。谢章铤指出："柳耆卿失之滥，黄鲁直失之伧。"② 这话很有几分道理。黄庭坚词中真正像柳永《凤栖梧》（蜀锦地衣丝步障）、《锦堂春》（坠髻慵梳）等那样"淫艳恶滥"的作品确实不多；他主要是学柳永用俚语、俗字入词，因而使士大夫文人们觉其伧俗。也很可能是黄庭坚年轻时写的"艳歌小词"在中年时被自己焚毁了。叶梦得《避暑录话》载黄元明之言曰："鲁直旧有诗千余篇，中岁焚三之二，存者无几。"③ 我怀疑被焚的作品中即有艳词在内。此后黄庭坚接受了道人法秀的劝诫④，"不复作"这类作品了。现存黄庭坚词中像《千秋岁》（世间好事）那样的作品，已属仅见；尽管贺裳《皱水轩词筌》称此词下片词语"恐顾（恺之）、陆（探微）不能着笔"，而实系"亵诨"至极，不能不视为糟粕。

把现存黄庭坚词按可考知的写作年代大致排成序列，那么我们就能比较清晰地看出：黄庭坚是从学习传统词人的作品开始，中经学柳永，再学苏轼，而后自成一家的。

---

① 见《王直方诗话》。
② 《赌棋山庄集》词话卷十二。
③ 见《四库全书总目》卷一五四集部别集类七。
④ 陈善《扪虱新语》上集卷三说："黄鲁直初作艳歌小词，道人法秀谓其以笔墨海淫，于我法中，应堕泥犁之狱。鲁直自是不复作。"

黄庭坚早年词作留存不多。其中写得较好的，除上面提到的《画堂春》外，可考知作于任北京（今河北大名）国子监教授期间（1072—1079）的有《水调歌头》（落日塞垣路）一首，作于任太和知县期间（1081—1083）的有《撼庭竹·宰太和日吉州城外作》一首。特别值得一提的是前一首：

> 落日塞垣路，风劲戛貂裘。翩翩数骑闲猎，深入黑山头。极目平沙千里，惟见雕弓白羽，铁面骏骅骝。隐隐望青冢，特地起闲愁。　　汉天子，方鼎盛，四百州。玉颜皓齿，深锁三十六宫秋。堂有经纶贤相，边有纵横谋将，不作翠蛾羞？戎虏和乐也，圣主永无忧。

这首词写得很别致：用的是边塞生活题材，咏的是历史上的王昭君故事，却变尽北宋初年以晏、欧为代表的传统风格。在此之前，似乎只有范仲淹的《渔家傲》、王安石的《桂枝香》和苏轼在密州时写的一些作品如《江城子·密州出猎》等可以与之相仿佛。而且黄庭坚几乎是紧接着在苏轼创作《水调歌头》（明月几时有）之后不几年就写了它。这时他和苏轼可能才缔交（时在1078年）不久。

此词上半阕风格豪迈，下半阕语涉讥刺。词中称"谋将"而不称"猛将"，与下句"不作翠蛾羞"相映衬，其贬义已自明；末用"戎虏和乐也"与"圣主永无忧"相对举，更极尽嬉笑怒骂之能事。这一切，都标志着黄庭坚在作词技艺方面已渐趋成热。

但令人奇怪的是，黄庭坚并未循着这条路子走下去。随着他任职汴京期间（1085—1091）生活环境的改变，他对柳永的词风产生了浓厚的兴趣。在现存黄庭坚词中被视为"俗"的作品，绝大多数是这一时期写的。从表面看，这实在令人惋惜，但若是我们深入一步地考察这些作品，便不难发现另一个侧面：黄庭坚正是从不断地求索中总结了成功和失败两方面的经验，才在晚年使他的词和诗一起都攀登上新的艺术高峰的。

二、以俗为雅

黄庭坚曾与杨明叔论诗，提出过"以俗为雅，以故为新"[①]的主张。如果说，黄庭坚的诗好用典故，特别是好用偏僻典故，喜欢"点铁成金"和"夺胎换骨"似的化用前人诗句，实践了"以故为新"的主张的话，那么，黄庭坚的词恰好相反，它很少用典，特别是很少用僻典，除少数篇如《鹧鸪天》（紫菊黄花风露寒）借用了杜甫、杜牧的现存诗句外，绝大多数作品的语言都自然、新颖，并力图达到"以俗为雅"的目的。如《拨棹子·退居》：

> 归去来！归去来！携手旧山归去来！有人共、月对尊罍。横一琴，甚处不逍遥自在？　　闲世界，无利害。何必向、世间甘幻爱？与君钓、晚烟寒濑。蒸白鱼稻饭，溪童供笋菜。

此词很可能作于黄庭坚任职后期。这时，他已有一种灾难将临的预感。词是写得很平庸，但风格上有几点颇值得注意：（一）用口语入词，如"归去来！归去来！"（即现代汉语"归去啦！归去啦！"）和"甚处不逍遥自在？"；（二）写日常生活题材，如"蒸白鱼稻饭，溪童供笋菜"确实做到了"以俗为雅"；（三）少用典或活用典，特别是不用僻典。如"有人共、月对尊罍"句，虽然暗用了李白"举杯邀明月"的诗意，但不露痕迹，属于活用典一类。这样跟黄庭坚"奇古可畏"（北宋人徐积语）的诗风恰好相反，他的词风是非常平易近人的。李清照在《词论》中称黄庭坚懂得词"别是一家"，应即有见于此。只是她批评"黄即尚故实而多疵病"，则于现存黄词中似非通病。

我们再看另一首《望江东》：

> 江水西头隔烟树，望不见、江东路。思量只有梦来去。更不怕江阑（拦）住。　　灯前写了书无数。算没个、人传与。直饶寻得雁分付，又还是、秋将暮。

此词应作于1094年冬。这时，黄庭坚已到达开封府境内的陈留，在那里听候朝廷的勘问，而他的家眷却被安置在江东太平州的芜湖县（今安徽

---

① 见葛立方《韵语阳秋》卷三。

芜湖）。他仿效民间词的风格，纯用白描手法，以景起兴，一层深似一层地抒发了自己对亲人的刻骨思念。就连一向对黄词怀恶感的陈廷焯，居然也称誉此词"笔力奇横无匹，中有一片深情，往复不置，故佳"[①]。这就足够表明黄庭坚"以俗为雅"主张的正确和成功。

即使是黄庭坚那些颇招物议的艳词，其中也不乏"以俗为雅"的作品。如《阮郎归》：

> 退红衫子乱蜂儿。衣宽只为伊。为伊去得忒多时，教人直是疑。　　长睡晚，理妆迟。愁多懒画眉。夜来算得有归期，灯花则甚知？

这类盼望征人早早回来的闺思，几乎成了中国诗歌史上延续了几千年的主题。但黄庭坚写得别具一格。他不仅不像花间词人如温庭筠的《菩萨蛮》（小山重叠金明灭）那样浓艳，甚至比《诗经·卫风·伯兮》和汉代《古诗十九首·行行重行行》等名篇更加浅白，而又不失其为隽雅。"夜来算得有归期，灯花则甚知？"（民间迷信说：灯花结，则远人当归）较之于冯延巳的"终日望君君不至，举头闻鹊喜"（《谒金门》）和辛弃疾的"试把花卜归期，才簪又重数"（《祝英台近·晚春》）等千古传诵的名句，不是更接近民歌的风味么？像这类作品，黄庭坚词中还能举出一些。

当然，我们不否认黄庭坚在这一期间也写了大量不成功的词篇。纪昀说："今观其词，如《沁园春》、《望远行》、《千秋岁》第二首、《江城子》第二首、《两同心》第二首和第三首、《少年心》第一首和第二首、《丑奴儿》第二首、《鼓笛令》四首、《好事近》第三首，皆亵诨不可名状。至于《鼓笛令》第三首之用'躠'字，第四首之用'屎'字，皆字书所不载，尤不可解，不止（晁）补之所云不当行已也。"[②] 这里所举名篇，除《沁园春》可争议外，我以为纪昀所说不错。《沁园春》词如下：

> 把我身心，为伊烦恼，算天便知。恨一回相见，百方做计，未能偎依，早觅东西。镜里拈花，水中捉月，觑着无由得近伊。添憔悴，镇花销翠减，玉瘦香肌。　　奴儿又有行期。你去即无妨我共谁？向眼前常见，心犹未足；怎生禁得，真个分离？地角

---

① 《白雨斋词话》卷六。
② 《四库全书总目》卷一九八集部词曲类一。

　　天涯，我随君去。掘井为盟无改移。君须是，做些儿相度，莫待
临时！

　　对这首词，我倒是十分赞成四川大学周裕锴先生的评价："大胆真率，
一往情深，活画出一个热烈追求幸福的女性形象。"① 从风格方面看，这是
典型的柳永词风。若把此词置于《乐章集》中，读起来是很谐调的。

　　黄庭坚写的鄙俚庸俗的词，远不止纪昀所举的这些。我们还可以替他
续上一长串篇名。如《忆帝京·私情》、《归田乐令》和《昼夜乐》等。篇
中为"字书所不载"的字和"尤不可解"的词、句，也还可以举出许多，
均与文学语言规范化原则相抵牾。这都表明黄庭坚在那样一个封建文化的
氛围里堕入了恶趣，因而导致了思想上的歪邪和艺术上的低劣，但这不只
是黄庭坚一人的不幸。在北宋词人中，如欧阳修、苏轼、秦观等（更甭提
柳永了），也都或多或少地受到了这种氛围的影响。

　　此外，黄庭坚引禅理入词（如《渔家傲》五首）和在词中玩文字游戏
（如作字谜及回文词等），更违背"诗要用形象思维"的艺术规律。这一
切，我以为都是不足取的。

三、于倔强中见姿态

　　黄庭坚词风到晚年而大变。许多研究者都认为这是向苏轼学习的结
果。这不能不说是一个重要原因。但黄庭坚向苏轼学习不自晚年始。应该
说早在苏、黄缔交之前，黄就受到苏的影响了。这从黄的许多诗、文中可
以看出来，此不赘述。特别是黄在汴京任馆职期间，乃"苏门四学士"之
一，其过从之密、切磋之勤，更不言可喻。为什么黄庭坚词风早不变、迟
不变，而偏偏在与苏轼远离之后才开始大变特变了呢？显然，其中有更根
本的原因。

　　周必大《跋黄鲁直蜀中诗词》指出："杜少陵、刘梦得诗，自夔州后
顿异前作。世皆言文人流落不偶，乃刻意著述，而不知巫峡峻峰激流之势
有以助之也。山谷自戎徙黔（按：应作自黔徙戎），身行夔路，故词章翰

---

　　① 《试论黄庭坚词》，载上海《学术月刊》1984 年 11 月号。

墨日益超妙。"① 周必大认为：地理环境的奇秀促进了黄庭坚的创作，即古人所谓得"江山之助"，这自然也是原因之一。但同样不是根本原因。历史上"身行蔑路"的作家何止千百，而人各异其趣，并未都造就成同一的风格。

那么，根本原因是什么呢？

黄庭坚在《答洪驹父书》中说："老夫绍圣以前，不知作文章斧斤，取旧所作读之，皆可笑。绍圣以后，始知作文章。"他自认为在绍圣二年（1095）被贬入川之后，由于政治地位和生活际遇的改变，他在创作上发生了大变化。蔡絛《西清诗话》说："鲁直自黔南归，诗变前体。"胡仔《苕溪渔隐丛话》后集卷三十二引《豫章先生传赞》云："山谷自黔州以后，句法尤高，笔势放纵，实天下之奇作。"这些话都肯定地指出黄庭坚创作的变化跟他的贬谪有关，事实也如此。以词为例：黄庭坚词风到晚年之所以近似苏轼，主要就由于他们共同的政治遭遇、共同的生活态度和共同的审美情趣。

试举《念奴娇》并序说明之：

　　八月十七日，同诸甥步自永安城楼，过张宽夫园待月。偶有名酒，因以金荷酌众客。客有孙彦立，善吹笛。援笔作乐府长短句，文不加点。

　　断虹霁雨，净秋空、山染修眉新绿。桂影扶疏，谁便道、今夕清辉不足？万里青天，姮娥何处？驾此一轮玉。寒光零乱，为谁偏照醽醁？　　年少从我追游，晚凉幽径，绕张园森木。共倒金荷，家万里、难得尊前相属。老子平生，江南江北，最爱临风笛。孙郎微笑，坐来声喷霜竹。

此词据陆游《老学庵笔记》卷二说作于戎州（今四川宜宾）。胡仔《苕溪渔隐丛话》后集卷三十一引黄庭坚的话说："或以为可继东坡赤壁之歌。"关于这一点，有人同意，有人不同意。不同意者认为苏轼的《念奴娇》（大江东去）和黄庭坚此词在意趣和风格上的差异很明显，如山东社会科学院乔力先生就说："'大江东去'的浩唱妙在旷远飞扬，凭气势的雄豪称胜，与此词秋夜喷霜的疏宕明快、以韵致雅洁见长者不侔"（见纪念

---

① 《周益国文忠公集·省斋文稿》卷十七。

黄庭坚诞生九百四十周年学术讨论会论文《词传情：黄庭坚自我人格形象的显现》）；同意者却认为两词同样表现了豪迈洒脱的人格和风格。我以为两说可并存，只是各从不同的层次和角度看问题罢了。从表面层次看：两词题材、形象和意趣确实都不一样。苏轼的《念奴娇》是借史咏怀，时间的流动感强，形象壮阔，意趣豪迈，但略带消沉；黄庭坚此词则是对景遣闷，空间的跳跃感强，形象清幽，意趣凄凉而又偏作达观，借陈廷焯《白雨斋词话》卷一所说："亦不过于倔强中见姿态耳。"（按：此话原是贬词，但它抓住了黄庭坚晚年词风的特色，而且我以为黄庭坚词的可贵处正在于此。）若从更深的层次看：则两词表达的贬谪情怀、生活态度和审美情趣又很近似。苏轼的"故国神游"和黄庭坚的"共倒金荷"，都只是身处逆境故作旷达而已。苏咏江山，黄咏风月，也都只是通过审美客体的形象以抒发审美主体的情趣罢了。他俩在词中都托出了自我人格的形象。当然，他俩于同中毕竟又有不同处。林光朝《读韩柳苏黄集》指出："苏、黄之别，犹丈夫、女子之应接。丈夫见宾客，信步出将去；如女子，则非涂泽不可。"[①] 说直截一点，即苏轼词具阳刚美，不假雕饰；黄庭坚词则于刚强中别有一缕柔情，故借涂泽以为工致，而去其粗疏。用陈廷焯的话说，这便是"于倔强中见姿态"了。怪不得晦斋说："学苏者乃指黄为强（jiàng），而附黄者亦谓苏为肆。"[②] 强，即倔强。倔强对于人来说，固不无小疵，但于艺术，却不失为一种可贵的风格。

再看《水调歌头·游览》：

瑶草一何碧！春入武陵溪。溪上桃花无数，花上有黄鹂。我欲穿花寻路，直入白云深处，浩气展虹霓。只恐花深里，红露湿人衣。　　坐玉石，敧玉枕，拂金徽。谪仙何处？无人伴我白螺杯。我为灵芝仙草，不为朱唇丹脸，长啸亦何为？醉舞下山去，明月逐人归。

许多研究者认为此词更能代表黄庭坚晚年的词风，并与苏轼的词风更加酷似，甚至认为它就是仿效苏轼的《水调歌头》（明月几时有）而作的。

---

① 见傅璇琮《古典文学研究资料汇编·黄庭坚和江西诗派卷》上卷第85页引《艾轩集》卷五。

② 见傅璇琮《古典文学研究资料汇编·黄庭坚和江西诗派卷》上卷第90页引《简斋诗外集》卷首。

我不完全赞同这些说法。但我同样认为此词受苏轼词风影响，然别具特色，它反映出黄庭坚晚年词风的另一个侧面。

此词疑作于崇宁元年（1102）黄庭坚回到家乡分宁（今江西修水）期间。时当暮春，诗人故居双井村确实美如仙境：溪水缥碧见底，花红草绿，百鸟争鸣。诗人意欲避世，但不能如愿；退一步只图琴、酒消忧，又无知己者伴（此时秦观、苏轼均先后谢世）。只好尚友诗人李白，终不肯摧眉折腰以媚世俗。"醉舞下山去，明月逐人归"，跟苏词"起舞弄清影，何似在人间"乃出自同一机杼。要说此词酷似苏轼的同调之作，那是毫无疑问的。但苏词的设想更奇特，词中的层次更饶有变化，包蕴了许多人生哲理，表现了作者的天真情趣和深邃思考；黄词则如清黄蓼园所评："一往深秀，吐属隽雅绝伦。"① 因此黄词与苏词比较，固然高不可及，而隽雅过之。也就是说：苏词豪放，骨气奇高；黄词则于豪放中略带柔媚。但黄词于柔媚中仍见倔强，而绝不似秦观词那般纤弱。

现存黄庭坚词中被公认的佳品，大多作于其晚年。除上举两首外，其他如《醉蓬莱·对朝云叆叇》《蓦山溪·赠衡阳妓陈湘》《定风波·次高左藏使君韵》《鹧鸪天·坐中有眉山隐客史应之和前韵即席答之》《虞美人·宜州见梅作》《江城子·忆别》《采桑子·投荒万里无归路》《南乡子·重阳日宜州城楼宴集即席作》《千秋岁·苑边花外》《浣溪沙·一叶扁舟卷画帘》《诉衷情·小桃灼灼柳鬖鬖》《蓦山溪·春晴》等都是。还有一些佳作，如《踏莎行·临水夭桃》、《清平乐·春归何处》和《满庭芳·修水浓青》等，虽然无法确知其创作年代，但也不排除它有可能写于晚年。这些作品的风格并不完全一样，但就其多数而言，都能"于倔强中见姿态"。换一句话可概括为八个字：豪而不粗，婉而不靡。如果说，黄庭坚的诗是"学杜（甫）而不为杜"②，那么，他晚年的词则可以说是"学苏（轼）而不为苏"。他介于当时已形成的豪放和婉约两种词风之间，终于另创造出一种兼阳刚美与阴柔美的独特风格。这正是他在词史上与众不同的地方。方东树《昭昧詹言》卷十二说："山谷之妙，在乎迥不犹人，时时出奇，

---

① 《蓼园词选》，见张璋选编、黄畲笺注《历代词萃》引。
② 陈师道《答秦觏书》："豫章之学博矣，而得法于杜少陵，其学少陵而不为者也。"见《后山先生集》卷四。

故能独步千古，所以可贵。"我赞成这样的看法。

黄庭坚晚年也写过一些平庸的作品，甚至从数量上说还不少。如《醉落魄·陶陶兀兀》四首和《渔家傲·题船子钓滩》等，无论从思想性或是艺术性方面看，都了无可取。再加上他早年那些"亵诨不可名状"的俳狎之作，就难怪常使人产生"鄙俚不堪入诵"①的感觉。有些习惯于单向线性思维的研究者，便往往各引一端，褒贬任声，抑扬过当。我以为这都是不符合实际的。

黄庭坚词流传至今仍存一百八十多首，远远超过了唐、五代诸词家。在北宋词家中，也只有柳永、张先、欧阳修、苏轼、晏几道、贺铸、晁补之、周邦彦等人保存下来的词在数量上超过了他或与他相接近。从某方面说，这是他的幸运，但从另一侧面看，我以为这正是他的不幸。因为若汰粗存精，只留传下那些"纤秾精稳，体趣天出"②的二三十首代表作，则其整体性评价岂能被置于秦观之下？

这就涉及一个评价作家的原则问题。究竟是按作家多数作品的内容及所表现的艺术特色来判定优劣，还是按作家最成功的作品所达到的水平来确定高下呢？我以为应该是后一种。记得列宁曾引用一则俄国寓言说："鹰有时比鸡飞得还低，但鸡永远不能飞得像鹰那样高。"一位优秀的作家难免也写出一些粗劣的作品，但一个平庸的写作者则无论他如何多产，也很难指望他写出一部真正优秀的作品来。在艺术王国里，是需要一定数量的艺术品来保证供应的，而不能让广大的群众天天读"老三篇"；但当拥有一定数量的艺术品之后，则更需要提高的是质量问题。否则，尽管每天都上映成百部粗制滥造的新影片，有谁肯跨进电影院或打开电视机整天观看呢？盛唐诗人王之涣保存至今的诗仅六首，而且脍炙人口的只《登鹳雀楼》和《凉州词》两首共四十八个字。他就凭这四十八个字，竟毫无愧色地高居于盛唐诗人的前列。北宋改革家范仲淹保存至今的词也仅六首，真正广被传诵的也只《渔家傲》、《苏幕遮》和《御街行》三首。他也就凭这三首词在词史上占有一个光荣的席位。如果黄庭坚只留下二三十首最成功的代表作，岂不足够与苏轼、秦观等人并肩高坐在北宋词坛之上么？

---

① 彭孙遹《金粟词话》。
② 苏籀语，见谢朝征《白香词谱笺》卷二引。

因此，我们不应该苛求作家在探索中不出现失误，更不应该把作家的作品好坏搭配求取平均值以决定其优劣。我们应该鼓励作家在开拓中勇猛前进，以创造多种题材和多种风格的优秀作品。我们只能按最优化原则来评定作家的高下及其对历史的贡献，正如我们总是按运动员的最优成绩来确定他们的竞赛名次一样。

为此，我主张对黄庭坚词的评价应该比目前教科书上所做的适当地予以提高。因为黄庭坚的创作探索，有许多正、反两方面的经验可供我们借鉴。

论元好问诗风的衍变

前人论元好问诗风者甚多，如郝经《遗山先生墓铭》："巧缛而不见斧凿，新丽而绝去浮靡，造微而神采粲发……挟幽、并之气，高视一世。"这几句话，可称得上是对元好问诗风的最好概括。所谓"巧缛而不见斧凿"，是就其清美圆熟而言；"新丽而绝去浮靡"，是就其高华雄浑而言；"造微而神采粲发"，是就其出奇入化而言；"挟幽、并之气"，是就其慷慨豪迈而言。《金史·文艺传》谓元好问诗风"奇崛而绝雕刿，巧缛而谢绮丽……歌谣慷慨，挟幽、并之气"，论即本此。

元好问的诗风是怎样形成的呢？古今论者也做过种种阐述。略加归纳，则大致不外乎时、地、人三方面的因素。如赵翼云《题遗山诗》"国家不幸诗家幸，赋到沧桑句便工"，即从时代着眼；《瓯北诗话》卷八"盖生长云朔，其天禀本多豪健英杰之气"，即从地域着眼；又同书谓元好问"专以精思锐笔，清练而出，故其廉悍沉挚处，较胜于苏、陆"，则从个人的才情、性格着眼。还有从民族因素着眼的，如陈沚斋《元好问诗选·前言》说道："遗山是北魏鲜卑族拓跋氏的后裔，血管里流着游牧民族奔放的热血，更遭逢乱世，饱经忧患，这决定了诗人一生诗歌创作的主要倾向，形成了刚健质朴、沉郁悲慨的独特的艺术风格。"这些都不失为卓有见地之论。在这个问题上，我只想补充一点：元好问诗风的形成，也与他自幼受到家学的熏陶有关。他在《中州集》卷十评其父元德明的诗说："不事雕饰，清美圆熟，无山林枯槁之气。"从这里可分明看出，元好问清美圆熟的诗风是跟他父亲的诗风一脉相传的。甚而言之，元好问之所以酷爱杜诗，景仰刘琨、陶潜、苏轼、黄庭坚等人的人品和诗品，也是跟他父亲对他的教育和影响分不开的。

但元好问的诗风并不是一成不变的。随着金王朝自兴盛走向衰微以至于灭亡，也随着元好问从学成出仕到被俘作囚以至遗老终生，他的诗风都发生过变化。因此，探寻一下元好问诗风的衍变过程，总结一下它的衍变规律，我以为对阐明诗歌与时代、诗歌与社会，以及诗歌与作家的关系，都是大有裨益的。

元好问的诗，依其风格之变化，大致可分为早年、金亡前后和晚年三个时期。

早年（1231 年以前）的诗，如《箕山》：

> 幽林转阴崖，鸟道人迹绝。许君栖隐地，唯有太古雪。人间黄屋贵，物外只自洁。尚厌一瓢喧，重负宁所屑。降衷均义禀，汩利忘智决。得陇又望蜀，有齐安用薛。干戈几蛮触，宇宙日流血。鲁连蹈东海，夷叔采薇蕨。至今阳城山，衡华两丘垤。古人不可作，百念肺肝热。浩歌北风前，悠悠送孤月。

这首诗通过对尧时高士许由栖隐地的凭吊，朴实地抒写了对"汩利忘智决"的现实之不满。它和另一首《元鲁县琴台》诗，当时都受到主盟金文坛的赵秉文的称赞，"以为近代无此作也"[①]。所谓"近代"，即指宋开国后二百多年。这期间，金诗坛承受了北宋苏轼、黄庭坚诗风的影响，"作诗者尚尖新"，"其诗大抵皆浮艳语"[②]。元好问于金宣宗兴定二年（1218）移家登封，《箕山》诗应作于此后不久。它一扫尖新、浮艳之气，而归于淳朴、天然，直追唐音。但对宋诗，特别是对苏轼、黄庭坚的诗，元好问并未采取一概排斥的态度。在他早期的诗中，仍保留着浓厚的宋诗色彩。如《箕山》诗中间十数行，几乎句句用典，便很有点"资书以为诗"[③] 的味道。因此，这首诗在当时虽名震京师，而于今时各种元好问诗的选本中均不见选。可能随着时代的变换，人们的审美观念也发生了变化，对诗歌的审美评价也就跟着发生变化了。

金哀宗正大四年（1227），元好问任内乡（今河南西峡）令。次年，作七律《张主簿草堂赋大雨》：

---

① 《金史·文艺传下》。
② 刘祁《归潜志》卷八。
③ 严羽《沧浪诗话》。

浙树蛙鸣告雨期，忽惊银箭四山飞。

长江大浪欲横溃，厚地高天如合围。

万里风云开伟观，百年毛发凛余威。

长虹一出林光动，寂历村墟空落晖。

在这首诗里，大自然的形象竟变得如此雄奇瑰玮，内中凝结着诗人的深厚感情，并展现出创作主体的鲜明性格和尖锐感受。前六句隐喻金王朝风雨飘摇、河山崩溃及诗人无限惊恐之状；末两句则仍存一线光明之望，只是村墟四周寂历无声，烟柳斜阳，令诗人感到茫然而已。陈泜斋《元好问诗选》评此诗云："作豪壮语而无叫嚣粗疏之病，足见遗山功底之深。"事实上，何止是功底之深！我以为更重要的原因是：随着元好问生活阅历的丰富，也随着他民族危机感的加深，他已逐渐摆脱苏、黄诗消极面的影响（如"掉书袋"），并逐步形成了自己刚健、质朴、沉郁、悲慨的诗风。

自金宣宗贞祐元年（1213）八月蒙古军队沿太行山南侵中原，元好问便开始了忧患频仍的生活。但直到金亡之前不久，他仍满怀雄浑、悲壮之气。此时，他已知融唐入宋，故诗风真淳、天然、遒劲。他所作诗，既讲究意境的莹澈，又不避适当的典故和议论。但他坚决反对俳谐、怒骂，以力求符合温柔敦厚的儒家诗教。

元好问最优秀的作品多写于金亡前后。如《岐阳三首》《壬辰十二月车驾东狩后即事五首》《俳体雪香亭杂咏十五首》《癸巳四月二十九日出京》《癸巳五月三日北渡三首》《续小娘歌十首》等，都可称得上是震撼人心的杰作。如果说，元好问早期的诗还只是抒发无穷悲慨，精美的风格还只是渐次形成的话，那么，他在金亡前后写的诗便一变而为濒临绝望的哀鸣，或特别装扮成"含泪的幽默"（如《俳体雪香亭杂咏十五首》），风格益见雄浑和高亢了。当我们读到"穷途老阮无奇策，空望岐阳泪满衣"，"精卫有冤填瀚海，包胥无泪哭秦庭"，"若为长得熙春在？时上高层望宋州"和"红粉哭随回鹘马，为谁一步一回头"等诗句时，便不能不为诗人的故国之爱和黍离之悲而一洒同情之泪了。怪不得清代赵翼在手批《宋金三家诗选》时称赞元好问此类作品说："大要笔力苍劲，声情激越。……于极工炼之中，别有肝肠迸裂之痛。此作者所独绝也。"

元好问悲凉、慷慨、遒劲、激越的诗风，在他的丧乱诗中得到了最典型的体现。明代瞿佑说："元遗山在金末，亲见国家残破，诗多感怆。"①清代沈德潜说："遗山……愁惨之音，尽泪痕血点凝结而成。"② 也正是在这个时期的诗中，元好问一任其悲愤、沉痛的感情进涌而出，竟冲决了他早年竭力维护的诗教樊篱。如在《洛阳》一诗的末尾，他写道："拟就天公问翻覆，蒿莱丹碧果何心？"竟直截了当地指斥天公倒行逆施，使丹心碧血之士（用林从龙先生说）没于蒿莱之中，真不知其究何居心。此乃穷极呼天，故不假浮辞，不留余地。于今读来，犹觉其声口峻急，风骨凛然！高步瀛评曰："神气迸发，极近少陵。"③

又如："白骨纵横似乱麻，几年桑梓变龙沙。只知河朔生灵尽，破屋疏烟却数家。"④ 诗人自注："桑梓其剪为龙沙（沙，《晋书》原作荒）乎？郭璞语。"除了这个典故被活用外，全用白描手法，写出诗人悲极若喜的复杂心情。几间破屋，几点疏烟，竟使诗人"喜"出望外，其"民胞物与"（张载语）的人道襟怀，岂不更自然而然地展现在读者眼前了么？

日本京都大学教授、著名汉学家吉川幸次郎说得好："元好问是他那个世纪中最杰出的诗人，他在那个世纪前半叶吟咏的亡国悲哀，虽也成了世纪后半叶具有相同命运的南宋诗人们吟咏的内容，但就力度而言都不及他。"⑤ 所谓力度，即指其风格深沉、郁勃而言。南宋灭亡之后，虽然涌现了一批遗民诗人，如郑思肖、林景熙、汪元量、谢翱等，他们也写下了许多哀苦动人的亡国悲歌。但无论感情的沉郁或者艺术的完美，他们的确都比不上元好问。这便说明了元好问诗风之所以深沉、郁勃，是跟他"寝馈于古大家者深"⑥ 有关，特别是跟他努力学习杜甫有关。不能仅归结为时代、社会或际遇的因素。到了晚年（1239 年以后），元好问诗风稍趋老成、闲适。感情更沉挚，语言更质朴，已至无叫嚣、躁怒之病了。但"感时触事，声泪俱下，千载后犹使读者低回不能置"（赵翼语）的诗不多了。如《外家南寺》：

---

① 《归田诗话》。
② 《宋金三家诗选·遗山诗选例言》。
③ 《唐宋诗举要》卷六。
④ 《癸巳五月三日北渡三首》其三。
⑤ 引自元好问研究会编《元好问研究信息》1987 年第 2 期。
⑥ 潘德舆《养一斋诗话》。

> 郁郁秋梧动晚烟，一庭风露觉秋偏。
>
> 眼中高岸移深谷，愁里残阳更乱蝉。
>
> 去国衣冠有今日，外家梨栗记当年。
>
> 白头来往人间遍，依旧僧窗借榻眠。

这首诗写于元太宗十一年（1239）。这年，饱经丧乱之苦的诗人已回到故乡忻州，过着相对平静的遗民生活。但当他回首往事时，仍不免无限伤感；只是已不像金亡前后那样"秋风一掬孤臣泪，叫断苍梧日暮云"（《即事》）似的痛哭哀号罢了。诗中颔、颈两联，通过今昔对比，抒发了物换星移、人事沧桑之感，历来被视为警策。

元好问晚年写了不少咏物诗、山水诗、题画诗和应酬诗。如作于元太宗十二年（1240）的《杏花》其一：

> 芳树春融绛蜡凝，春风寂寞掩柴荆。
>
> 画眉卢女娇无奈，龋齿孙娘笑不成。
>
> 已怕宿妆添蝶粉，更堪暖蕊闹蜂声。
>
> 一般疏影黄昏月，独爱寒梅恐未平。

陈沚斋先生评此诗说："想不到遗山会有这样的风情，这是集中最美丽的诗歌。作者如果生在太平之世，也许会成为像李商隐那样的诗人的。"[1] 我不这样看。显然，元好问这里并非写什么风情，而是通过叙写杏花的寂寞以惋叹自己的凄凉而已。元好问才情绝世，似为美丽的卢家少妇和孙寿等绝代佳人所不及。不幸的是，他身处季世，颠沛流离，又偶被"蝶粉"所污（暗喻他为崔立写碑事），因此连独爱寒梅的士人们也对他另眼相看了。诗写得委婉，但仍未失其一贯的刚健、遒劲之气。

元好问晚年也写了一些深刻同情人民的佳篇。如《雁门道中书所见》：

> 金城留旬浃，兀兀醉歌舞。出门览民风，惨惨愁肺腑。去年夏秋旱，七月黍穗吐，一昔营幕来，天明但平土。调度急星火，逋负迫捶楚。网罗方高悬，乐国果何所？食禾有百螣，择肉非一虎。呼天天不闻，感讽复何补？单衣者谁子，贩籴就南府。倾身营一饱，岂乐远服贾？盘盘雁门道，雪涧深以阻。半岭逢驱车，人牛一何苦！

---

[1]　刘逸生主编，陈沚斋选注：《元好问诗选》，广东人民出版社，1985 年，第 66 页。

这首诗写于金亡之后的第七年（1241）。是年，元好问北游金城（今山西应县），在返回忻州的途中，亲眼看到广大人民所遭受的压迫和痛苦，心情郁闷，不吐不快，便写了这首诗。诗中以深挚的感情，倾吐出对元统治者的强烈愤懑，为人民喊出了真实的心声。他把叙事、抒情和议论三者紧密地结合在一起，既高度概括又生动具体地描绘出社会生活的图景，并诚挚地表达了诗人对压迫者的憎恶和对被压迫者的同情。诗的结尾很别致，它以雪深涧阻和山峦萦回的雁门道为背景，像用特写镜头似的凸现出了一幅驱牛越岭的苦役图。多少辛酸，多少愤恨，全都蕴含在这画面之中。这种融情入景的描写手法，当然比干瘪地发一通议论，其艺术效果要大得多了。这种既含蓄又激越，既质朴又深隽的风格，已迥非后世一味宗唐或宗宋者所能比拟。赵翼称赞元好问这类古体诗说："构思窅渺，十步九折，愈折而意愈深、味愈隽，虽苏、陆亦不及也。"[①] 说元好问这类诗超过了苏轼和陆游，自不免称许太过，但如果说他们的诗风各有特色，互有短长，那是千真万确的。

总之，元好问诗风的衍变过程是跟元好问的生活道路紧密相关的。布封有句名言："风格就是人。"这句话着重指风格的主观方面。也就是说，风格的形成和衍变，除了受时代、社会、民族、阶级、家庭等诸种因素的必然制约外，更往往因作家的才、学、情、性或心理状态的不同而不同（固然作家的才、学、情、性或心理状态本身就受到时代、社会、民族、阶级、家庭等诸多因素的必然制约）。元好问诗风的形成和衍变，也是这样。

元好问的诗主要是学杜甫。他早年也曾用力学苏轼。此外，他还明显受到元结、韩愈、白居易、黄庭坚、陈与义等人的影响。正由于他"转益多师"，故能众体皆备，并熔铸出一己之长，卓然成为金元时代的第一大家。

元好问非常重视学习。他在《陶然集序》强调作家要"真积力久"，主要指的就是要积累知识。这和杜甫所说"读书破万卷，下笔如有神"是一个意思。但元好问特别强调要学得活和学得"化"，要"著盐水中"和得其天机，做到如释氏所说"学至于无学"的地步。这自然是针对江西诗

---

① 《瓯北诗话》卷八。

派末流作家的生搬硬套习气而言。它跟南宋严羽在《沧浪诗话》中所标举的"妙语"说竟似不谋而合，因为他们走的路子虽然不同，但都是从禅学里面领悟到的这一点。

正由于元好问毕生努力学习，因此随着他在学问上的"真积力久"，他的诗风也就变得越来越老成和多样了。

谈杜甫诗歌的忧世亲民传统

　　一部悠久的中国诗歌史显然存在着两个优秀传统：一个是以《诗经》为代表的风雅传统；另一个是以《楚辞》为代表的骚赋传统。前者带有现实主义倾向，如曹植、刘桢、陶潜等人的作品；后者带有浪漫主义的倾向，如王粲、郭璞、鲍照等人的作品。发展到唐代，这两种倾向相互融合，形成了殷璠所说的"文质半取，风骚两挟"①的两结合传统。奠定这个传统的不是别人，正是被《河岳英灵集》遗漏了的、诞生在一千三百年前的伟大诗人杜甫。

　　杜甫自称为儒者。其《偶题》诗云："法自儒家有，心从弱岁疲。"说明他自幼即倾心于儒学。他的政治抱负是"致君尧舜上，再使风俗淳"②，活脱脱一派儒生口吻。不可否认，杜甫的忠君思想带有明显的时代局限性，但在当时却具有广大知识分子阶层的忧世亲民性质。从屈原到李白，一切优秀的中国知识分子，无不以此为精神追求。如屈原在《离骚》中所说的"恐皇与之败绩"和"哀民生之多艰"，李白的"为君谈笑静胡沙"③和"何日平胡虏，良人罢远征"④，都是这种忧世亲民思想的自我表述。

　　杜甫在诗论中清楚地表明他继承了这两个传统。在《戏为六绝句中》，他先后表明他的诗歌既继承了风雅的现实主义传统，"别裁伪体亲风雅"；也继承了《楚辞》的浪漫主义传统，"窃攀屈宋宜方驾"。他的创作主旋律即忧世、亲民。这种"忧患意识"，造就了他贴近现实、贴近人民和贴近生活的大量辉煌篇章。

---

① 《河岳英灵集·集论》。
② 《奉赠韦左丞丈二十二韵》。
③ 《永王东巡歌·其二》。
④ 《子夜吴歌》。

郭沫若先生在《李白与杜甫》一书中对杜甫做了许多不符实际的违心攻击。他把杜甫打扮成一个"死不悔改"的"腐儒"，一味地"扬李抑杜"。书中很多荒谬说法，这里我不多谈。

杜甫热爱祖国的统一富强和关心人民的生活疾苦，这方面的诗是举不胜举了。著名的篇章如"三吏""三别"《哀江头》《悲陈陶》，以及《闻官军收河南河北》，都鲜明地表现了他忧世、亲民的感情。杜甫是有爱、有憎的。他写道："新松恨不高千尺，恶竹应须斩万竿"①。他对当时的贪污腐败分子是极端憎恶的。在《丽人行》中，他对某些权贵极尽讽刺之能事，而对老百姓和贫苦知识分子等弱势群体，却倾注了深刻的同情和关注。如《又呈吴郎》：

> 堂前扑枣任西邻，无食无儿一妇人。
>
> 不为困穷宁有此？只缘恐惧转须亲。
>
> 即防远客虽多事，便插疏篱却甚真。
>
> 已诉征求贫到骨，正思戎马泪盈巾。

全诗委婉曲折，一句一转。七律形式的完备始于唐人，而以杜之七律为最佳。杜诗的风格可以此诗为范例。江西诗派即以此"寓单行之气于排偶之中"② 创为诗法。

元稹《唐故工部员外郎杜君墓系铭并序》说："至于子美，盖所谓上薄风、骚，下该沈、宋，古傍苏、李，气夺曹、刘，掩颜、谢之孤高，杂徐、庾之流丽，尽得古今之体势，而兼人人之所独专矣！"

杜甫后来被江西诗派尊为宗祖，其"家国之思"及诗歌风格（沉郁悲壮）影响到宋代苏轼、黄庭坚、陈师道、陈与义、陆游、范成大等大家。直到近现代，我们还可以从陈三立、陈寅恪父子的诗中，看到这种忧世、亲民传统的巨大影响。

杜甫诗歌的忧世、亲民传统给当今爱好和平的世界人民以深刻启示。它鼓舞了广大弱势群体为维护自身权益做坚持不懈的努力。

---

① 《将赴成都草堂途中有作先寄严郑公》五首之四。
② 见方东树《昭昧詹言·登快阁》。

"发纤秾于简古，寄至味于淡泊"

——谈柳宗元山水诗的艺术辩证法

柳宗元的诗歌作品现存 163 首（据吴文治《柳宗元简论》），但历代评价很高。苏轼说："独韦应物、柳宗元发纤秾于简古，寄至味于淡泊，非余子所及也。"又说："柳子厚诗，在陶渊明下，韦苏州上；退之（韩愈）豪放奇险则过之，而温丽靖深不及也。"朱熹在写给表弟程洵（字允夫）的帖中说："作诗须从陶、柳门庭中来乃佳。不如是，无以发萧散冲淡之趣，不免于局促尘埃，无由到古人佳处也。"元好问《东坡诗雅引》说："五言以来，六朝之谢、陶，唐之陈子昂、韦应物、柳子厚最为近风雅。"清姚莹《论诗绝句》也说："《史》洁《骚》幽并有神，柳州高咏绝嶙峋。"

为什么柳诗能获得如此高的评价呢？我以为其突出原因是：柳宗元在诗中能把两种对立的艺术风格——"纤秾"与"简古"统一起来，使之相互渗透，取得相辅相成的效果。诗人不矜才，不使气，更不卖弄学问，自自然然，归真返璞。因此他的诗外似"淡泊"，而中含"至味"。诚如《东坡题跋·卷二》所言："所贵乎枯淡者，谓其外枯而中膏，似淡而实美。"与此相反，那些一味枯燥说理而毫无兴寄的诗，如宋代的理学诗、释道等宗教诗，以及当代的政治口号诗等，从内容到形式都枯燥无味，即苏轼称之为"中、边皆枯淡"的作品，当然是不足取法的。

柳诗则不然。它外似平淡，而内含膏泽。这种风格，典范地表现在他写山水题材的作品中，特别是那些短篇山水诗，如绝句《江雪》和古风《渔翁》等。

《江雪》一诗，只是平平淡淡地叙写了一位在雪天江上垂钓的渔翁。因此有人误解诗的主旨是歌唱渔民的辛劳。这真是只看见其外而不识其内，只知其字面意义而不解其内含旨趣的皮毛之见。什么才是《江雪》诗的主题呢？友人吴文治教授说得好："从诗人所描绘的这种境界来看，他在茫茫大雪之中突出地写一个寒江独钓的老翁，显然也是表露了他因遭受贬谪而产生的孤寂索漠的心境的。"我同意文治兄的见解。因为细吟此诗，便不难觉察出诗中的审美主体和审美客体是统一的。诗里所描绘的钓翁形象，实即诗人自己的形象。诗中所写景物，也无不染上诗人浓烈的感情色彩。诗人在诗中不是直言其志或直叙其情，而是寄情于景和以景托情。它做到了情和景的交融、统一。首两句状其孤寂、索漠，末两句言其处境、追求。它表面上是写一个在寒雪天独自垂钓的老翁，而实际上是抒发诗人在遭贬谪后的恶劣环境里仍坚持政治理想。这就是唐代皎然在《诗式》中所标举的有"两重意以上"的好诗。

为什么"钓"翁的形象跟诗人的政治理想挂上了钩呢？这里蕴藏着一个典故，即三千多年前吕尚（姜子牙）在渭滨垂钓得遇文王的故事。打那以后，中国的诗人们便老喜欢用"垂钓"、"观鱼"或"羡鱼"等类词语来隐喻其政治理想或从政愿望。如孟浩然《临洞庭上张丞相》的尾联"坐观垂钓者，徒有羡鱼情"，其实际含义便是希望得到张丞相的举荐以从政的。又如毛泽东的《七律·和柳亚子先生》末两句"莫道昆明池水浅，观鱼胜过富春江"，也是隐喻着劝柳亚子先生莫计职位高低而留在北京以遂其政治襟抱的。显然"独钓寒江雪"也同样包含着柳宗元在谪居中仍热烈向往的政治理想。

谈到诗须有"两重意以上"，必然会涉及一个"形、神兼备"的问题。也就是说：诗要形似，也要神似，而且神似重于形似。如《江雪》，就其形似而言，确宛如一幅雪天垂钓的真实画卷；就其神似而言，则从诗的意境中，又或明或隐地蕴含着诗人那种坚忍不拔、锲而不舍的改革家热情。这样的诗，就叫作有"兴寄"。诗人若仅工于描绘山川景物，而"兴寄都绝"（陈子昂语），那是写不出好诗来的。

从表面平淡的叙写中，柳诗《江雪》的结构也很有特色。它首写"千山"，继写"万径"，从空间顺序说是自上往下写；前为仰观所见，后为俯视所及，合起来便展示出一幅广阔的空间画，这是写"面"。末两句则是写"点"。全诗做到了点、面结合。随着诗行的跳动，时、空不断地流转、变化。它先写"千山""万径"，是从大处着笔，然后越写越小。先从千山、万径缩小到一只小船（"孤舟"）上，再从小船缩小到一个披蓑戴笠的渔翁身上，最后更将视线集中在渔翁手持的钓竿上。也就是说，随着时间先后的流转，诗中所展现的空间便不断地发生变化，因此给读者以强烈的时空感。这种小大结合、点面结合、从小见大、以点概面的写作手段，既符合诗词章法的整饬要求，也符合时、空互转的辩证方法。它为读者营造出一个极富诗意的艺术境界。而这一切，都只蕴含在短短四句的平淡叙述中。

《渔翁》诗也享誉甚高。苏轼谓此诗"有奇趣"。它奇在哪里，趣在何处呢？先看原诗：

> 渔翁夜傍西岩宿，晓汲清湘燃楚竹。
>
> 烟销日出不见人，欸乃一声山水绿。
>
> 回看天际下中流，岩上无心云相逐。

很明显，诗中渔翁的形象也含着诗人的影子。他夜宿西岩，晓汲清湘，何等清幽、恬淡。诗人置身于美好的大自然里，"天人合一"，把审美主体和客体和谐地融合起来。待烟消日出，人已他去，不知置身何处。忽听"欸乃（ǎi nǎi）"一声，才发现山青水碧，人在绿色环抱之中。"欸乃"，一解作摇橹声，有谓元结乐府诗《欸乃曲》自注为"棹船之声"。但我翻遍了手边的新、旧版《全唐诗》，均不见元结有此自注。我仅见元结在其《欸乃曲》中写道："昔闻叩断舟，引钓歌此声。"说明他也把"欸乃"理解作人的歌声。苏轼谓"欸乃"为"三老相呼声"，应有所据。《古今诗注》云："川峡以篙手为三老。"由此足见，《渔翁》诗所写"欸乃一声"相呼者即湘江上的篙手们。他们清晨在静谧的碧波上刺船，用船歌相互问候或打招呼，忽然惊奇地发觉周围的山水竟变成了葱茏的绿色。因为拂晓前天色幽暗，四周都灰蒙蒙的，待到烟消日出，渔翁们才互相发现了对方。此时，山也绿了，水也绿了，宇宙间顿时呈现出一派生机。这是一种"以声显静"的手法，也属于艺术辩证法的范畴。

苏轼主张删去《渔翁》诗尾两句，我不敢苟同。试想：当渔翁环看天际之时，船在江中乘流直下，岩上白云相互追逐，这是何等萧散、冲淡的情景。诗人标以"无心"二字，正是将审美主体的意识融入客体景物之中，营造出一种物我两忘的境界。这两句传神的笔墨，正是此篇的"豹尾"所在，决不可把它视为"蛇足"。元好问在《论诗三十首》中称赞柳宗元"朱弦一拂遗音在，却是当年寂寞心"，似不妨用来理解此诗的结尾。

柳宗元其他山水诗如七绝《与浩初上人同看山寄京华亲故》、七律《登柳州城楼寄漳、汀、封、连四州》和《别舍弟宗一》等也都很精彩。其中贯串着一个共同手法，即将诗人自身融入山水景物之中，写山水亦即写诗人自己的品性或感受。他不追求华丽的词句，却能充分表达出浓烈的感情。他只用简洁、古朴的语言，精细地刻画出内心微妙的感受。且往往以小写大，以短见长，平中求奇，淡中含味。我以为这些都值得当今吟友们学习和借鉴。

从《白香词谱》透视舒梦兰的词学观念

——兼评《白香词谱》的文学价值[①]

　　《白香词谱》作者舒梦兰（1759—1835），字香叔，又字白香，晚号天香居士，江西靖安人。其父曾任甘肃渠宁司和新疆呼图壁巡检，他自幼有良好家教，聪慧过人。往往下笔千言，为文立就，尤爱读《庄子》《离骚》《史记》等书。十九至二十六岁，先后在北京、南昌、南京应试，均未中。三十五岁再次上京应试，突然生病，辍考而归，从此绝意仕途，闭门谢客，专心著述。同时游历湖南、桂林及江西庐山、婺源等地的佳山胜水，著为游记。有《和陶诗》《秋心集》《南征集》《骖鸾集》《古南余话》《湘舟漫录》《游山日记》，《香词百选》（此系他人所编）等著作，并于乾隆末年合编成《天香全集》，其中《白香词谱》尤为世人所知[②]。

　　《白香词谱》自清代嘉庆年间问世以来，已有两百余年，流传极广，影响很大。当世怡亲王讷斋即赞道："余友舒白香，颇留意声律之学。曾选佳词一百篇，篇各异调。于其旁逐字订谱，宜平宜仄，及可平可仄之辨，一望犁然。……白香囊赠予一编，舆中马上，偶谱新声，检阅良便。"（《白香词谱序》）[③]今之填词者亦多手执一编，以备随时翻检。

　　在《白香词谱》问世之前，各种词谱亦可谓多矣。明代有张綖《诗余图谱》、程明善《啸余谱》等，清代有赖以邠《填词图谱》（含《续集》，收六百八十余调）、万树《词律》（收六百六十调）、王奕清等编《钦定词谱》（通称《词谱》，收八百二十六调）、叶申芗《天籁轩词谱》（收七百七

---

　　① 本文由刘庆云、蔡厚示合作。
　　② 参见尹世洪、胡迎建：《江西省人物志·"舒梦兰"条》，方志出版社，2007年，第273页。
　　③ 见谢朝征《白香词谱笺》所引《原序》，中华书局，1982年。

十余调）等。明人所编难免多罅漏瑕疵，而所列清代数种词谱虽收录繁富，有的甚至堪称精审，但毕竟卷帙浩繁，携带不便。舒梦兰《白香词谱》编辑，刊行于乾隆末嘉庆初（1796 年前后），系梓行在最具影响力的《词律》（刊行于康熙二十六年，1687）、《词谱》（刊行于康熙五十四年，1715）之后，有可供借鉴的成果，又仅选常用百调，其实用性远胜于前数种词谱。

当我们在评价《白香词谱》的影响力的时候，如果仅仅停留于它对词的创作者的实用性方面是远远不够的。我们同时必须充分地认识到，它也是一本具有影响力的历代词作选本。本文侧重加以阐述的正是它所具有的文学意义，并从中透视选编者的词学观念。

一

按照编订词谱的常规，一般应以创调或早出之体调为范式。康熙年间编订的《词谱》即非常重视与强调这一点，其《凡例》云："必以创始之人所作本词为正体。"① 万树《词律》基本依遵这一原则，有时也会选择某些虽较晚出但更合乎规范的词作为"正体"，然而时间上大体不出唐宋范围。二书中之"正体"也列有元代作品，但系创调（《词律》所列偶有非创调者）。

《白香词谱》选词百调，录五十九位词人的作品，时间由唐而至清初。其所选词调原则与《词律》《词谱》颇有出入，即大多数不以创调或早出之词作为范式。也就是说，他的选调择词多不依常规，而是另有其他标准的参与。这个标准就是词调与文学欣赏的结合，或者说是选词与自己审美情趣的结合。为了说明这一问题，先对该书所选词调与所选作者、作品列一简表，与原创、早出词调及具有权威性的《词律》《词谱》所标"正体"做一对照（有的作者标明年代），以便从中体察其选词倾向与"用心"。详见表1。

---

① 见《康熙词谱·凡例》，岳麓书社，2000 年，第 2 页。

表1 《白香词谱》与《词律》《词谱》的选词差异

词牌名	早出 原创	《词律》正体	《词谱》正体	《白香词谱》选录
忆江南	白居易	皇甫松	白居易	李 煜
如梦令	后唐庄宗	秦 观	后唐庄宗	秦 观
相见欢	薛昭蕴	李 煜	薛昭蕴	李 煜
生查子	韩 偓	魏承班	韩 偓	欧阳修
点绛唇	冯延巳	赵长卿	冯延巳	曾允元（宋末）
卜算子	苏 轼	苏 轼	苏 轼	王 观
减字木兰花	柳 永	（附《木兰花》后）	欧阳修	王安国
丑奴儿	和 凝	和 凝	和 凝	朱 藻（南宋）
谒金门	韦 庄	韦 庄	韦 庄	冯延巳
诉衷情		魏承班	晏 殊	欧阳修
好事近	宋 祁	郑 獬（北宋）	宋 祁	蒋元龙（南北宋之交）
清平乐		李 白	李 白	黄庭坚
误佳期	杨 慎（明）	（附于别调后）	（不录）	汪懋麟（清）
阮郎归	李 煜	吴文英	李 煜	欧阳修
画堂春	秦 观	秦 观	秦 观	黄庭坚
人月圆	王 诜（北宋）	吴 激	王 诜	吴 激（金）
桃源忆故人	张 先	王之道	欧阳修	秦 观
眼儿媚		无名氏	阮 阅（北宋）	刘 基（明）
贺圣朝	冯延巳	杜安世	冯延巳	叶清臣
柳梢青		张元幹	贺 铸	朱彝尊（清）
西江月	欧阳炯	史达祖	欧阳炯	司马光
南歌子	毛熙震	欧阳修	毛熙震	欧阳修
醉花阴	毛 滂	李清照	毛 滂	李清照
鹧鸪天	晏几道	秦 观	晏几道	聂胜琼（南北宋之交）
南乡子	冯延巳	陆 游	冯延巳	孙道绚（南宋）
鹊桥仙	欧阳修	秦 观	欧阳修	秦 观

续表

词牌名	早出 原创	《词律》正体	《词谱》正体	《白香词谱》选录
临江仙	和 凝	和 凝	和 凝	欧阳修
蝶恋花	冯延巳	冯延巳	冯延巳	苏 轼
一剪梅	周邦彦	李清照	周邦彦	蒋 捷
河 传	温庭筠	张 泌	温庭筠	秦 观
渔家傲	晏 殊	周邦彦	晏 殊	范仲淹
感皇恩		张 先	毛 滂	赵 企
解佩令	晏几道	蒋 捷	晏几道	朱彝尊
何满子	和 凝	和 凝	和 凝	孙 洙（北宋）
风入松	晏几道	赵彦端（南宋前期）	晏几道	吴文英
御街行		柳 永	柳 永	范仲淹
满江红	柳 永	吕渭老	柳 永	萨都剌（元）
玉漏迟		元好问	韩嘉彦（宋）	元好问（金）
满庭芳	晏几道	黄公度（南宋初）	晏几道	秦 观
凤凰台上忆吹箫	晁补之	李清照	晁补之	李清照
暗 香	姜 夔	吴文英	姜 夔	朱彝尊
瑶台聚八仙	吴文英	吴文英	吴文英	张 炎
念奴娇	沈 唐（北宋）	辛弃疾	苏 轼	萨都剌
东风第一枝	史达祖	史达祖	史达祖	张 翥（元）
庆春泽		刘 镇（南宋）	刘 镇	朱彝尊
翠楼吟	姜 夔	姜 夔	姜 夔	黄之隽（清）
瑞鹤仙	周邦彦	毛 开（南宋前期）	周邦彦	史达祖
水龙吟		赵长卿	秦 观	张 炎
齐天乐	周邦彦	王沂孙	周邦彦	姜 夔
喜迁莺		蒋 捷	康与之	吴礼之（南宋后期）
绮罗香	史达祖	张 翥	史达祖	张 炎

词牌名	早出 原创	《词律》正体	《词谱》正体	《白香词谱》选录
永遇乐	柳 永	赵师侠	苏 轼	蒋 捷
望海潮	柳 永	秦 观	柳 永	折元礼（金）
疏 影	姜 夔	姜 夔	姜 夔	张 炎
沁园春	苏 轼	陆 游	苏 轼	陆 游
摸鱼儿	晁补之	张 翥	晁补之	张 翥
贺新郎	苏 轼	毛 开	叶梦得	李 玉（南宋初）
春风袅娜	冯伟寿（南宋）	冯伟寿	冯伟寿	朱彝尊（清）
多 丽	聂冠卿（北宋）	张 翥	晁端礼（北宋）	张 翥

上列词调五十九，占《白香词谱》百调的大多数。当然，这其中不排除有参考万树《词律》之处，也不排除考虑"原生态"的词作有某些欠缺而欲择取最为规整的词调作为范式之意，但舍弃原创而取后人之作，数量如此之多，当是"别有用心"。很多原创是精通音律之词人所作，不仅具有独特的音乐美，即从文学角度言，也多是精金美玉，文采斐然。选者舍此而就彼，当是"彼"者"别有系人心处"（柳永《昼夜乐》词中语），即与作者的好尚大有关系。该词谱还选录了几首"孤作"，即词史上唯一使用该词调的作品，如吴城小龙女的《荆江亭·帘卷曲阑独倚》、张翥的《陌上花·关山梦里》和史达祖的《换巢鸾凤·人若梅娇》。它们都非常用词调，在众多词调中并没有代表性，作者之所以选择，当亦与个人的情趣爱好有关。

当然，我们同时也会注意到这一点，即作者有意遴选唐、宋、金、元、明及清初名人词作，是为了宣扬自己心目中的词统，这其中当也包含了使读者开阔视野、便于撷取历朝词作精粹的用意。

二

作者在择调选词时，既然有意打破选取原创的常规，便为他的遴选作品提供了很大的自由度。他可以不受时代的限制，可以不受原创内容的制约，而可以依照自己的审美标准、自己的情感好尚来选录词作。

从《白香词谱》所录百首词作来看，涉及的内容很广，男女爱情、登临怀古、亡国遗恨、人生感慨、羁旅乡愁、风物节序、咏物写景、边塞苦寒，以至词论等，几乎无所不包，但词作取舍，却体现了编者的自家标准。我们从中透视作者的词学观念，大略有以下数端：

（一）词乃男女爱情的重要载体

《白香词谱》所选作品涉及男女爱情的不下五十首，竟占至全书的一半。该书每一词牌之下均有简单的标题，即使不细察每首词表达的情感，仅从"闺情""春闺""春情""春思""春怨""秋闺""秋思""秋恨""秋怨""怀旧""感旧""别情""别意"等标目，也可以推知这些词的内容。

这些爱情词有的从女性的角度写，以离愁别恨为多，唐宋时期一些流传众口的词作均被收录，如相传为李白所作的《忆秦娥·箫声咽》，白居易的《长相思·汴水流》，温庭筠的《更漏子·柳丝长》，冯延巳的《谒金门·风乍起》，李璟的《摊破浣溪沙·菡萏香销》，柳永的《雨霖铃·寒蝉凄切》，欧阳修的《生查子·去年元夜时》，李清照的《醉花阴·薄雾浓云》《凤凰台上忆吹箫·香冷金猊》，辛弃疾的《祝英台近·宝钗分》等，均是。唯有欧阳修的《南歌子·凤髻金泥带》系写新婚闺房之乐、新嫁娘的幸福感，算是一个例外。

有的从男性角度写，与从女性角度写的比例不相上下，而内容更为丰富、行为更为大胆。有的抒写眼前离别之恨，如毛滂的《惜分飞·泪湿阑干》、赵企的《感皇恩·骑马踏红尘》等；有的写别后相思，如周邦彦的《过秦楼·水浴清蟾》，吴文英的《风入松·听风听雨》，张耒的《陌上花·关山梦里》等；有的侧重写一种单相思，如司马光的《西江月·宝髻松松挽就》，贺铸的《青玉案·凌波不过横塘路》，王安国的《减字木兰花·画桥流水》等，这类词多半发乎情止乎礼义；有的写一种非非之想，偷情之乐，如秦观的《河传·恨眉醉眼》，贺铸的《薄幸·淡妆多态》，史达祖的《换巢鸾凤·人若梅娇》。当然，这些词多半是写一种婚外恋情，篇篇情真意切，他们的追求对象多半是处于妙龄的歌儿舞女，但又不同于一般狎妓的色情之作。这些作品反映了宋元时代文人特别是宋代文人心态的一个侧面，那种对异性的欣赏与追求，那种缠绵和依恋，或是被长期压抑的情感的一种释放，或是人生失意时获取的一种最大的精神慰藉。

在谈到这类词作时，要特别提到的是清代朱彝尊所作的题为"纪恨"

的《庆春泽》。这是一首纪实词，词前有小序云："吴江叶元礼，少日过流虹桥，有女在楼上，见而慕之，竟至病死。气方绝，适元礼复过其门，女之母以女临终之言告叶，叶人哭，女目始瞑。"这是一个类似《牡丹亭》为爱而死的故事，只是这位女子没有杜丽娘死而复活的幸运。朱氏将其写得哀艳悱恻，令读之者直欲为之堕泪，内中实含有深刻的对封建礼教的批判意义。

舒梦兰在《白香词谱》中何以大量选录这类词作？这和他极为通达的词学观念有密切关系。他在所著《古南余话》中有一段关于词的议论，兹录于下：

> 仲实问诗余小词自唐宋以迄元明可谓灿备，鲜有不借径儿女相思之情者，冬烘往往腹诽之，谓恐有妨于学道（按："学道"疑为"道学"之误），其说然欤？余曰：天有风月，地有花柳，与人之歌舞其理相近，假使风月下旗鼓角逐，花柳中呵导排衙，不杀风景乎？天下不过两种人，非男即女，今必欲删却一种，以一种自说自扮，不成戏也。故虽学如文正公，亦复有儿女相思之句，正所谓曲尽人情，真道学也。道学之理不知何时竟讲成尘羹涂饭，致南宋奸党直诋为无用之尤，肆意轻侮，亦岂非冬烘妄测之过哉。夫道学所以正人心平天下也，苟好恶不近人情，则心术伪矣，亦恶能得人之情平人之心。《诗》之教，化行南国始自闺房，《书》之教，协帝重华基于妫汭，理必然也，而况歌词乃导扬和气调燮阴阳之理，而顾讳言儿女乎。故自《十九首》以及苏李赠答魏晋乐章，其寓托如出一口，良由发乎性情耳。姑专就小词而论，才如苏公犹不免铁板之诮，谓其逞才气著议论也。词家风趣宁痴勿达，宁纤勿壮，宁小巧勿粗豪，故不忌儿女相思，反不贵英雄豁达，其声哀以思，其义幽以怨，盖变风之流也。其流在有韵之文最为卑近，再降而至于填词止矣，原可不学，学之则不可不求合拍。①

对这段话，我们大致可以归纳为三点。（1）男女真情合乎"道学"要求（因系回答是否有妨道学的提问）。因为"道学所以正人心平天下也，

---

① 周作人：《苦竹杂记》，河北教育出版社，2002年，第85页。

苟好恶不近人情，则心术伪矣"，词"曲尽人情，真道学也"。（2）符合传统诗教。"《诗》之教，化行南国始自闺房"，歌词可"导扬和气调燮阴阳之理"，正无须"讳言儿女"。（3）从词之本色看，其"风趣宁痴勿达，宁纤勿壮，宁小巧勿粗豪，故不忌儿女相思，反不贵英雄豁达"。这种对道学的新鲜理解，对诗教传统的追溯，为词之表现男女恋情找到了理论的依据和文学的依据，而从词本身来看，它又有自己的独特要求：痴、纤、小巧，认为写儿女相思恰恰是其本色。这也正是作者在编辑《白香词谱》时的指导思想，《白香词谱》的词选恰是这种词学观念的体现。作者还进一步指出这类作品"其声哀以思，其义幽以怨"，乃"变风之流"，将其具有的意义提升到一个达衰变、观世风的高度。在《白香词谱》所录闺怨词中，妇女的哀思幽怨自不必说，在写男性的恋情词中更有一些与当时政治黑暗、宦海风波相关的作品。如黄庭坚的《蓦山溪·鸳鸯翡翠》，写他在赴宜山贬所时眷恋湖南一个十多岁的歌舞伎陈湘，她是他迁谪途中最大的精神安慰，但最终为时势所迫，不得不分离。他不禁感叹："心期得处，每自不由人。"我心中想得到的往往不能如愿，而得到的并非自己所期待的，与苏轼"长恨此身非我有"的喟叹相类，透露出那一时代党争的残酷和知识分子的悲剧命运。此等词作其内涵实已超出男女恋情范围。周济谓秦观《满庭芳》词"将身世之感打并入艳情"①，黄庭坚此词及该书所录贺铸、周邦彦等人的有关词作，何尝不是如此！

（二）视沉思历史、心系家国为词中高境

《白香词谱》所录词作除男女爱情外，占有重要比重的是有关登临怀古、反思历史与抒发爱国情思的作品，计有十六首，数量高出其他类型的题材。

《白香词谱》选录的怀古词，仅涉及金陵的就有四首：张昇的《离亭燕·一带江山如画》、王安石的《桂枝香·登临送目》、张孝祥的《满江红·六代豪华》《念奴娇·石头城上》，表达的多半是对六朝相继败亡原因的思考，指出天险不足恃，成败实乃系乎人事，含有鉴古戒今之意。其中颇令人玩味的是《念奴娇》，同样是怀古，作者不选苏轼的"赤壁怀古"，而选张孝祥的"石头城怀古'，这是因为苏词对"风流人物"与"一时豪杰"多

---

① 见《词话丛编》，中华书局，1986 年，第 1652 页。

有赞美、欣羡之意，而元词则表现了对争夺霸权战争的谴责，指出它所带来的结果只是"白骨纷如雪""消磨多少豪杰"；苏词侧重表达的是自己年光流逝、老大无成的失意情怀，而元词则是以更高远的眼光回眸历史并对之做出评判。作者舍彼而取此，说明其着眼点是放在对历史的反思上。

在《白香词谱》中，作者选录了亡国之君李后主的《忆江南·多少恨》《浪淘沙·帘外雨潺潺》《虞美人·春花秋月何时了》等名篇。在这些短小的词调中，词人不可能像上列作品那样用"赋"的手法，去描绘山川形胜、敷陈历史事实。评判历史兴亡，而是以"自我"的身份、抒情的手法，在无限痛苦与悔恨中悼念故国的灭亡，反映一个朝代的终结。因为是名作，《白香词谱》的作者选录它们也很正常，但我们发现《忆江南》的词调在中唐时期刘禹锡、白居易的手中早已被采用，特别是这个调名即取自白居易的词句："能不忆江南！"理应以白词作为范式，但白词侧重写的是江南好风景，李词反映的是历史变故，前者的内涵远不及后者深厚，当然也没有后者所具有的情感震撼力。与此相类的还有金朝吴激的《人月圆·南朝千古伤心事》、元好问的《玉漏迟·浙江归路杳》。由此可见舒梦兰对这类作品的重视，胜过一般的写景、思乡之作。

《白香词谱》还选录宋末元初的张炎词四首：《瑶台聚八仙·秋月娟娟》《水龙吟·仙人掌上芙蓉》《绮罗香·万里飞霜》《疏影·黄昏片月》。这四个词调皆非张炎原创，四首词作除了《疏影》可能作于宋亡之前外，其余三首都作于宋亡之后，表现的是一种国破家亡的憾恨与落魄江湖的愤懑抑郁。当然，这类感情在元代统治者的高压政策下表现得比较幽隐曲折，如《水龙吟》咏白莲之吊南宋后妃，《绮罗香》咏红叶之寄托丹心一点，一般的读者也许一时难以领悟，但选录者应该是了然于心的。至于《瑶台醉八仙》中"梦吹旧曲，如此山川"的慨叹、"中山酒、且醉餐石髓，白眼青天"在醉中冷眼看世界的傲岸，更是明显地传达出一种伤悼故国和与元蒙统治者对抗的民族情绪。历史的兴亡感，在这些词中弥散，以至于五百年后，仍会在舒梦兰的心里引起回响。

还要特别提到的一首词是金代折元礼的"凯旋舟次"，调寄《望海潮》，写的是金与西夏之间的一次战争，金兵获胜，乘舟凯旋，军容整肃，士气高昂。《望海潮》本为北宋柳永创调，但舒梦兰宁弃原创而录此晚出之作。其所以选录它，笔者认为应该有两方面的原因：一是在整个词选中增加金代作品的分量；二是它表现的昂扬爱国精神颇为独特。

这种选择表明，舒梦兰虽极力张扬词贵写男女之情的本色特征，但他并不囿于"词为艳科"的传统观念，而是从词的发展趋势、词的创作实践出发，认知词体所具有的张力、所具有的对其他题材的广泛适应性与包容性。而在其他的内容中，他何以特别钟情于对历史的回眸与沉思？他生活的年代是乾嘉时期，明亡已有一百五十年，想来不应是什么民族感情使然，而是与他的词学观念有关。在他看来，词能借历史事件引出教训，警诫当世与未来，或者通过历史的变故，在亡国遗恨中表达深沉的民族与爱国情感，这是词所能达至的最高思想境界，故而特别加以推崇。

也许有人会问，舒梦兰既然视心系家国的作品为词中高境，何以对苏、辛等人的爱国词作却不予遴选？我以为，这与他的词学审美观念密切相关，本文下面即将涉及这一问题。

（三）婉雅与清雅并重的审美取向

舒梦兰在其所著《古南余话》中有一段品评前代词人的话："李后主，姜鄱阳，易安居士，一君一民一妇人，终始北宋，声态绝妩。秦七黄九皆深于情者，语多入破。柳七虽雅擅骚名，未免俗艳。玉田尚矣，近今惟竹垞老人远绍此脉。善手虽众，鲜能度越诸贤者。"[①] 这段话比较清楚地表明了他的词学审美倾向：第一，词要"深于情"，不能浮艳；第二，声态要妩媚，不能粗豪；第三，语言要精雅，不能过于俚俗，所谓秦七黄九"语多入破"（按：大曲有散序、中序、破三大段，入破为"破"的第一遍）当是指其词的语言运用已进入佳境。以这种标准衡量前人词作，李后主、李清照、姜夔最为当行，秦观、黄庭坚也能合拍，后来接近这一要求者为张炎，近世则为朱彝尊能承续此一词脉。这一词脉的梳理，带有词史的总结性质。正是从上述标准出发，他必然要反对柳永的"俗艳"，也必然排斥苏辛的豪壮，因此，柳永通俗一派、苏辛豪放一派，都被摈除在这一词脉之外。这种观点从大体上来说与清代的浙西词派反对"言情或失之俚，使事或失之伉"（汪森《词综序》）、主张淳雅，乃是一脉相承的。

我们联系《白香词谱》的词选，便可以看出这种审美观念的影响。具体来说即偏重于婉雅与清雅一格。

---

① 周作人：《苦竹杂记》，河北教育出版社，2002年，第85页。

舒梦兰《白香词谱》对于婉雅的追求表现在两个方面。一是对爱情词选择标准的把握。词写男女恋情多妩媚之姿、婉娈之态，曲尽人情，荡人心魄，但这类情感的表达有婉雅与俗艳之分。舒氏所录未尝不偶涉俗艳，但多偏于柔婉雅洁一路，如前已提及的冯延巳的《谒金门》、李璟的《摊破浣溪沙》、周邦彦的《过秦楼》、李清照的《醉花阴》、吴文英的《风入松》、朱彝尊的《庆春泽》，以及未曾提及的秦观的《鹊桥仙·纤云弄巧》、张埜的《夺锦标·凉月横舟》、刘基的《眼儿媚·萋萋烟草》等，均是。这些作品既符合他对于爱情词"痴（迷）""纤（弱）""小巧"的要求，在表达上又能合于精美、雅练的标准。二是对某些题材的偏好。比如在咏物方面，对游丝（见朱彝尊《春风袅娜》）、梅影（见张炎《疏影》）、绿阴（见蒋捷《永遇乐》）、美人魂（见黄之隽《翠楼吟》）等轻柔、缥缈、难以捉摸的东西表现出浓烈的兴趣，而词作者运用长调的形式、优美的语言，把它们写得很虚幻、迷蒙、飘忽、玲珑，显示出一种轻盈美、空灵美、朦胧美。这些作品除个别的有自己孤高性格的暗示外，往往只点缀些幽思单绪，谈不上有什么特别的深衷远致或微言大义，舒氏之所以特为拈出，正是着眼于它们具有的柔美轻倩特色。

舒梦兰生活的清代中期，以清初朱彝尊为领袖的标举姜张、崇尚淳雅的浙西词派，虽弊端已日益显露，受到某些词论家的批评，但影响力仍然不小。舒梦兰的审美观念受其淳雅主张的熏染也是很自然的。由于崇尚清雅，《白香词谱》基本不选豪壮风格的作品，选录苏轼词偏重于他的清空之作，如《水调歌头·明月几时有》《洞仙歌·冰肌玉骨》，选辛弃疾作品仅录其情带骚雅的《祝英台近》一首，其余概不涉及；词选的时代虽延续及于清初，但陈维崧作品一首未录。至于金人折元礼写战争凯旋的豪壮之作《望海潮》被收录，带有很大的偶然性，算是一个例外。由于崇尚清雅，故南宋词人中选录作品最多者是张炎（四首）和史达祖（三首），元代选录最多者是张翥（四首）。为使其所说的词脉一直延续到清初，他选了明代刘基的一首词作为过渡，特选朱彝尊词五首（仅次于李后主的六首）突出其后劲地位，其中又借《解佩令·题词》一首张扬朱氏的词学主张："老去填词，一半是空中传恨。""倚新声、玉田差近。"无疑，依此标准选录词作，从风格多样化的要求来说，是有缺陷的，而他所梳理的词脉也难免带有片面性。

舒梦兰的尚"雅",虽然会排斥某些风格相异的作品,但我们认为仍是值得肯定的,是具有积极意义的。高雅之作的大量入选,摈除粗俗、浮艳,有利于提高读者鉴赏词作的品位,而且这些作品更注意艺术上的精心锤炼,为创作者提供了更多可资借鉴的经验。舒梦兰的尚"雅",还能注意雅不远俗,书中所录没有晦涩难懂之词,更无生僻典故堆垛之作,如姜夔、吴文英之词,虽然很雅,但有时不易索解,舒氏仅各录一首。因此,也可以说,《白香词谱》是一部雅俗共赏的词选。

我们透过《白香词谱》对作品的遴选,可以看出舒梦兰的词学观念总体来说是比较通达的,绝无陈腐的道学观念,且视野颇为开阔,能注意兼纳百家,博采众长,因而比较全面、精当。其词选具有以下优点:一是词选多旖旎近情,易于为人接受;二是题材多样,琳琅满目,异彩纷呈;三是格调高雅,富有韵致,耐人寻味玩索;四是作品各呈面貌,各具特色,艺术形式大多精美,可供读者欣赏,可资创作者借鉴。再加上它所选录的范围,不限于唐宋词人,而拓展至金元,广延至清初的具有代表性的作家,能使人大大开阔眼界。正因为有这些长处,人们把它视为一个具有特色的词作选本,便是极为自然的事了。

三

由于《白香词谱》既是词谱,又是词选,既具有指导创作的实用性,又具有文学的欣赏性,故后人为之考正图谱者有之,为之作笺注者有之,为之既考正图谱又注析作品者有之。考正图谱最著名者为民初陈栩、陈小蝶父子合著之《考正白香词谱》,流传极广。本文所涉及者主要是在对该书的笺注、评析方面。

清代同治、光绪年间,谢朝徵费时数年,著有《白香词谱笺》。关于著作的目的,他在《凡例》中说得很明确:"是书坊间盛行,苦读其词者或不知其人及命意所在,不无憾事。是以按谱之余,偶笺一二。八九年来,所集渐多。因别抄一通,广为中帙。"[①] 其用意在于向读者介绍词人情况、解答词作命意。他改变原书依字数由少到多的编排体例,而仿朱彝尊

---

① 《白香词谱笺》。

《词综》依词人时代先后排列，删去苏轼的《蝶恋花·花褪残红青杏小》一首，并删除其余所有词作图谱，然后仿照厉鹗、查为仁《绝妙好词笺》体例，对作者姓名、里籍、出处，有关文献掌故、词作本事、各家评价等，尽可能详列，从而将其变为一本纯粹的词选读本，虽失去"词谱"意义，但于读者鉴赏词作大有助益。该书影响甚大，被多次印行，其社会需求量也说明了广大读者对《白香词谱》文学欣赏价值的认可与重视。

其后，20世纪初又有韩楚原重编、胡山源校订之《考释作法白香词谱》问世。它既保留图谱，又对词调来源、作者生平做了考索，并指导作法，注释词语典故。该书在《例言》中对《白香词谱》所具有的文学欣赏价值与示范意义给予了很高评价："遴选精审，各调代表之作，均足示范。而由盛唐以迄清初，各家之作风及流变，均有递嬗之轨迹可寻。既便于初学之范式，更足供作家之研讨，实为词选最善之本。"因此"就谢韦庵（朝徵）笺本，详加考订诠释，既为初学津梁，兼作词家圭臬"①。此外，尚有范光明的《白话考正白香词谱》、叶玉麟的《详注白香词谱》等多种，均意在借此于词学领域内做一件普及与提高相结合的工作。

近年来出版的有关《白香词谱》的著作一般都兼及图谱的考订与文本的研析，如上海古籍出版社2001年出版的丁如明评订的《白香词谱》、台湾三民书局2008年出版的刘庆云所著《新译白香词谱》等均属此类，在肯定其词谱价值的同时，亦高度重视其所具有的文学欣赏价值。

后人对前人之词选作笺注者，似为数不多。宋末周密《绝妙好词》，清代查为仁、厉鹗曾为作"笺"，有《绝妙好词笺》问世；清代张惠言编《词选》，20世纪30年代曹振勋为之"详注"，出版有《词选详注》《续词选详注》；清末朱祖谋所选《宋词三百首》，20世纪40年代有唐圭璋为之"笺注"，有《宋词三百首笺注》刊行。《白香词谱》问世以来，居然有多种笺注、评析本梓行，比起其他选本来，似受到更多读者的青睐，这也是人们对它具有的文学欣赏价值、创作借鉴意义的一种充分肯定。

---

① 见《考释作法白香词谱》，世界书局，1949年。

第四辑 ■

说《晦庵词》

朱熹的《晦庵词》，现仅存十九首。他在《题二阕后，自是不复作矣》诗中写道：

> 久恶繁哇混太和，云何今日自吟哦？
> 世间万事皆如此，两叶行将用斧柯。

此诗表明：朱熹曾把词看成淆乱清泰祥和之道的靡靡之音，下决心不再写，因此他的词作不多。但由于他的文学修养高，故偶有所作，或豪放，或流丽，都很有特色。前人尝谓其《水调歌头·隐括杜牧之〈齐山〉诗》云："气骨豪迈，则俯视辛、苏；音韵谐和，则仆命秦、柳。洗尽千古头巾俗态。"[①] 此话固嫌揄扬太过，然亦不失为知音。

在朱熹的十九首词中，有两首回文词。虽然这两首词在当时"几于家传户诵"[②]，但毕竟形同文字游戏，算不得真正的文学创作。又前面引的《水调歌头》，系隐括杜牧的《九日齐山登高》诗，只能算作二度创作。此外，还有一首《水调歌头》联句，后阕是张栻所写。因此完全由朱熹创作的词，现仅存十五首半。

在这十五首半词之中，仅据题目而言明者，就有八首为酬赠之作。目前，诗词界有种偏颇的说法，即认为凡酬赠之作，都出于应酬而缺乏真情，故一概斥之为文学赝品。对此，我深不以为然。试想：几千年来的世界诗歌史上有许多不朽名篇，如李白的《赠汪伦》和普希金的《致凯恩》都是赠人之作。能否把这些都说成是文学赝品呢？在文学史上，这一类的酬赠名篇，无论是文还是诗，或者是词，都不胜枚举。若把这类作品都摒

---

① 《历代词话·卷七》引《读书续录》。
② 引自《读书续录》。

弃掉，那文学史将为之逊色。所以我认为，决定作品的好坏，不在于它是否为酬赠之作，而在于它是否出于作者的真情。

朱熹的词（包括其酬赠之作），较之于他的其他文字（包括某些头巾气较浓的诗歌），所流露出来的感情要格外真挚些。钱穆《朱子之文学》论朱熹云："其游情文艺，而感慨深挚，至老不衰。"（《朱子新学案·下册》）从《晦庵词》晚年之作看，此论断符合实际。如作于庆元年间避"伪学"禁时的《念奴娇·用傅安道和朱希真〈梅词〉韵》云：

> 临风一笑，问群芳谁是，真香纯白。独立无朋，算只有、姑射山头仙客。绝艳谁怜，真心自保，邈与尘缘隔。天然殊胜，不关风露冰雪。　　应笑俗李粗桃，无言翻引得，狂蜂轻蝶。争似黄昏闲弄影，清浅一溪霜月。画角吹残，瑶台梦断，直下成休歇。绿阴青子，莫教容易披折。

如果说，朱熹晚年在诗里也同样抒发了对朝政的愤懑并表达出身处逆境时的坚韧气节，那是不假，只是在晚年的诗中，这些表现得更淋漓尽致。像同样写梅花的《墨梅》：

> 梦里清江醉墨香，蕊寒枝瘦凛冰霜。
>
> 如今白黑浑休问，且作人间时世妆。

这首诗，固然用反语对那样一个混淆黑白的时世做了辛辣的讽刺，但毕竟采取了"和光同尘"的消极态度；而在《念奴娇》词中，词人虽远隔尘缘，僻处闽地，且频遭"风露冰雪"的侵害，却仍"真心自保"，持本色不变。联想起朱熹晚年"忧时之意屡形于色，因注《楚辞》以见志"①，我们似不妨把此首《念奴娇》词也看成朱熹自写的别调《离骚》。开头几句："临风一笑，问群芳谁是，真香纯白。独立无朋，算只有、姑射山头仙客。"岂不就是像屈原所谓"众人皆醉我独醒"式的自我表白么？朱熹以梅拟人，借梅见志，于词中做了绝妙的自我写照："绝艳谁怜，真心自保，邈与尘缘隔。天然殊胜，不关风露冰雪。"至于朝廷里的那批佞臣和权要，则统被斥为"俗李粗桃"和"狂蜂轻蝶"。朱熹宁可自身"直下成休歇"，也绝不愿在他"绿阴"下结出的"青子"被佞臣和权要们轻易地摧残掉。这分明是一种韧性战斗精神，哪见得有丝毫的奴颜媚骨呢？某些

---

① 见李默《朱子年谱》。

人老喜欢抓住朱熹所说"存天理，灭人欲"六个字，便把他描绘成道貌岸然而没有半点血性和不关痛痒的迂腐儒生，从此词看，显然是站不住脚的。

另两首作于晚年的《西江月》，也流露出词人的真挚感情。其一云："堂下水浮新绿，门前树长交枝。晚凉快写一篇诗，不说人间忧喜。"这是否也有点"如今白黑浑休问"式的消极呢？朱熹晚年的消极情绪是客观存在的。他立朝才四十六天，就被罢官回建阳考亭，后又被迫避地闽东。长才未展，能不消极么？

但朱熹不甘于消极到底，且在任何情况下都不放弃其修身、齐家、治国、平天下的理想和追求。正由于这样，他才能够"身老心闲益壮，形癯道胜还肥"。哪怕形容清癯，他也不在意，他总觉得真理掌握在自己手里，所以能心安理得，形不壮而心壮，体不肥而道肥。他甚至坚信南宋最高统治者会心回意转，"软轮加璧未应迟"，会及早用厚礼迎他归朝。这当然只是他的一厢情愿，未免显得可笑。但这正说明朱熹的积极用世之心，是压根儿不曾动摇过的。这很符合儒家一贯宣传的"用世不自弃"的政治态度。结拍云："莫道前非今是。"表明了词人对所作所为的充分自信。

另一首《西江月》居然论起诗来。其下阕云"句稳翻嫌白俗，情高却笑郊寒。兰膏元自少陵残。好处金章不换。"朱熹主张写诗要力求"句稳"，力求"情高"，反对矫饰，提倡淳朴。他讥笑白居易的诗过乎浅近，稍欠深致，故失之于"俗"；孟郊的诗过乎险峭，徒事推敲，故失之于"寒"。他甚至反对像杜甫那样讲求声律——"晚节渐于诗律细"[①]，讥笑说杜甫过于用功，灯油（兰膏）费得太多了。朱熹的这些观点，确是很有见地的。他以词论诗，别具一格，有别于杜甫《戏为六绝句》所开创的论诗诗。从理论方面讲，这跟朱熹向来主张"从陶（渊明）、柳（宗元）门庭中来"的观点是相符合的。只是朱熹词作中感情色彩稍浓一些，不像诗作中那般萧散、冲淡而已。

从朱熹的酬赠词中，可充分看出他对朋友的真挚感情。如《忆秦娥·雪、梅二阕奉怀敬夫》写道：

> 云垂幕，阴风惨淡天花落。天花落，千林琼玖，一空鸾鹤。

---

① 杜甫《遣闷戏呈路十九曹长》。

征车渺渺穿华薄，路迷迷路增离索。增离索，剡溪山水，碧湘楼阁。

梅花发，寒梢挂着瑶台月。瑶台月，和羹心事，履霜时节。

野桥流水声呜咽，行人立马空愁绝。空愁绝，为谁凝伫？为谁攀折？

这两首词作于乾道三年（1167）冬自长沙访张栻后东归途中。张栻为南宋理学湖湘派的领袖人物。朱熹和他在理学见解上虽然存在分歧，但相互间友谊甚笃，且在抗金的观点上颇为一致。此次朱熹到张栻的住所拜访，一同论学，一同游览，交谊益厚。他们一同游南岳，互相唱酬，有《南岳唱酬集》。从南岳下来后，他们到株洲才分手。分手后没几天，朱熹在江西境内填了这两首词。

前一首咏雪，后一首咏梅。然雪和梅都是词人自喻。朱熹把雪比作"天花"，比作"琼玖"，比作"鸾鹤"。其目的都在强调其洁白晶莹和无比美丽。它于"阴风惨淡"之时，从天落地，迷途失路，陷于离群索居之境。词人无穷兴会，勾起对友人张栻的深沉思念。他用"剡溪山水"的典故（王子猷雪夜访戴），映带出对"碧湘楼阁"（张栻任所）的追忆。这样写，就不仅突出了友人张栻的审美形象，同时也高度净化了相互间洁白晶莹的友谊。至于梅花，它斗霜开放的高尚品格，从来为文士们称许不已。朱熹以梅自况，仍然满怀着"和羹心事"（治理国家的愿望），欲为君上效力。拳拳之忠，实深感人。奈何野桥流水，声声呜咽；行人立马，见景愁绝。在周围的冷酷环境里，有谁还期待着他们呢？词人顾影自怜，惆怅不已。同时也为张栻一洒同情之泪，惜其远大抱负未能充分施展开来。

在朱熹和张栻一同乘船从长沙向衡阳出发之前，当时任荆湖北路安抚使的张孝祥在江上设宴替他们饯行。张孝祥填《南乡子》词相赠，朱作《南乡子·次张安国（孝祥字）韵》和之。词云：

落日照楼船，稳过澄江一片天。珍重使君留客意，依然。风月从今别一川。　　离绪消危弦，永夜清霜透幕毡。明日回头江树远，怀贤。目断晴空雁字连。

张孝祥的《于湖词》一向以悲凉、豪放著称，其风格颇近苏轼。即使在他赠朱熹、张栻等人的原词中，也是写得激越顿挫、增人怅慨的。如起拍："江上送归船，风雨排空浪拍天。"其气势就很不凡。朱熹是完全理解张孝祥的心情的。他举头望见"落日"，落日加重了故人的别情（李白诗："落日故人情。"）；低头见楼船的悠长身影，竟隐没了江里的一片青天。加上离情别绪恰似初冬晚间的清霜透过毡幕，伴着急管繁弦，沁入词人心头。他们行将分手了，"风月从今别一川"。此后暮云江树，益添相思。歇拍云："目断晴空雁字连。"融情入景，表达了"海内存知己，天涯若比邻"的情意。这哪有一点理学家的头巾气味呢？其词风格沉郁、悲凉，语言清丽、明快，于辛派壮词及传统艳词之间别创一格。

自乾道元年（1165）至淳熙六年（1179）的十四年中，朱熹大部分时间住在崇安（今武夷山市）的五夫里，从事研究和著述。起初几年，他和刘韫（号秀野山人）诗词唱和甚密。现存他赠刘韫词两首。一首是《满江红·刘知郡生朝》。词云：

> 秀野诗翁，念故山、十年乖隔。聊命驾、朱门旧隐，绿槐新陌。好雨初晴仍半暖，金釭玉斝开瑶席。更流传、丽藻借江天，留春色。　　过里社，将儿侄。谈往事，悲陈迹。喜尊前现在，镜中如昔。两鬓全欺烟树绿，方瞳好映寒潭碧。但一年、一度一归来，欢何极。

这才是名副其实的应酬之作，是朱熹为刘韫祝寿而写的。历史上寿词很多，除偶有几首佳构（如辛弃疾的《水龙吟·为韩南涧尚书寿甲辰岁》）外，几乎都是"为文而造情"的作品。朱熹这首词也未能免俗。但词中虽多少得说些恭维话，如说被寿者如何如何精神，如何如何有福气，容颜依旧，青春永驻之类（即"喜尊前现在"以下四句），语言却仍比较朴实，情感也比较真挚。特别是换头几句，纯用叙家常的方式写出一派活泼的情趣，在寿词中不多见。结拍"一年一度"点明生朝的特点，也很切题。

另一首《浣溪沙·次秀野醭醵韵》借咏醭醵而深寓比兴。如下阕云：

> 却恐阴晴无定度，从教红白一时开。多情蜂蝶早飞来！

俗话说："花到醭醵春事了。"词人怎么肯轻易地放春回去呢？（上阕末拍云："肯令容易放春回？"）但阴晴不定，难保不风狂雨暴；词人虽然满心希望百花齐放（"从教红白一时开"），却担心蜂媒蝶使到时候不来，反误了花期，该如何是好？联系起当时宋、金和战不定，时局乍阴乍晴，朱熹正为出、处而犹豫不决，那么此词言外之意已可以想见。

宋代理学家很少有人不以文学为"害道"的。如程颐说："以博闻强记、巧文丽辞为工，荣华其言，鲜有至于道者。"① 即使有某些理学家偶尔作诗填词，也多半离不开宣讲大道理，成了所谓的"押韵之文"。而如上词，朱熹能若是比兴深广，在宋代理学家中确为难得。

淳熙十六年（1189），朱熹因前岁上封事而触忤朝廷，入朝参政未果，正闲居于武夷。此时袁枢（字机仲）也被劾罢归。他们俩原是相互问学的知交，政见相近。这次在武夷山重晤，泛舟九曲，又彼此填词唱酬。朱熹《水调歌头·次袁机仲韵》：

> 长记与君别，丹凤九重城。归来故里，愁思怅望渺难平。今夕不知何夕，得共寒潭烟艇，一笑俯空明。有酒径须醉，无事莫关情。　寻梅去，疏竹外，一枝横。与君吟弄风月，端不负平生。何处车尘不到，有个江天如许，争肯换浮名？只恐买山隐，却要炼丹成。

起拍逆叙当年在临安之别，以衬写今日在乡梓之逢。然今昔时非势异，彼此都饱历风霜，故愁思家国，怅望关山，心中抑塞之气渺难平。幸词人豪旷，不以政治上的颠沛失志见意，且劝慰友人以笑傲山水为乐。"今夕不知何夕"乃用古《越人歌》的典故，以叙相互理解和欢悦之情。"有酒径须醉，无事莫关情"，用反话宣泄内心的感喟，更足以表明他们于世事之未能忘情。下片宕开一笔，宛似寻幽探胜，忘情于山水、风月之间。"梅"是高洁的象征，以其顶风傲雪开放，乐与松竹为侣。但买山归隐事易，九转炼丹事难，切不可为山九仞，功亏一篑！朱熹以此与袁枢共勉，其格不可谓不高。全首词都只用浅近语写景抒情，而词人襟抱宛然若揭。如用同时期姜夔的词做比较，便觉出白石道人枉费推移之力，反不似晦庵居士语言的自在了。

另一首《水调歌头·沧州歌》写于庆元年间（1195—1200）。词云：

> 富贵有余乐，贫贱不堪忧。谁知天路幽险，倚伏互相酬。请看东门黄犬，更听华亭清唳，千古恨难收。何似鸱夷子，散发弄扁舟。　鸱夷子，成霸业，有余谋。致身千乘卿相，归把钓鱼钩。春昼五湖烟浪，秋夜一天云月，此外尽悠悠。永弃人间事，

---

① 《宋史·卷四二七》。

吾道付沧洲。

词人晚年卜居于建阳考亭。考亭濒麻沙溪畔。朱熹于此筑沧洲精舍，设帐授徒讲学。庆元年间，韩侂胄一伙加紧了对朱熹等人的迫害。这首词，正显示出词人处变不惊的风度。起首两句实叙：富者常乐，贫者多忧。三、四句陡作翻覆：仕途凶险，祸、福无常。接着用历史上的李斯、陆机跟范蠡做对比，在下半阕中提出他对人生的领悟：要功成身退以避祸全身。但朱熹并没有因此走向消极，而仍然以传道、授业为乐。

这首词不能说是写得很成功，更远非朱熹的代表作品。词中叙范蠡的故事过于繁复。且议论太多，形象略显单薄。它列举了许多令人触目惊心的历史教训，但谈不上创造了什么感人的艺术境界。

这期间，朱熹还写了一首赠人的词：《鹧鸪天·呈茂献侍郎》（本词牌下有小序云："叔怀尝梦飞仙，为之赋此。归日以呈茂献侍郎，当发一笑。"）。词云：

> 脱却儒冠著羽衣，青山绿水浩然归。看成鼎内真龙虎，管甚人间闲是非？　　生羽翼，上烟霏，回头只见冢累累。未寻跨凤吹箫侣，且伴孤云独鹤飞。

这首词自然也不是什么杰作，它只表明朱熹和皂角山道士甘叔怀有过较多的交往，甘道士想羽化登仙而终于未成。词人用此呈茂献侍郎，企发一笑而已。词意倒还通俗易懂，但词味不厚，词格不高。

晦庵词中还有《鹧鸪天·江槛》两首，大致写于绍熙五年（1194）到潭州（今湖南长沙）上任后不久。它抒发了词人留恋江湖、向往乡居生活的情趣。词云：

> 暮雨朝云不自怜，放教春涨绿浮天。只令画阁临无地，宿昔新诗满系船。　　青鸟外，白鸥前，几生香火旧因缘。酒阑山月移雕槛，歌罢江风拂玳筵。

> 已分江湖寄此生，长蓑短笠任阴晴。鸣榔细雨沧洲远，系舸斜阳画阁明。　　奇绝处，未忘情。几时还得去寻盟。江妃定许捐双佩，渔父何劳笑独醒。

词人身在潭州江滨的画阁之上，心却飞回了建阳考亭的沧洲精舍。他通过出仕（"只令画阁临无地"）和乡居（"宿昔新诗满系船"）的对比，充分肯定了"江湖寄此生"的自在。因此，他虽然身居高位，日凭雕槛，朝夕酒宴，却仍向往于长蓑短笠、细雨鸣榔与青鸟、白鸥为侣的"旧因缘"。第二首下片，重申他归隐的决心。赠佩的"江妃"非真指钟情的女子，她也像屈原《离骚》里的"宓妃"一样，诗人于其中寄托着政治上的追求。

这两首词所抒发的审美情趣，相对来说是比较高的。"暮雨"两句，形象鲜明，情景若画；"江妃"二句，用典精当，意味深长。词人以自己的理想为全词添加上一层浪漫主义色彩。笔者友人陶尔夫和刘敬圻合著的《南宋词史》说："这两首词都不以写景如画取胜，而在于抒写其独到的感受与深蕴的哲理诗情。"① 可谓中肯。

绍熙五年（1194）冬，朱熹立朝才四十六天，即因得罪了韩侂胄而被罢归。此时，赵汝愚也同罹党禁之祸，于庆元元年（1195）二月被罢相，出知福州。朱熹为之作《好事近》词于武夷精舍。词云：

> 春色欲来时，先散满天风雪。坐使七闽松竹，变珠幢玉节。
>
> 中原佳气郁葱葱，河山壮宫阙。丞相功成千载，映黄流清澈。

想不到比英国诗人雪莱早了六百多年，在朱熹的词中居然就出现了类似"冬天来了，春天还会远么"的诗句："春色欲来时，先散满天风雪。"这表明词人对未来满怀着信心。他甚至坚信赵汝愚将重居相位，中原将被收复，赵汝愚将澄清天下。虽然，这些美好的愿望在历史上终于破灭了，但朱熹在词中表达的爱国感情和斗争意志，仍令后人崇敬。

朱熹和张栻还合写了《水调歌头》联句，题目是"问讯罗汉"，朱熹写了上半阕。他称寺中所塑的罗汉像是"岩上枯木"，对它做了揶揄和嘲讽。

综而言之，晦庵词分量不多，其思想价值和艺术成就也很不一致。但大部分作品是写得好的。钱穆指出："朱子倘不入道学儒林，亦当在文苑传中占一席地，大贤能事，固是无所不用其极也。"② 我以为，在词史、诗史以至文学史上，是应该替《晦庵词》大书特书一笔的。

为什么作为理学大师的朱熹能在词作方面取得如此成就呢？我以为这有两方面的缘故：一方面是客观环境使然；另一方面则由其主观气质所决定。

---

① 陶尔夫、刘敬圻：《南宋词史》，黑龙江人民出版社，1992 年，第 232 页。
② 《朱子新学案》下册第 1714 页。

朱熹所处时代正是词学发展的高峰期。他同时代的辛弃疾、陆游、陈亮、张孝祥等人不仅以众多词章光耀于当世，而且跟朱熹之间保持着深厚的交谊。尽管朱熹跟他们在哲学观点方面有分歧，但仍不可抗拒地接受了他们的艺术影响。朱熹就曾称赏陈亮词的"豪宕、清婉，各极其趣"①，又夸它"宛转说尽风物好处"②。另一方面，朱熹具有良好的文学气质和素养，这跟他的父、师传授和社会熏陶是密不可分的。这一点，我在朱熹的文学评传（《中国历代著名文学家评传·续编二》，山东教育出版社 1988 年版）中已经阐明过，这里就不再说了。

---

① 见《朱文公文集》卷三十六。
② 见《朱文公文集》卷三十六。

温庭筠《经五丈原》赏读

经五丈原

温庭筠

铁马云雕共绝尘，柳营高压汉宫春。

天清杀气屯关右，夜半妖星照渭滨。

下国卧龙空寤主，中原得鹿①不由人。

象床宝帐②无言语，从此谯周是老臣。

① 得鹿："鹿"谐音"禄"。"禄"即禄位。"得鹿"比喻在夺取中原的战争中获得胜利。② 象床宝帐：祠庙中神龛里的陈设。

这是一首咏史诗。诗题表明诗人是路过五丈原时因怀念诸葛亮而作。五丈原在今陕西岐山县。据《三国志·蜀书·诸葛亮传》记载：蜀后主建兴十二年（234）春，诸葛亮率兵伐魏，在此屯兵，与魏军相持于渭水南岸达一百多天。八月，遂病死军中。一代名相，壮志未酬，常引起后人的无穷感慨。杜甫曾为此写道："出师未捷身先死，长使英雄泪满襟。"（《蜀相》）温庭筠也出于这种惋惜的心情，写了这首诗。

诗开头气势凌厉。蜀汉雄壮的铁骑，高举着绘有熊虎和鸷鸟的战旗，以排山倒海之势，飞速北进，威震中原。"高压"一词本很抽象，但由于前有铁马、云雕、柳营等形象做铺垫，便使人产生一种大军压境恰似泰山压顶般的真实感。"柳营"这个典故，把诸葛亮比作西汉初年治军有方的周亚夫，表现出敬慕之情。三、四两句笔挟风云，气势悲怆。"天清杀气"，既点明秋高气爽的季节，又暗示战云密布，军情十分紧急。在这样关键的时刻，灾难却降临到诸葛亮头上。相传诸葛亮死时，其夜有大星"赤而芒角"，坠落在渭水之南。"妖星"一词具有鲜明的感情色彩，表达了诗人对诸葛亮赍志以殁的无比痛惜。

前四句全是写景，诗行与诗行之间跳跃、飞动。首联写春，颔联便跳写秋；颈联写白昼，尾联又转写夜间。仅用几组典型画面，便概括了诸葛亮在生命的最后一百多天里运筹帷幄，未捷身死的情形，慷慨悲壮，深沉动人，跌宕起伏，摇曳多姿。温庭筠诗本以侧艳为工，而此篇能以风骨遒劲见长，实难得。

后四句纯是议论，以历史事实为据，悲切而中肯。下国，指偏处西南的蜀国。诸葛亮竭智尽忠，却无法使后主刘禅从昏庸中醒悟过来，他对刘禅的开导、规劝又有什么用呢？一个"空"字包蕴着无穷感慨。"不由人"正照应"空瘪主"。作为辅弼，诸葛亮鞠躬尽力，然而时势如此，叫他怎么北取中原、统一中国呢？诗人对此深为叹惋。诸葛亮一死，蜀汉国势便江河日下。可是供奉于祠庙中的诸葛亮塑像已无言可说、无计可施了。这是诗人从面前五丈原的诸葛亮庙生发开去的。谯周是诸葛亮死后蜀后主的宠臣，在他的怂恿下，后主降魏。"老臣"两字，本是杜甫对诸葛亮的赞誉——"两朝开济老臣心"（《蜀相》），用在这里，讽刺性很强。诗人暗暗地把谯周误国降魏和诸葛亮匡世扶主做了比较，读者自然可以想象到后主的昏庸和谯周的卑劣了。诗人用"含而不露"的手法，反而收到了比痛骂更强烈的效果。

整首诗内容深厚，感情沉郁。前半以虚写实，从虚拟的景象中再现出真实的历史画面；后半夹叙夹议，却又和一般抽象的议论不同。它用历史事实说明了褒贬之意。末尾用谯周和诸葛亮对比，进一步显示了诸葛亮系蜀国安危于一身的独特地位，也加深了读者对诸葛亮的敬仰。

近代睁着眼看世界的第一人

——说龚自珍《夜坐》（其二）

龚自珍有《夜坐》两首，其二是：

沉沉心事北南东，一眄人材海内空。

壮岁始参周史席，髫年惜堕晋贤风。

功高拜将成仙外，才尽回肠荡气中。

万一禅关砉然破，美人如玉剑如虹。

此诗写于清道光三年（1823），当时龚自珍32岁。那是一个"万马齐喑"的年代，诗人怀才不遇，悲愤难忍，便写了这组诗。

起句自叙其心境"沉沉心事北南东"，说明诗人心事沉沉。这是因何引起的呢？乃由于他关怀世事，注重东西南北之学。原来龚自珍于道光元年（1821）协助程春庐大理修《会典》，校理青海、西藏各地图志，开始从事于天地东西南北之学。由于他胸怀九州，放眼全球，因此"心事浩茫连广宇"，对当时的现实看得透彻，也看得深远。

"一眄人材海内空"。诗人睁眼一看（一眄，即一看的意思），竟觉得海内没有人才。是否中国当时真的没有人才呢？自然不是。与龚自珍大致同时的林则徐、魏源等，不都是难能可贵的并世之才？问题在清廷统治者不肯重用人才，把许许多多人才都埋没扼杀了。他们宠用的人大都是庸才兼奴才。这就难怪诗人为之愤慨。

龚自珍胸怀经时济世之志，屡次参加会试都未被录取。直到近30岁，才"在内阁充国史馆校对官"（吴昌绶《定庵先生年谱》）。诗中所谓"壮岁始参周史席"，即指此事。周史，原谓周朝的史官，如老子李聃曾任周王朝的柱下史。诗人以周喻清，也隐以贤者在下位的李聃自况。

诗人为什么贤能而处于下位呢？他总结为一条："髫年惜堕晋贤风。"

意思是说他自幼即养成像晋代名士（如阮籍、嵇康等）那样狂放、倨傲的性格。试想，在那样一个贿赂公行和吹拍成风的社会里，能有他这类人进身之阶么？句中用了个"惜"字，诗意就婉转、含蓄多了。它兼有"惋惜"和"怜惜"的双重意味。

龚自珍急于救亡图存，原不在乎像韩信那样功成拜将或像张良那样功后"登仙"，而是纯出于一种超乎这些之外的爱国理想。他为了祖国的富强和人民的幸福，愿意竭尽自己的才智，哪怕"回肠荡气"（指肝肠回旋和心气动荡）亦在所不惜。有人把这联的上、下句都解作一味地发牢骚，说诗人慨叹自己"才尽"也是枉然。那是把此联看成合掌（上、下两句同义）而且把诗人看得过于浅薄了。我以为这一联正典型地表达了中国优秀知识分子传统的事功观，即屈原的竭智尽忠"虽九死其犹未悔"（《离骚》）和左思的"功成不受爵，长揖归田庐"（《咏史》其一）的崇高精神。

尾联表明诗人虽受道家（如庄子）和释家（如禅学）的影响，但当他悟破了禅关之后，也仍然执着地追求自己"一剑一箫"的理想。所谓"美人如玉"，即用秦穆公女弄玉吹箫引凤的典故来象征诗人为艺术锲而不舍的审美追求；所谓"剑如虹"，即用燕荆轲入秦刺杀秦王的典故（《史记》："荆轲慕燕丹之义，白虹贯日。"）来象征诗人为祖国不惜献身的伟大襟怀。

这首诗，跟龚自珍大多数作品一样，骤读之下，似乎很难索解，但透过他设置的文字帷幕，寻出他一贯的思绪（即睁着眼看世界），还是比较容易悟出它的本意来的。龚自珍诗的风格，虽然受宋诗的影响居多，但是它能"不拘一格"，按着时代脉搏，抒情兼议事，故多有跳出前人窠臼之处。

我曾在纪念龚自珍逝世150周年的学术讨论会上称龚自珍为"七百年间第一人"，意即自元好问之后，龚诗足以称冠。我之所以敢如此说，就由于龚自珍的诗歌在思想和艺术的独创性方面都有过人之处。自然，在艺术领域里不宜强排座次。无论是扬此抑彼或扬彼抑此，都难免要遭人讥评。但我之所以如此推尊龚诗，只表明我对它特别崇敬而已。

"背郭千峰起，涵空一水横"

——谈蔡襄咏福州山水

　　蔡襄的诗，在后世未受到学者们的足够重视。现代有关中国诗歌史的著作（包括新近出版的许总著《宋诗史》）和一些宋诗选本，都很少提及他。就我所见，仅陈衍的《宋诗精华录》选录了蔡襄诗两首，而且显然是出于敬重乡贤之故（上海辞书出版社《宋诗鉴赏辞典》从这两首中选析了一首）。这很可能是由于蔡襄以书法称名于世，以至于把他的诗名湮没了。这颇似南宋的朱熹，以理学名彪史册，而很少人注意他在文学方面的成就。但朱熹的诗，毕竟还得到过胡铨、胡应麟等人的高度赞誉。近年来，有关朱熹诗的研究也陆续出现，许总著《宋诗史》还列出专门章节予以论述。唯蔡襄的诗，在全国性报刊上能见到的研究论文就不多，更不用说有关的专著了。

　　蔡襄的诗，现存四百多首，已收入《全宋诗》第七册。其中咏福州兼及其山水者有四五十首，约占他全部诗作的十分之一。

　　蔡襄曾两度知福州。首次是在宋仁宗庆历四年（1044）至七年（1047），庆历七年春改任福建路转运使；第二次是在嘉祐元年（1056）八月到三年（1058）七月。他在治理福州期间，为人民做了许多好事，如兴修水利（开古五塘以灌溉民田）、宣传医学科学（择民之聪明者教以医药，使治疾病）、减轻人民经济负担（奏减五代丁口税之半）和严禁属吏贪赃枉法等。他还大力提倡造林绿化。"植松七百里，以庇道路"（《宋史》卷三二〇），因此当时的老百姓作歌称颂他道：

　　　　夹道松，夹道松，

　　　　问谁栽之？"我蔡公。"

　　　　行人六月不知暑，

　　　　千古万古摇清风。

除了上述这些，他还注重保护生态平衡。他虽然生活在九百多年前，却似乎比我们现代某些人还多一点环保意识。他在《圣泉寺松径》末尾写道：

> 南方赤夏苦蒸湿，万木无声就僵槁。
>
> 忽经密荫少休息，肌骨便惊秋气早。
>
> 寄言匠者勿复顾，留作清凉除热恼。

他懂得保留植被对维护生态平衡和调节气候的作用，禁止乱砍滥伐。他的好友葛公绰要他送只猿猴，他竟不应允，作《答葛公绰求猿》诗云：

> 纵之不遣乃得所。推夫此理惠泽雾。
>
> 今吾郡邑次笼桎，蹄者奔逸羽者鸹。

他不仅不让捕获野生动物，甚至还命令全郡打开笼桎，让已被捕获的野生动物回归自然。

蔡襄特别喜爱福州山水。写了不少咏福州山水的诗。这些，等于是为我们创造了一宗宝贵的精神文明财富和提供了一批极好的旅游宣传资料。本文拟专就这方面谈谈它的艺术审美价值。

一

蔡襄不只喜爱山水，而且能真正"与民同乐"。比如说：原先福州知州的花园是禁止百姓入内游览的，但蔡襄任郡守时，却下令于每年二月将州园开放，任民游赏。他作《开州园纵民游乐二首》。其一云：

> 风日朝来好，园林雨后清。游鱼知水乐，戏蝶见春情。
>
> 草软迷行迹，花深隐笑声。观民聊自适，不用管弦迎。

诗人从"游鱼"得水、"戏蝶"知春领悟到春光明媚时的自由欢乐。又从众百姓的"行迹"和"笑声"中感受到无限欣慰。这比起那些只顾自己寻欢作乐而惯于向老百姓施威福的封建庸吏来，自然是更富审美情味的。又如《四月八日西湖观民放生》诗：

> ……脱渊思囊戒，嗅饵省非计。为生岂不幸？萍藻庶可翳。

从鱼类的际遇中，蔡襄感悟到一条人生哲理：贪图爵禄（此利饵耳）者危身，反不如隐于深渊、翳于萍藻中的鱼虾安全、自在。

蔡襄在福州修建了不少游览景点，如春野亭（位今屏山上）、碧峰亭

（位今乌山上）和达观亭（位今闽江滨）等。这些建筑物今虽荡然无存，但其遗址仍依稀可寻。它为我们当今旅游点的开辟提供了良好借鉴。

蔡襄经常登山临水，赋诗明志。他用诗抒发了对福州风光的无限爱恋。如《碧峰亭》写道：

> 虚亭城西隅，开槛俯临北。青山正相向，万状呈峭格。落日
> 涵紫翠，深春变颜色。云石抱幽致，猿鸟自娱适。上穷林端寺，
> 下见海内国。……

福州的群山被他写得色彩斑斓、姿态万千。从山的"峭格""幽致"和猿鸟的"娱适"等物化了的审美情趣中，我们不是看到了作为审美主体的诗人蔡襄及其性格、怀抱和诸般爱好么？

蔡襄登高眺远不只是为了游乐，这还往往跟他的政务攸关。《新作春野亭》写道：

> ……况凭轩牖高，中视田野功。潀溆沐新泽，依微生柔风。
> 江潮涨新绿，山麓延朝红。耕锄时节动，歌谣声意通。惭非共理
> 材，幸遘频年丰。未厌畎亩乐，驾言谁相从？

又《春野亭待月有怀》云：

> 淅沥凉风来，空郊生暮寒。山气郁苍苍，江流去漫漫。
> 阛阓行人稀，投栖夕鸟还。疏钟度林际，华月吐城端。
> 徘徊待遥夜，露下明河宽。心朋隔万里，独坐起忧叹。

诗人朝夕登临，对福州的一山一水都那么富有感情。闽江春潮、三山朝旭，以及林际疏钟、城端华月，无不被写得惟妙惟肖和有声有色。但还有一点值得注意，诗人于登山临水之际，还关心民瘼和考察民情。他既巡视着农作物的生长状况，也谛听着歌谣里的民众心愿。他既不肯贪天之功以为己功（"惭非共理材，幸遘颇年丰"），也决不推诿本应肩负的责任（"太守职民治"）。真可谓勤政爱民的典范了。

在蔡襄的山水诗中，并不限于模山范水，而大都被熔铸入一定的哲理。如《达观亭》：

> 峭峻钓龙石，飞亭压其端。旷彻四无际，因之名达观。……

这起头四句是说：亭建得高才望得远，旷彻四方始能达观天下。但蔡襄并没有一个劲儿地发议论，像其后许多宋代诗人那样。接下去，他还是用形象手法，生动地描绘出福州地区秋日傍晚的风光图："秋明澄远绿，

晚霁凝新寒。城郭烟火稠，水陆渔樵安。"诗人因城市繁华和劳动者安居乐业而感到快适，遂怡然自得地"鸣弦俯清流，对酒环苍山"了。

显然，宋诗说理的特色在蔡襄诗中已渐具雏形。蔡襄之前，杨亿等为了矫正宋初平易的诗风，曾引宋诗步入典奥一途，形成了西昆诗派。其后，梅尧臣主平淡、隽永，蔡襄主清遒粹美，皆力矫西昆的流弊，而各成为欧阳修诗文复古运动的一翼。如蔡襄作于福州的《钓龙台》诗：

> 龙在固神物，动与风云会。胡为脱渊泉，辄触钩纶害。
>
> 无乃护明珠，睡目方瞢昧。而或嗅香饵，贪涎适沾霈。
>
> 不尔腾角牙，自炫鳞虫最。来应山岳摇，去等蝉蛇蜕。
>
> 传闻旷百世，兹事久晻暧。空余古台石，硉矹尘沙外。
>
> 湍流卷白日，岩壑动清籁。乾坤终苍茫，物理有否泰。

这岂不真成为如南宋严羽所说"以文字为诗，以议论为诗，以才学为诗"（《沧浪诗话》）了么？但应该懂得：这类诗只是蔡襄诗中的一体，而不是主要的，更不是全部。

蔡襄擅长把自己的性情、品格于诗中物化为山川、风光等。如《秋夜书廨中壁》：

> 遥夜不能寝，值兹节物清。大空莹虚碧，仰观澄性情。
>
> 素月若可把，浮云何故生。瑶琴且勿弄，谁怜希代声。

诗中碧莹的"大空"和明朗的"素月"成了诗人性格的写照；凭空生起的"浮云"则成为障蔽贤良者的代称（一如李白所写："总为浮云能蔽日，长安不见使人愁！"）。可见在蔡襄的山水诗里，还深有牢骚和寄托在。这跟唐代诗人重比兴的传统是一致的。

蔡襄咏福州山水，很能抓住福州山水的特色，做典型化的概括。如《题福州释迦院幽幽亭》：

> 路尽得佳赏，川原何净明。周围地形壮，洒落世尘清。背郭千峰起，涵空一水横。风帆人共远，潮屿岁重耕。晓市炊烟合，孤庵汲道萦。俯窥岩鸟过，微认野云生。香气林端出，秋容物外呈。表闲幡弄影，觉静磬传声。……

此作不仅把福州作为滨海城市的风光在诗里勾绘得清晰可见，而且用"背郭千峰起，涵空一水横"两句，很好地概括出福州城背负北峰、面临闽江的特有景观。《晚上碧峰亭》中的"山围一罅水东行"，可与此同称警策。又《和王介夫游西禅兼呈黄承制》的前两联："山城只有四围青，海国都无一点尘。荔子风标全占夏，荷花颜色未饶春。"则不仅概括地指明了福州一带山水的特色，而且连特有的物产也一并指明了。

福州古称三山，以城中有屏山、于山和乌山而得名。这一点在蔡襄的《饮薛老亭晚归》诗里也写得明白：

> 终日行山不出城，城中山势与云平。
>
> 万家市井鱼盐合，千里川原彩画明。
>
> 坐上潮风醒酒力，晚来岩雾盖钟声。
>
> 归时休更燃官烛，在处纱灯夹道迎。

福州城内的三山鼎峙、市廛繁荣、迎海多风、寺钟声隐、花灯似昼和城郊的川原广阔、色泽绚丽等种种风情，就像当今的微缩景观似的，在这首诗里几乎被揽括无遗了。

福州的疍民，在蔡襄诗中也被写到了。如《宿海边寺》：

> 潮头欲上风先至，海面初明日近来。
>
> 怪得寺南多语笑，蛋船争送早鱼回。

诗人观察细致，刻绘准确，通过其艺术直觉把滨海的自然景观和疍民的生活风情都写得跃然纸上了。

二

鼓山和西湖是福州的两大名胜景点，它在蔡襄的诗中都得到了精彩的描写。前者如《游鼓山灵源洞》：

> 郡楼瞻东方，岚光莹人目。乘舟逐早潮，十里登南麓。
>
> 云深翳前路，树暗迷幽谷。朝鸡乱木鱼，晏日明金屋。
>
> 灵泉注石窦，清吹出篁竹。飞毫划峭壁，势力忽惊触。
>
> 扪萝跻上峰，太空延眺瞩。孤青浮海山，长白挂天瀑。
>
> 况逢肥遁人，性尚自幽独。西景复向城，淹留未云足。

对这首诗，我在《闽中名胜诗粹》（福建教育出版社1987年版）里曾评论说："平实写来，宛似一篇韵文游记。从出城起到归城结，层次井然。"

从诗里，我们可以得知：蔡襄当年此次游鼓山，是从台江趁早间退潮坐船去的。启程之前，他从福州城楼上向东眺望，只见林岚山风光晶莹悦目。福州郡治（今屏山）距鼓山南麓解院约十华里。自五代闽时起。从廨院即有登山磴道直达涌泉寺前。在鼓山之上，岩泉竞秀，可供游览之处甚多，而以灵源洞、喝水岩一带为最胜。该处茂林、修竹障天蔽日，常年云雾缭绕，使登临宛觉身入仙界。后来，清朝末代帝师陈宝琛即筑室于此读书。曙鸡初唱，阵阵木鱼声即接连敲响。近午，始能见日。光映屋瓦，折射出一派金碧辉煌。附近，有龙头泉，为绝妙天然矿泉水，从石窦中不断溢出。悠扬悦耳的佛寺音乐，回荡于邃密的竹林里。

这首诗，写得有声有色，直引人入胜。后半接着写人文景观，谓灵源洞的峭壁上刻了字，其笔势和笔力的遒劲都使人吃惊。直到现在，灵源洞仍以摩崖石刻著名。蔡襄本人即有留题数处，其"忘归石"三字，遒劲粹美，称绝千古。因此文化层次较高的游人来观赏者络绎于途，它成了当前福州旅游业最具魅力的一张王牌。

鼓山主峰为屴崱峰，海拔逾 1100 米。登其上，可眺望到一个寥廓的空间。"孤青"，指闽江口外的众多小岛（如五虎山列岛、马祖列岛等）；"长白"，用来形容山崖间随处可见的瀑布。诗人遇到一些隐逸的山人，羡慕他们独自幽居林下。此时，蔡襄已萌退志，对仕途也不像早年那般热衷了。

天色近晚，日薄西山。蔡襄虽迟留、徘徊不忍远去，但终于不得不起驾回城。

这首诗，在保留至今的鼓山题咏中，堪称压卷。它形神毕肖地绘出了鼓山风光的特色。但可惜的是，我们眼下的游客和导游大都缺乏传统诗词的素养，还不懂得利用这首诗来增进对鼓山的审美认识。

蔡襄集子里咏西湖的诗很多，大都被看作为杭州西湖而写。因为杭州西湖远较福州西湖有名，而蔡襄晚年（1065）又曾知杭州。但《寒食西湖》（一作《寒食游西湖》）诗，厉鹗所著《宋诗纪事》卷十三据《淳熙三山志》（梁克家编纂）于题下注明为"知福州作"。如果说梁克家去蔡襄年代未远，但因其为福建人，或难免有所偏执，那么，厉鹗为浙江人，虽去蔡襄年代已五六百年，却仍肯定此诗为"知福州作"，则应无可疑。况厉鹗治学一贯严谨，必有所据。因此，说这首诗是咏福州西湖的，当可征信。诗云：

> 山前雨气晓才收，水际风光翠欲流。
>
> 尽日旌旗停曲岸，满潭钲鼓竞飞舟。
>
> 浮来烟岛疑相就，引去山禽好自由。
>
> 归骑不令歌吹歇，万枝灯烛度花楼。

福州西湖始开凿于晋太康三年（282），由当时郡守严高倡修，方圆凡十余华里。唐代末年，即已辟为游览胜地。至北宋初年，湖已逐渐淤塞。蔡襄知福州时，决定疏浚西湖，为福州人民办了一件大好事。

这首诗反映了当年福州西湖的优美风光和赛舟时的热闹场面，它形象鲜明，想象丰富。每当暮春季节，福州常常是夜雨晓晴。拂晓之后，山雾初收，西湖湖面翠岚欲滴，水际风光特佳。曲岸上，旌旗尽日招展；深水处，飞舟征鼓锵鸣。诗人不说飞舟迫近烟岛，而说烟岛似乎浮来相就于飞舟。这样返动为静，返静为动，生动地表现出当舟行若飞时诗人的审美直觉。沙洲上的鸟群自由自在地飞来飞去，直令诗人无限向往。蔡襄虽官高一方，出行时千骑呼拥，歌吹沸天，灯烛煌煌，穿越于十里花楼之下，而缺少的正是此种自由意识。所以说，诗人于诗末着力写随行的热闹，正用以衬托他内心的孤凄。

今天，福州西湖已渐趋现代化。然当年的绰约风姿犹依稀可辨。若旅游部门愿意经营，似不妨仿蔡襄诗意增辟一些旅游项目（如飞舟竞赛等）。蔡襄的诗虽写于九百多年前，但其审美魅力仍给我们以丰富的启迪。

三

蔡襄诗文的风格，欧阳修在《端明殿学士蔡公墓志铭》中称其为"清遒粹美"。王十朋《蔡端明文集序》说：

> 端明公文章，文忠公尝称其清遒粹美。后虽有善文词好议论者莫能改是评也。予复何云？然窃谓文以气为主，而公之诗文实出于气之刚。入则为謇谔之臣，出则为神明之政，无非是气之所寓。学之者宜先涵养吾胸中之浩然，则发而为文章事业，庶几无愧于公云。

欧阳修、王十朋对蔡襄诗文的评论，后世学者大都钦服。但他们都只是就蔡襄诗文的主要方面说的。至于蔡襄诗风格，实颇为多样。仅就其咏福州山水者而言，有古体、今体，有五言、七言。论其诗学源流及风格特征，何匪莪说："公诗，律五言宗李、杜。七言则出入王、孟。……诗则奥壮浑古，质胜其文。"（《蔡忠惠公文集序》）何匪莪能看出蔡襄诗近体学自唐代李白、杜甫、王维、孟浩然等，不失为有见地，而笼统地说蔡襄的诗"质胜其文"，那就缺乏根据了。单就我们前面已胪举的诗作来看，情况就不是这样。特别是蔡襄咏福州山水，纯抒性灵，不关仕途升黜，因此大多数篇章写得"文质半取，风骚两挟"（殷璠《河岳英灵集·集论》），是既有纯正的思想内容，又有优美的艺术形式的。它情辞两胜，继承了《诗经》和《楚辞》两方面的传统，真像是得了"江山之助"似的。如《和许寺丞泊钓龙台见寄》：

> 钓龙台下舣行桡，猎猎船旗待晚潮。
>
> 万里征人应怅望，一川秋色正萧条。
>
> 雨云来去山明灭，风浪高低日动摇。
>
> 有志四方男子事，莫怀乡国便魂销。

此作写得何等雄浑、悲慨！虽秋色凄凉，又值征人怀国去乡，然仍敦劝友人志在四方，以澄清天下为任。颈联用动态写风光，其审美观察力是何等精致！雨来则山不见，云去则山复明。风浪作则舟动摇，舟动摇则舟中人的审美视角亦随之晃动。日乃恒星，原本不动，但在诗人的审美直觉中亦动摇不止。经过如此这般描写，遂使读者之审美怡悦随之油然而生。又如《正月十八日甘棠院》三首：

> 上元才过去寻春，红白山花粲粲新。
>
> 似喜使君初病起，隔阑相向笑迎人。
>
> 天气和柔酒更醇，缓歌花底正初春。
>
> 狂花有意怜狂客，撩乱飞红满一身。
>
> 无奈闲情着物欢，更愁花草便阑珊。
>
> 夭红嫩翠宜灯烛，放散笙歌静里看。

诗人将花比作知己，处处含情。或隔栏笑迎，或飞红满身。诗人爱于静处观闹热，故放散笙歌，秉烛夜赏。其后苏轼《海棠》诗云："只恐夜深花睡去，故烧高烛照红妆。"应即从此夺胎。

从上举各诗看，蔡襄的山水诗（包括咏花木诗）大都辞采斐然，极富艺术情味，怎能笼统地说他的诗都"质胜其文"呢？当然，蔡襄集子里"质胜其文"的诗也颇有一些，如首篇《亲祀南郊诗》即其一例。

总而言之，单以蔡襄咏福州山水的诗看，已可见出其思想和艺术的水平不一般。"背郭千峰起，涵空一水横"，很可以借来形容蔡襄山水诗的风格：千峰嶙峋，一水涵空。真可谓绮丽多珍、清澈澄明。把它放在北宋前期的诗歌史上，虽不足与欧阳修、王安石、苏轼等大家方驾，但置之于石曼卿、梅尧臣、苏舜钦、范仲淹诸人之后，给予一定篇幅以充分展示蔡襄融唐入宋的诗歌特色，该不至于是我为本家族先人们争地位、争荣誉而过甚其词吧？

豪放中有沉着之致

——说欧阳修的《玉楼春·尊前拟把归期说》

尊前拟把归期说，欲语春容先惨咽。人生自是有情痴，此恨
不关风与月。　　离歌且莫翻新阕，一曲能教肠寸结。直须看尽
洛城花，始共春风容易别。

——《玉楼春》

欧阳修词集中有《玉楼春》三十余首，大都是感时、伤别之作，写作
年代迟早不一。他早年曾在洛阳任西京推官凡五载，此词应作于他将离洛
阳之时。

欧阳修的词风颇为多样。以哲理入词是他某些词篇的特色。英国诗人
柯勒律治（1772—1834）曾说过："一个人，如果同时不是一个深沉的哲
学家，他决不会是个伟大的诗人。"[①] 这话固然说得太绝对。但欧阳修凭着
诗人的敏感，终于得出了某些人生之谜的哲理性解答。从这个意义上说，
他也算得上是个深沉的哲学家了。

这首词表面上是写词人跟所爱女子离别时的感受。他在离筵上打算安
慰安慰对方，说自己不久就会回来，归期可卜，毋庸怆怀。哪知话还未出
口，对方美丽姣好的容颜便霎时变成了凄惨幽咽的样子。但词人没有接着
往下写，没有把笔停留在这一具象上，而是远远宕开，从更广泛的"人
生"着眼，作了一个既抽象、又形象的回答："人生自是有情痴，此恨不
关风与月。"说它抽象，是因为词人完全撇开了具体的人和人的关系，而
只就一般的人生抒发感慨；说它形象，是因为词人用极生动的语言，道出
了一个朴素、明白的真理：人们的悲、恨或欢、爱，都只是感情的缘故，

---

① 引自伍蠡甫主编：《西方文论选（下卷）》，上海译文出版社，1979 年，第 35 页。

而与大自然的景物无关。这就等于翻了中国美学史上几千年来的一桩"公案",即在审美过程中是作为主体的"情"起主导作用,还是作为客体的"物"起主导作用呢?显然,欧阳修的答案是属于前者。这跟儒家"人心之动,物使之然也"① 的传统理论是大相径庭的。

"有情痴"一语见《世说新语·纰漏》。欧阳修《祭石曼卿文》云:"悲凉凄怆,不觉临风而陨涕者,有愧夫太上之忘情。"所谓临"风"陨涕,看似风所触发,而其实乃悲从中来,即由"有情痴"内因而引起。故风也好,月也好,都与此处的"春容惨咽"无关。与此相关的只是一个"情"字。这样,就把此词的主题突出了。

上片既从视觉形象起头,下片便改从听觉形象入手。"离歌且莫翻新阕",明摆着是跟白居易、刘禹锡唱反调。白居易《杨柳枝》歌词云:"古歌旧曲君休听,听唱新翻杨柳枝。"刘禹锡同调云:"请君莫奏前朝曲,听唱新翻杨柳枝。"他们要求旧曲翻新,是从艺术欣赏角度提的;欧阳修要求"莫翻新阕",则出于另一种"变态"心理,即怕听"新阕",说它"一曲能教肠寸结"。因为曲可翻新,而人不如故啊!词人沉浸于美好的回忆里,一幕幕旧情都浮现心头。他听着离歌,意识到自己就要离此而去,怎能不进一步触起他的伤感呢?

好在欧阳修秉性旷达。《宋史》本传说他"天资刚劲,见义勇为,虽机阱在前,触发之不顾。放逐流离,至于再三,志气自若也"②。他在政治上如此,在生活中也如此。所以,面对这种伤感的场景,他又远远宕开了,他从美好的憧憬出发,吟出了深刻感人的隽句:"直须看尽洛城花,始共春风容易别。"洛阳城的名花,固可实指为牡丹,但何止牡丹!它在这里隐喻着生活中一切美好的事物。"春风",也不只是标志着春天,同时也隐喻着人的青春岁月。年轻的词人(欧阳修作此词时不足三十岁)渴望不辜负青春年华,想获得一切应得的人生幸福。虽然,这未免近于奢求,但谁不渴望自己拥有美好的今天和明天呢?

王国维评欧阳修此词前、后阕结句说:"于豪放之中,有沉着之致,

---

① 见《礼记》,十三经注疏本,影印本,中华书局,1980年版,1982年11月第2次印刷。
② 见《宋史》,中华书局校点本。

所以尤高。"① 这不仅道中了此词之所以高妙，而且极好地概括出欧词于旖旎曲折之外的又一主要特色。

刘逸生先生说得好："北宋词人中，尤其是在欧阳修以前，绝大多数写的是流连光景、儿女悲欢的内容，思想境界比较低狭；而能够从这些内容推阐开去，涉及社会人生大问题的，却非常之少，甚至几乎没有。欧阳修这首词，居然从儿女柔情中提出带有哲理的大问题，不能不说是大胆的尝试。"（《宋词小札》）我同意他这一看法。

---

① 况周颐，王国维：《蕙风词话·人间词话》（中国古典文学理论批评专著选辑本），人民文学出版社，1960 年版，1984 年 9 月第 5 次印刷。

词中的《琵琶行》

——说晏殊的《山亭柳·赠歌者》

　　家住西秦。赌薄艺随身。花柳上，斗尖新。偶学念奴声调，有时高遏行云。蜀锦缠头无数，不负辛勤。　　数年来往咸京道，残杯冷炙谩消魂。衷肠事，托何人。若有知音见采，不辞遍唱《阳春》。一曲当筵落泪，重掩罗巾。

　　晏殊被罢相后之第七年，即宋仁宗皇祐二年（1050），以观文殿大学士知永兴军（今陕西西安）。直到皇祐五年（1053），他才离开永兴军调往河南。叶嘉莹女士引郑骞所编的《词选》，以为"此词云'西秦''咸京'，当是知永兴军时作"①。那时，晏殊已年过六旬，政治上又不很得意，难免块垒存胸。因此说他借这首词抒发感慨，我以为是完全可能的。

　　这首词很容易使我们联想起白居易的长篇叙事诗《琵琶行》来。除了诗、词形式各异和篇幅长短不同外，二者在题材、人物形象和情节方面都很相似。作为此词叙述人的晏殊，也跟作为《琵琶行》叙述人的白居易一样，在发挥作者的主体性格方面显得极为成功。这首词真不妨称为"词中的《琵琶行》"。

　　"家住西秦。赌薄艺随身。"开篇便采用登场人物报家门的方式自述身世。"薄"一作"博"，我以为作"薄"是。薄艺，当然是歌者自谦之词，表示她全靠一点"小小"技艺赢得活计。这种自谦，纯属说话人的文明修辞方式，并不排除她内心的自负感。因此接下去，她便连连夸说自己："花柳上，斗尖新。偶学念奴声调，有时高遏行云。蜀锦缠头无数，不负辛勤。""花柳"，这里指代歌唱的内容；"尖新"，别致的意思（参阅张相

---

　　① 《迦陵论词丛稿》第134页。

《诗词曲语辞汇释》)。"念奴"为唐代天宝年间著名歌女;"高遏行云",用《列子·汤问》谓秦青"抚节悲歌,声振林木,响遏行云"的典故,表示她歌声激越高亢的意思。"蜀锦缠头",原是一种对女歌者表示赞赏的礼仪,有点像我们今天向女演员赠花篮一般,这里泛指歌者所得的报酬。白居易《琵琶行》云:"五陵少年争缠头,一曲红绡不知数",与此同意。这一大段铺叙,充分表明她过去春风得意时的情景是何等值得自豪啊!"偶学"、"有时"和"不负辛勤"等,亦自谦而实自负之辞。从这里,我们不仅可看出女歌者的性格,亦仿佛能窥见词人的心迹。晏殊以神童出仕,进位至宰相,其荣达于宋代词人中罕有伦比。《宋史》说他"性刚简",刚即刚强,简即自负之意。因此无论这首词里的女主人公是否实有其人,而谓女歌者形象中寓有词人的主体性格,那是无可疑义的了。

下片写女歌者晚年的失意和感慨。"数年来往咸京道,残杯冷炙谩消魂。"这两句跟上片形成了鲜明的对比。女歌者也像当年白居易咏唱的琵琶女一样"门前冷落鞍马稀"了。她不仅门前冷落,甚至还需要仆仆风尘于"咸京道"(咸阳至汴京的大路)上,为乞得"残杯冷炙"而卖艺糊口了。"残杯冷炙"四字,取自杜甫的《奉赠韦左丞文二十二韵》,这就使读者联想起"儒冠"(知识分子)的悲辛了。"谩消魂",即徒然伤心的意思。晏殊罢相之后的凄凉心态,由此两句便可见其仿佛。因此,词人发出"衷肠事,托何人"的喟叹,就不显得突兀了。

中国封建时代的知识分子总喜欢把自己比作女子,正如何景明所说:"义关君臣、朋友,辞必托诸夫妇,以宣郁而达情焉。"[①] 晏殊也是这样,他满腹心事无可倾诉,好像这位女歌者"暮去朝来颜色故"后托身亦无人了。她此时只想:"若有知音见采,不辞遍唱《阳春》。"《阳春》《白雪》,指最美听的歌,她愿为知音人不辞辛苦地全都唱遍。这是何等热切的感情!中国知识分子这种"千金何必招雅骨,但有瑶琴慰子期"[②] 的"用世"之心,是多么值得当政者深思啊!

末两句:"一曲当筵落泪,重掩罗巾。"是谁在一曲之后当筵落泪呢?当然是那位女歌者。但落泪者何止她一人?正如白居易《琵琶行》末尾所

---

① 《何大复先生集·卷十四·明月篇序》。
② 《有所思》,见《当代诗词》第 7 期第 30 页。

述："座中泣下谁最多？江州司马青衫湿。"只是在这首词里，作为"江州司马"的白居易已换成"知永兴军"的晏殊了。

叶嘉莹女士说得好，晏殊的《山亭柳》词是一种变调，"与他平时不为激言烈响的温润的风格颇有不同"。但这首词的变调，"要结合两点特色来看：一个是激动的感情，为一变；再一个是以《赠歌者》的题目把感情的慷慨激昂推远一步，又为一变。这两个'变'的结合，有如代数中的'负负为正'一样，使这首《山亭柳》词与晏殊《珠玉词》中的风格特色相反相成，并未破坏晏词风格的统一"[1]。这是很有见地的。

晏殊的词，读起来清新含蓄，凄婉动人。刘熙载《艺概》卷四谓晏殊"词中句与字有似触着者，所谓极炼如不炼也"。这类语言，既是对日常现实生活的高度概括，又写得明白易解，毫不朦胧。这不是很值得我们创作新诗时借鉴么？

---

[1]　唐圭璋：《唐宋词鉴赏辞典》，江苏古籍出版社，1986年，第273页。

才华卓越　诗韵清嘉

——读刘如姬诗词

好些年前，我为青年女诗人靳欣博士写过一段评语：

> 靳欣出现于二十世纪九十年代之中华吟坛是一大奇迹。她才华卓越，证实了中华文化之承继有人；她诗韵清嘉，启示出中华传统之创新有路。……

果不其然，继靳欣之后，中华诗词界又陆续涌现出许多更年轻的诗人（包括女诗人）。在一些卓有才华的女诗人中，刘如姬是我所熟悉的一位。

我之所以喜爱刘如姬的诗词，首先由于她诗风清隽，意境幽美。她熟知格律（又不受格律拘束），高扬比兴传统，语言却又平易、精警，艺术触觉敏锐、细腻。这里先举两首词《浣溪沙·夏之物语》（选二首）为例：

> 垒个沙堆就是家，采兜桑葚味堪夸。红红脸蛋笑开花。
> 天上一窝云朵朵，河边几个脚丫丫。手中闲钓篓中虾。

> 木屐歪歪雨点轻，出门偏向浅洼行。哗啦溅起亮晶晶。
> 红伞撑开花世界，清溪跳动小精灵。偶然举手捉蜻蜓。

一颗童心，一派童趣，多少诗意！

作为诗人的刘如姬，其可贵处正在于她具有一颗"本真的、纯粹的心灵"，也就是王国维所说的词人的"赤子之心"。她用这颗心去感受生活，去触摸大自然。因此，在她的眼里一切事物都显得新鲜、活泼、生动和富有人情味。从她的作品中，你丝毫闻不到半点公式化、概念化的气息。诚如严羽在《沧浪诗话》里所说，这就叫"妙悟"。

试看上举的两首《浣溪沙》，写的是夏天儿童在河边的游戏。这本是个极常见的题材。但一经身为妈妈的女词人用本真的心灵之光投射过，便顿时升华出无穷情趣，使读者感觉到孩子们的无比天真。在女词人笔下，不仅孩子的脸蛋绽放出花朵，清澈的溪面跳动着精灵，而且连天上的云朵朵，河边的脚丫丫，溅起的亮晶晶的水珠，撑开的红伞……都变成有滋有味的风光并有了含蕴无限的诗意。

刘如姬的诗词，为中华诗词的创新做了有益的尝试。这方面可谈的话题很多，我这里只谈两点：

（1）题材新颖

无论是刘如姬的词，还是她的诗，往往都是从平常的生活中截取一个小横断面，而从中掘取出令人神往的审美韵味。试举小诗两首说说。

《山景》：古木横幽涧，鸣禽倏尔还。寂寂人去后，花落满春山。

《钓归》：收钓芦花浦，斜阳入翠微。问余何所获？满载晚霞归。

这不是很有点陶渊明、王维、韦应物的悠然淡远的风格么？正如刘熙载《艺概·词曲概》中所说："齐、梁小赋，唐末小诗，五代小词，虽小却好，虽好却小，盖所谓儿女情多，风云气少也。"风云气少，固然是件憾事，但谁能要求所有的文艺作品都只写风云呢？儿女情多，又有何不好？因为生活总归是无限丰富的，多情总比无情好。刘如姬这两首绝句虽很短小，但她截取最富审美情味的生活场面入诗，因此它能深刻地感染读者，贴近读者的心灵，使他们读后津津有味。这些正是刘如姬艺术成功的奥秘所在。

（2）语言尖新

刘如姬的诗词，多以浅近的语言表达出尖锐的艺术感受。中华诗词学会副会长、著名诗家杨逸明、钟振振对此均交口称赞。我完全同意他们的看法。"燕尾裁斜三月雨，鸭头氽出一溪春。"（《浣溪沙·江南春》）一个"氽"字，既是口语，又形象生动，真正做到了雅俗共赏。

关于提倡"雅俗共赏"，我向来赞成。但须"雅不碍俗，俗不伤雅"。某些一味复古、鼓吹原汁原味、发誓不让普通文化水平的人读懂的做法，我是不支持的；而对那些自诩通俗而实为粗俗、低俗、庸俗的作品，我更坚决反对。刘如姬表示"与时俱进，知古而不泥古"并"适当借鉴现代诗、散文诗等表现手法"，我以为都是值得肯定的。

我衷心期望刘如姬百尺竿头，更上一步。也殷切期待着更多年轻诗人的茁壮成长！

"多才我欲师"

——读《左海吟墨第二编·律绝诗作选录》

余拜识赵丈玉林已二十余年。素敬其人，爱其书，尤喜其诗词、楹联、辞赋等创作。初惋其受抑多载，而莫知其详。近读其诗，始深知其委曲。

赵丈，多才之士也，亦爱国之士也。方涉世，即面临日寇之来侵。其《惊闻福州沦陷口号》有云："安得雄屠椎晋鄙，夺兵十万拒倭奴。"继之请缨克敌，驻漳码前线多年。有诗云："霜蹄会破榆关雪，谈笑扬鞭夕照红。"其非今诗中之放翁、稼轩也欤？

赵丈前尝应文官考试，得中榜首。榜下长永泰，"听鼓樟城"。清明廉正，民至今称之。不意竟以此获咎，遭窜逐于泗洪二十余载。后遇赦归来，受聘省文史馆员，诗名、书名渐次鹊起，享誉于八闽及海内外。然则丈之长才尽展矣乎？愚以为尚未焉。丈诗云："垂暮非关鞭影重，奋蹄犹欲向苍茫。"（《丁丑迎春咏牛》）固知老骥伏枥，志在千里万里，襟抱何其伟哉！

丈之诗，兼宗唐宋，既亦唐亦宋，又非唐非宋。诗中处处着我，极见性情。《诗之道》云："唾余吾不取，妙绪汝能擒。或努金刚目，还存菩萨心。"《与张亚明谈诗》云："有为而作是真诗，警句佳篇偶得之。美刺由衷无粉饰，乱头粗服也相宜。"此丈为己诗之真写照也。夫子自道，弥觉可珍。

曩岁，余客武昌，得于侯孝琼教授壁间赏读丈自书诗幅《登泰山》："五岳吞胸不计年，独赊泰岱梦魂牵。线河杯海空悬想，汉柏秦碑细抚研。重雾阻人通帝座，长风助我奋吟鞭。艰难肯负看山眼？磴道何尝靳七千。"诗、书俱佳，余与侯教授同嗟赏久之。

丈此作意境深邃，形神飞动，结构浑融，风骨嶙峋，可谓四美；又精于用事，长于炼字，可谓二难。"四美俱，二难并"，得非尽天下之大于一举手之劳乎？他作亦多近乎是。

丈于前贤，可谓转益多师，而不主一家。唯胸中长蓄者乃"少陵笔"耳。少陵潦倒当世，而享誉千秋。余固知百世之后，丈之声誉将愈远而愈隆也！

丈之亲情、友谊之笃，亦屡见篇章。集中《悼孟百歌》，动人处即远胜元微之之《遣悲怀三首》。非唯丈之心口如一，且辞、情两胜，仿佛杜少陵之鄜州望月焉。

余有《瑞元堂席上呈赵老》诗，末云："赵门立雪吾悬想，佛子佛生心地同。"丈又名佛子。余幼时先严锡"佛生"为表字，以余生于佛诞之辰焉。第丈不以愚顽见弃，余当长执弟子礼。丈嘱余为斯编缀数言，固不敢不遵焉。

《小山词》鉴赏举隅

一、闲雅沉着 结笔柔厚
—— 说《临江仙·梦后楼台高锁》

　　梦后楼台高锁，酒醒帘幕低垂。去年春恨却来时。落花人独立，微雨燕双飞。　　记得小蘋初见，两重心字罗衣。琵琶弦上说相思。当时明月在，曾照彩云归。

　　这首词乃怀人之作。所怀者小蘋，原是晏几道（约1030—约1106）的友人沈廉叔、陈君宠家的歌女。晏自叙其《小山词》云：

　　始时沈十二廉叔、陈十君宠家，有莲、鸿、蘋、云，品清讴娱客。每得一解，即以草授诸儿。吾三人持酒听之，为一笑乐而（耳）。已而君宠疾废卧家，廉叔下世，昔之狂篇醉句，遂与两家歌儿酒使俱流转于人间。……追惟往昔过从饮酒之人，或垒木已长，或病不偶。考其篇中所记悲欢合离之事，如幻如电，如昨梦前尘。但能掩卷抚然，感光阴之易迁，叹境缘之无实也！

　　像这一类"狂篇醉句"，原只供一时笑乐，很难有传世的价值。但此词却不然。它"追惟往昔"，感叹难已。它不仅在《小山词》中堪称代表作；其"落花人独立，微雨燕双飞"一联且被谭献誉为"千古不能有二"之句。其原因何在呢？

　　我以为，此词之动人，首在于一个"情"字。试想：词人以相府公子之尊，竟如此缱绻地追怀一个社会地位卑微的歌女。要不是词人具"赤子之心"，能破除阀阅观念，具有尊重女性的平等意识，哪能表现得如此情真意切和痴绝感人呢？夏敬观谓《小山词》"盖不特词胜，尤有过人之情"①；愚意唯其有过人之情，又"工于言情"②，其言情之词才不仅胜似宋初诸大家，且足与李煜、李清照之作先后媲美。

此词开头骈偶工致。"梦后""酒醒"两句，说的是同一回事。词人自述眼下凄凉，于梦后酒醒之时，但见"楼台高锁""帘幕低垂"而已。

是谁把词人"锁"起来了呢？须知不是别人，而是词人自己。他因为人去楼空，心灰意懒，故闭门不出。可见，被"高锁"的不只是楼台，而首先是词人的心扉；"低垂"的也不只是帘幕，而首先是词人的意绪。经过如此渲染，第三句方点出词的主题——"春恨"。词人追想起去年春天里发生的恨事。什么事呢？为了回答这个问题，他便把记忆里的伤心情景一幕接着一幕地搬演出来。

"落花人独立，微雨燕双飞。"这原是五代翁宏《春残》诗的颔联。晏几道一字不改地用在这首词里，以刻画他去年的伤心情事：落花缤纷，所欢远去，词人幽独、寂寞；微雨凄零、双燕翩舞，更衬出词人孤栖况味。为什么这同样的两句在翁宏诗中不曾引人注目，而一经晏几道用在词里便成了传唱千古的名句呢？这涉及艺术的整体观念和诗词的不同特点等问题。

就艺术的整体观念说，此联之于词，由于意境深婉，恰切地表达了词人微妙、复杂的内心世界，因此跟全词所着力描绘的怅触意绪构成了和谐的艺术整体。而翁宏的诗却不然。全诗除此联形象生动外，余如"又是春残也，如何出翠帏？……寓目魂将断，经年梦亦非。那堪向愁夕，萧飒暮蝉辉"大都直白、浅露，反倒是冲淡了它的精警意味。

就诗词的不同特点说，此联颇有点像张宗橚评晏殊的"无可奈何花落去，似曾相识燕归来"两句所说："细玩'无可奈何'一联，情致缠绵，音调谐婉，的是倚声家语。若作七律未免软弱矣。"

所以说，这两句虽然不是晏几道自创，但只有经他融化为词句之后，它才充分地获得了艺术生命力。在北宋秦观、周邦彦等人的作品中，类似这样套用前人诗句的例子还不少。这是否跟黄庭坚所倡导的"脱胎换骨"

---

① 龙榆生《唐宋名家词选》。
② 陈廷焯《白雨斋词话》。

诗论同属于这一时代的艺术风尚呢?

下片进一步往前追忆。词人点明了所怀之人为小蘋,脑海中涌现了他俩初见时的生动情景。她身着"两重心字罗衣"。关于"心字罗衣",历来有不同的解释。明代杨慎《词品》卷二云:"心字罗衣则谓心字香熏之耳,或谓女人衣曲领如心字。"我倾向后说。俞平伯先生《唐宋词选释》注此词云:"'心'当是篆体,故可作为图案。'两重心字',殆含'心心'义。"所论极有见地。

"琵琶弦上说相思。"论者都以为是写初见时小蘋演奏琵琶的情景。但既是初见,何来"相思"?可见演奏琵琶当在两心倾慕之后,而且未必是仅一回、两回。韦庄《菩萨蛮》有句云:"琵琶金翠羽,弦上黄莺语。"那是说琵琶弦上语如黄莺。这里却连弦上所说的内涵("相思")都言明了。弦上能说,弦外能听,真不愧为两心相印和互为知音了。

结拍亦颇脍炙人口。"当时明月在,曾照彩云归。"这就词人方面说,只不过是又忆起与伊人分别时的情景而已。但由于用词闲婉,感情沉着,因此给人以无限温柔、敦厚的印象。陈廷焯《白雨斋词话》论此词说:"既闲婉,又沉着,当时更无敌手。"谭献《复堂词话》评此结拍说:"所谓柔厚在此。"因为望月怀人或忆旧,原都是习见的中国古典诗词的引兴手法。词人用明月贯串今昔,用"彩云"冉冉归去暗寓思旧情怀。伊人的形象也从这二者的比衬中得到了更生动、完美的体现。若非词人心存柔厚和一往情深,哪能写出千百年来感人如是的作品呢?

陆机《文赋》云:"诗缘情而绮靡。"言情之词,自更不例外。

二、风调闲雅 自是一家
——说《鹧鸪天·彩袖殷勤捧玉钟》

> 彩袖殷勤捧玉钟,当年拼却醉颜红。舞低杨柳楼心月,歌尽桃花扇底风。　　从别后,忆相逢,几回魂梦与君同。今宵剩把银釭照,犹恐相逢是梦中。

陈廷焯《白雨斋词话》评此词云:"曲折深婉。自有艳词,更不得不让伊独步。"评价之高,实属罕见。但究其意旨,确有一定的道理。正由于这是一首艳词,风调却如此闲雅,于花间、南唐及宋初诸家之外卓然别树一帜。因此晁补之在《侯鲭录》卷七中说："叔原（晏几道字）不蹈袭人语，而风调闲雅，自是一家。"

南宋黄昇《花庵词选》于此词词调下增署题名——"佳会"，意谓此词是写词人与所爱女子久别重逢时的情景和感受的。至于这女子系何人，现无法确知。但很可能就是莲、鸿、蘋、云四人中的一个。

上片为逆叙，从昔时的欢会写起。首句便十分巧妙地写出了所爱女子的身份、服饰、情意、体态等。"彩袖"一词，用装束代人，兼暗示着装者的美貌，"殷勤"二字，从举动见意，兼暗示举酒者的热情。"捧"字表示出庄敬、稳重；"玉钟"显示出富贵、豪华。着彩袖的美人捧着玉钟殷勤劝酒，此时此际，词人能不"拼却醉颜红"么？所谓抵死一醉，以酬谢知己，这在酒宴上（特别是两性间）是常有的事。

"舞低杨柳楼心月，歌尽桃花扇底风"，此千古传诵的妙句。其妙就妙在时、空交互，兴、象纷呈，给人以华丽无比和含蕴无穷的感觉。词人用空间的变化以喻时间的流转。如酣舞通宵，仅以词人在四周环柳的高楼中见月渐低沉来表明；欢歌达旦，仅以歌者手擎绘有桃花图案的团扇风停声息来暗示。"杨柳楼"，非必楼名"杨柳"；"桃花扇"，也未必扇上都绘桃花。词人用这两句，只在说明庭院之深邃、楼台之高耸、歌舞之酣畅和春宵之迷人而已。较之于其父晏殊所举白居易《宴散》诗中的"笙歌归院落，灯火下楼台"两句，小山此词似乎还更能显示富贵气象，而断非三家村人所能构想出来的。

下片换头处，接叙别后相思之情："从别后，忆相逢，几回魂梦与君同。"这里的"相逢"作"相聚"解。词人因"忆"成"梦"，因"梦"疑"逢"。这写得很真实，一般人都有此经历。正由于词人写得真实，语又浑成，因此更容易激起读者的共鸣。"几回"不是问语，而是指次数很多，以致记不甚清。"君"当然指女方，以男称女，益见情亲。晏几道待歌女、侍儿如此尊重，委实难得。

结拍两句，始归本题。"今宵剩把银釭照，犹恐相逢是梦中。"张相解："剩把，尽把也。"① 银釭，即银灯。这里的"相逢"，指此番重晤。这里的"梦"，并非真的做梦，而是疑它为梦。俞平伯在《唐宋词选释》中卷指

---

① 《诗词曲语词汇释》卷二。

出："回忆本是虚，因忆而有梦，梦也是虚，却疑为实。及真的相逢，翻疑为梦。"词人就这样用以虚为实、化实为虚，以至虚实相生的手法，把旧逢、别后和重晤的各种场景和内心感受，都淋漓尽致地描绘出来。旧逢的欢乐，别后的哀苦，久别重晤的悲、欣交集，三者相互比衬，获得了"一倍增其哀乐"的效果。像这样一波三折的感情大动荡，竟写得如此幽闲、隽雅，这即使在婉约派词人的作品中，也是很独特的。

"银釭"一盏，远非昔日的豪华气派。但"银釭"毕竟不同于铜灯、瓦盏。这说明晏几道此时虽然家道中落，而相府门第中仍多珍品。仅此小枝细节，也值得注意。

结拍无疑是脱自杜甫《羌村》诗："夜阑更秉烛，相对如梦寐。"但风格显然不同。诗庄词媚，于此可证。

岂止藏山一片心?

——序《仰斋吟稿》

傅义教授在 60 多年前与先兄厚祖为大学同窗,和我交往也近 30 年。他长我 5 岁。我一向以兄礼事之。

傅兄博学工诗,风度儒雅,允称吾赣当今吟坛泰斗。熊盛元君曾引傅兄绛帐弟子段晓华教授之语曰:"吾业师类皆能诗。然最具个性者为修人(胡守仁)与仰斋(傅义)两公。胡老古朴坚苍,傅公清新流转,堪称二妙。"(见《仰斋存稿序》)胡、傅二公均与余有旧,段女士所云,洵非虚语。

中国诗论,向有"言志"与"缘情"二说。余以为"情""志"实为一体。如《仰斋吟稿·潭柘寺》诗云:

独立群山中,惟邻潭与柘。

香烟袅袅升,欲挽云同舍。

乍读似是诗人叙其心志,深味其中旨趣,则宛现出诗人的襟怀、性情和品格:欲与大自然合而为一,求深、求朴,以脱出尘俗之外。

凡诗人都离不开一个"情"字。余敢断言:无情则无诗!情有多种,如亲情、友情、爱情、爱国之情、爱乡之情以至爱全人类自由、幸福之情,等等。钟嵘《诗品》所谓"风云气"与"儿女情",张载《西铭》所谓"民吾同胞,物吾与也",都属于情的范围。余以为仰斋之诗,其妙在情多,且俊逸、清新,擅于言情。

乡先辈文廷式《蝶恋花》词有句云:"人生只有情难死。"余则曰:"何止难死?人生易老,而情且不老。"

近半年来,余潜心通读了傅兄所惠赠的全部诗和文稿。余陡然发现:行年 90 的傅兄不仅情感丰富,而且炽热,丝毫不显半点老态。试随手钞举数例：

　　　　江山千古壮，风景几多愁？

　　　　　　　　　　　　　　——《京口北固山多景楼》

　　　　晚景辉初旭，红光暖翠岗。

　　　　　　　　　　　　　　　　——《爱晚》

　　　　弄月花坛畔，情词信口占。

　　　　　　　　　　　　　　　　——《弄月》

　　首两句诗显系夺自辛弃疾登北固山时所作之词。其壮志豪情虽不让幼安，但因所处之时代各不相同，故所愁之风雨自亦各异。然均为人民怀忧患之思耳。此种忧世亲民意识，正是我国诗人以杜甫为代表的优良传统。南宋以后江西诗派人物多以此为创作宗旨。次两句诗写出诗人贪恋晚景，赞美人生之"夕阳红"。老当益壮，不坠青云之志。末两句诗更活绘出诗人情趣，脱落形骸之外；拈花、弄月，狂似步兵、太白当年。

　　作于 2011 年的《辛卯人日随孙曾辈游戏沙洲》云：

　　　　掀襟脱履作春游，只觉浑身是暖流。

　　　　十里金沙争垫足，一方花帕也蒙头。

　　　　随挥老掌当铜铲，戏共曾孙掘小沟。

　　　　九秩憨翁今九岁，天公惠我特温柔！

　　四世同乐，活脱脱地呈现出一幅"白首垂髫共怡然"之画图。"憨翁"不憨，直令天下老年人羡煞！

　　傅兄诗词，兼学唐、宋。虽不废唐，诗却近宋。其中诗体毋论古、今，词调毋论长、短，以及散曲，皆堪称精妙。晓华教授"最赏其七言律诗，以为其中对仗承挽自然，出人意表"（见熊盛元《仰斋吟稿序》），余颇韪其说。如上举之"随挥老掌当铜铲，戏共曾孙掘小沟"，即为显例。此诚如清人方东树评黄庭坚《登快阁》诗云："寓单行之气于骈偶之中者。"（《昭昧詹言》卷二十）足证仰斋诗承唐祧宋，而仿效尊杜甫为宗祖之江西诗派人所拳拳服膺的诗法所在。

　　傅兄《次韵和金水君秋兴·之二》写道："谁惜黄钟沦九劫，每见败絮重千金。重重喉鲠终须吐，岂止藏山一片心？"在"极左"路线统治时期，博学高才如仰斋者往往遭不幸；今幸遇明时，而英雄老却。唯余坚信：《仰斋吟稿》之问世，当见重于诗林，不仅"藏之名山"而已！

犀通一点　思接千年

——评陈祖美著《李清照评传》

在一部中国妇女文学史上，我所崇敬的女作家首推蔡文姬、李清照、秋瑾三人，三人中又以李清照居最。这大概不只是个人的偏好，因此当我读到陈祖美先生著《中国思想家评传丛书·李清照评传》（下简称《评传》)时，兴奋和喜悦的心情便不言可喻了。

关于李清照的传记，或详或略，自宋迄今何止数百种（仅王仲闻《李清照集校注》所附录已近四十种）。我大致读过一些。如清人俞正燮的《易安居士事辑》和今人黄盛璋的《李清照事迹考辨》，以及王仲闻的《李清照事迹编年》等，其中某些论点或有可商榷之处，但对李清照的研究均有所增益。这些均不失为严谨的学术著作。

现在展现在我面前的这部《评传》便是在上述著作的基础上有所汲取、有所扬弃、有所发展和有所创新地撰写出来的。它较之于上述著作，不仅从篇幅说是更宏伟的，从观点说是更当代的，从研究方法说是更新颖的；而且正如它的《内容简介》所说："本书以信史为依托，以内证为根据，对传主的生平、思想和创作等做了全面而深入的论述……全书考证谨严，分析细腻，文笔流畅，多有新见。书中对传主心灵和情感的逆探、体悟和论析，尤具特色。"

把李清照作为思想家立传，这在李清照研究史上确是破天荒头一遭。《评传》作者曾不无心悸地谈起20世纪六七十年代的那些往事。那时李清照竟被横加罪名，被斥为青年学生思想的"黑染缸"。《评传》作者通过细心的考察和周到的分析，终于"为传主揭去面纱，还其本来面目"，为我们重现了"亘古女杰——清照"的非凡本色。在这位女学者的笔下，女词人李清照不仅近"污泥"而不染，且"唯国是爱"，在思想襟抱、文学造诣等诸多方面都堪称"不徒俯视巾帼，直欲压倒须眉"（李调元《雨村词话》）式的人物。

当然，这部《评传》的卓越之处不只是在这方面。它最引人注目之处是"对传主内心隐秘的破译和对其某些难度较大作品的解读"，而这一切又都"建立在坚实的史料基础之上"（《评传》第 27 页）。陈祖美同志凭她作为女学者的特有敏感和细心，居然找到了"打开传主心扉的钥匙"，从而探索到女词人"心灵中的种种隐秘"（《评传》第 2 页）。这不能不说是一桩了不起的功绩。

譬如关于赵明诚的"无嗣"和纳妾问题。"赵君无嗣"原见于洪适《隶释》，纳妾对封建士大夫来说本系司空见惯的事，但这些却很少引起以往研究者的充分注意。《评传》作者却从这里审视到女词人的心灵伤口，发现素称"夫妇擅朋友之胜"（赵世杰等编《古今女史》）的赵、李之词，"其性爱关系也存在着有始无终或有名无实的一面"（《评传》第 6—7 页），从而为《漱玉词》中的许多名篇做出了令人信服的解释。又如解《一剪梅·红藕香残玉簟秋》词非"一般的思妇念远的离情词"，而是"词人心中装有……政治块垒"的"情景交融的佳作"；辨《南歌子·天上星河转》词"不是借家国之念表现爱国主义情绪，而是一首悼亡词"（《评传》第 151—152 页），等等。从作者的细心考辨中，处处都令人看出她的聪敏、学养和她强调的"读者自身的想象力、创造力"。

《评传》的成功笔墨还可列举许多，但我不可能在一篇短评中谈得面面俱到。记得 1988 年在福州，《评传》作者曾对我谈起她的研究计划，说她打算写一本关于李清照的书，拟取名为《说不完的李清照》。这使我联想起德国著名作家歌德的《说不尽的莎士比亚》。《评传》作者尽管一再声称"不应以感情代替史料"（《评传》第 242 页），但也不得不承认"如果没有解读者的感情投入和切身体验，就很难烛照诗中所暗含着的"不尽之意"（《评传》第 180 页）。读诗如此，读词、读文以至读某些学术著作自然也莫不如此。要是女学者陈祖美的灵魂不在女词人李清照的作品里冒险巡游，要是前者不设法与后者接通一条心灵的管道（即李商隐所谓"心有灵犀一点通"），前者便不可能上越八九百年把后者的生活情怀和创作心理了解得如此透彻。

也正是这个缘故，作为另一个李清照的读者，我所理解的李清照就不可能跟陈祖美同志理解的李清照完全一样。为了切磋学术，而且更多的是为了向《评传》作者请教，我尽可能把一些不同看法缕述如下：

1.《评传》第155页云："凡是（李清照）有送人和等人痕迹的词作，都应当写于他们共同屏居十年之久的青州。"那么，李清照前期词中有无这类题材的作品呢？《评传》作者认为没有。她举的理由是："在汴京李清照总是被送者，而赵明诚那时又未曾较长期远离过汴京。"她极有说服力地否定了托名元代的伊世珍《琅嬛记》所谓赵明诚"结缡未久……即负笈远游"的可靠性。但赵、李之间那时是否连短暂的离别都不曾有过呢？试以《怨王孙》词为例：

> 帝里春晚，重门深院。草绿阶前，暮天雁断。楼上远信谁传？恨绵绵。　　多情自是多沾惹，难拼舍，又是寒食也。秋千巷陌，人静皎月初斜，浸梨花。

此词一开头，便点明作于汴京，而且显然是抒写女词人对丈夫的深挚思念。但有人说此是秦观的作品，那是不可信的。因为淮海词辞藻华丽，感情远不如漱玉词深厚和强烈。此词纯用浅白口语写出浓郁深情，正是李易安体的典型特色。

事实上，即使赵明诚初仕时未离开汴京，但做太学生时总得经常离家入学舍住宿。《宋史·卷一百五十七·选举三》明载："凡入学授业，月旦即亲书到历。如遇私故，或疾，告归宁，皆给假。违程及期月不来参者，去其籍。"也就是说，每月月初，太学生都得来院签到。若因事或因病，可告假回家。违期不入学超过一月以上者开除。李清照在《〈金石录〉后序》中也谈到此事："侯年二十一，在太学做学生……"，"每朔、望谒告出……"可见每月只有初一、十五，他们才能够聚在一起。也许有人会觉得这十几天的小别算不得一回事吧？殊不知在初婚燕尔和伉俪情深期间，哪怕只是像"辜负香衾事早朝"（李商隐诗）那样的短暂离别都会引来妻子的嗔怨，更何况赵明诚动辄半月不归，它能不牵起李清照绵绵的恨意么？

2.《评传》第77—78页云："当赵明诚专注于金石之学时，其夫妻之间就相得相爱。当他由于官场得意忘乎所以而寻花问柳时，就有一种从感情上拒其老妻于千里之外之嫌。"我总觉得《评传》作者把赵明诚想得过坏了些。这涉及对几首名词如何解读的问题。

首先谈《声声慢》。《评传》作者肯定此词"晓来风急"不作"晚来风急"，并引梁启超于《艺蘅馆词选》眉批中的话"这首词写从早到晚一天的实感"为佐证。这是很正确的。在同一作品中，允许时间、空间不断流动和暗里转换，正是中国古典诗词的审美特征之一。如相传为李白所作的《忆秦娥》，上片写春天的早晨，女主人公在秦楼上望明月而怀远，见垂柳而忆别；下片写秋天的黄昏，女主人公登乐游原，睹景物而伤旧，感时序而惊变。这说明她自春徂秋、朝朝暮暮、无时无刻不在相思。李清照《声声慢》的主题，我也做如是解。

《评传》作者从"晓来风急"悟出深意，把它跟《诗经·邶风·终风》的"终风且暴"联系起来。她引《诗序》的话，说卫庄公宠幸其妾，冷遇庄姜，又因为庄姜无子，齐国人同情她，为她赋《硕人》诗。《评传》第22页说："《终风》篇所暗示的庄姜的被疏无嗣，不正是清照与庄姜的同病相怜之处吗？"第71页又说："说白了就是李清照借古讽今地抱怨赵明诚像卫庄公宠幸其妾、冷遇庄姜那样，疏远了她，致使她无有子嗣，无依无靠……"

我以为李清照当年是不可能暗用"终风且暴"的形象来借古讽今地抱怨赵明诚的。因为《诗序》说得十分明确："《终风》，卫庄姜伤己也。遭州吁之暴，见侮慢而不能正也。"郑玄《笺》云："喻州吁之为不善，如终风之无休止。"孔颖达的《毛诗正义》也从此说。这就意味着在李清照当年，"终风且暴"的形象是被理解为比喻卫庄公庶子州吁的，而不是比喻卫庄公。只是到了朱熹著《诗集传》时，朱夫子详味辞句，觉诗中有夫妇之情，而不见母子之意，因此才推翻旧说，把此诗解成是为卫庄公而作，把"终风且暴"的形象说成是庄姜隐斥丈夫无礼。《诗集传》成书于1177年，那时李清照已下世。她是不可能按朱熹的注解来解读"终风且暴"的。她也不可能用"晓来风急"一语暗寓"终风且暴"的形象以喻赵明诚。因此，我们也没有任何理由把赵明诚看作李清照心目中的卫庄公。

再谈《凤凰台上忆吹箫》。《评传》第6页写道："李清照的'念武陵人远'的寓意，说白了就是担心赵明诚有'天台'、崔护之遇，也就是类似今天所说的外遇或'桃花运'。丈夫的'桃花运'，往往就是妻子的厄运。"第70页又写道："赵明诚当有三年离青（州）之他任，赴任时不肯携妻前往，李清照就特意写了一首题作《凤凰台上忆吹箫》词，以寄托她愿像当年萧史和弄玉那样，与夫比翼飞升之意。赵不答应……"我无意为赵明诚的冶游、狎妓一类情事辩护。因为在那个时代，正派的封建文人如欧阳修、苏轼之辈且都不免涉足于章台路上，我们又何必奢望赵明诚能出淤泥而不染呢？但是从《凤凰台上忆吹箫》词中，我却得不出他有外遇的结论。

自1107年起，李清照与赵明诚屏居青州十余年（不一定是整十年）。赵明诚何时重出做官，史无明载，只有李清照自叙于宣和辛丑（1121）八月十日始到莱州。因此刘忆萱《李清照诗词选注》以为这首词写于"赵明诚出任莱州守，清照未同行"之时。疑近是。

至于李清照缘何未同行呢？《评传》作者说是由于"赵不答应"，这自然只是一种主观推测。我却往好处想，说是由于赵明诚受诏出仕，一时不便携眷赴任，打算先到任所安排定妥后再来接她，似乎于情理上也说得通。关键在如何解读"念武陵人远，烟锁秦楼"两句。我以为用"武陵人"指赵明诚，许是由于他像武陵人那样终又离开了桃花源吧。或如沈祖棻先生《宋词赏析》所指出："这里也是以刘、阮之离天台（武陵）比拟赵明诚之离家的。"自然，李清照言下确含有责怪赵的意味。她设想在别后，丈夫远去，自己孤零地被锁在烟雾弥漫的"秦楼"上该怎样度日啊？"秦楼"显然是用秦弄玉与萧史的典故。这也暗示他们夫妇还是恩爱的。

3. 说一说《临江仙·庭院深深深几许》。《评传》第83—84页云："看来，是'六朝金粉'的靡丽繁华之景，使其（指赵明诚）犹坠销魂之乡，遂变成了有甚于'武陵人'的'章台''游冶'者，这当无异于在传主被疏无嗣尚未痊愈的创口上，又撒上了一把咸盐，使其再度陷入了极度的爱情痛苦之中。或为排遣自身隐忧，或为规劝丈夫转意，李清照于建炎三年（1129）元宵节前后写了一首《临江仙》词并序。"看来还是那个赵明诚情结使《评传》作者耿耿于怀，使她把一首显明有感于时的易安新词仍旧塞入那个"别是一家"的旧挎包内。

《评传》作者极有见地地解答了传主由对欧阳修"小歌词"有所不满到"酷爱"欧词中"深深深几许"之语的缘故。指出欧道出了李清照对赵明诚章台冶游的不满而又不敢直说的幽怨心态。真可谓"易安心事此媛知"，我深深为之折服。但能否据此把仅存的这阕和词也说成是为闺阁私情而写呢？

　　我以为此词纯写女词人心灵的尖锐矛盾。时届献岁发春，万物一派生机，而她亲遭国破家亡之惨痛，亲见南宋统治集团苟且贪安的局面，益发感到格外孤独。她于无可告慰之中，写此词以抒愤。在古秣陵城的周围，树木渐绿，宣告春已归来。但春归人未归，女词人此时已无家可归，因为他们的家园已随同北宋王朝的覆亡沦为金人的蹂躏区了。值此举步艰难、百姓流离之际，四十六岁的女词人（《评传》所附《年谱》系此词于女词人四十五岁时，疑误。）她身怀百忧，怎由得不感到老之将至呢？"感月吟风"，也就是作诗填词的意思。"多少事"即李煜的"往事知多少"。女词人回想起往年承平时的幸福生活，自不免跟眼下国脉如缕、风雨飘摇的局势形成鲜明的对比。她觉得如今老啦，什么事也做不成啦！表面上叹老嗟卑，骨子里却深寓感慨。感慨些什么呢？从她同期诗作中我们能听到她激越的心声："南来尚怯吴江冷，北狩应悲易水寒。"她坚定地主张抵抗金兵南侵和出师北伐中原，以雪国耻奇辱。"谁怜憔悴更凋零"里的"憔悴"也罢，"凋零"也罢，我以为都不能把它仅看作女词人的自伤身世。她这里悲叹的，更多的是就危如累卵的南宋局势而发。就在她写此词前后，她的老家山东又被金人攻陷。可知她此刻的凄苦，确已蕴含着爱国怀乡的内容。基于这些缘故，"试灯"也罢，"踏雪"也罢，自然都不再引起她的兴致了。所以我认为此词与排遣自身闺阁隐忧和规劝丈夫回心转意无关。至于女词人填的另"数首"《临江仙》词有无此意，则因原词不存，我们已无法考证了。

　　4. 关于《渔家傲·天接云涛连晓雾》词的写作年代及地点问题。《评传》第19—20页是这样说的："此词很可能写于……瓯江孤屿。""篷舟吹取三山去"的语言意义虽是指东海三神山，而其言语意义则是指福州。……所以将它系于高宗建炎四年（1130）正月或二月，是有史、有事可稽，当可为人所接受的。

　　记得1989年5月在青州召开的第二届全国暨国际李清照学术讨论会上，我曾就此词的写作年代及地点问题跟陈祖美同志争论过。作为山东籍的女学者陈祖美愿将此词的写作跟女词人晚年欲往福建一事联系起来，而长期工作于福建的我却愿将此词的写作地点"权"（如果这也像版权一样有某种权利的话）归回山东。这里不打算重叙双方的详细论述，而只简略地申说一下我的看法。刘忆萱《李清照诗词选注·前言》认为此词作于南渡之前，故系于宣和三年（1121）赵明诚出守莱州期间。我赞同这一看法。因为从整首词的内容和风格看来，女词人虽对现实不满，但对生活仍充满光明的憧憬。"我报路长嗟日暮"并不意味着女词人年已老迈，而只不过借用屈原《离骚》中"日忽忽其将暮"所渲染出的那种穷途困境罢了。

从词中所描绘的海上景色和传说中三山的地理位置看，此词极可能作于山东半岛莱州一带。至于赵明诚守莱期间，李清照是否曾出游蓬莱阁一带观过海，我不敢妄测。但文学是容许虚构和想象的。即使李清照那时之前还未到过海边，但作为聪明的山东姑娘的她，不可能连"天接云涛连晓雾"这样寻常的海上景色也闻所未闻。这又何碍于她在梦海之后把它写下来呢？（《唐宋诸贤绝妙词选》本题作《记梦》）

我跟《评传》作者的不同看法还有一些。但不可能于短文中一一涉及。我坦率承认：我对李清照未做过专门研究。再由于男性的粗心大意，不可能像女学者想得那样细、那样深。这也说明没有一点暗通的灵犀，要上探八九百年前女词人之所作、所想，是无法到达她心灵窗口的。

我对《李清照评传》所取得的成就深表敬意。同时希望我的同行们将"说不完的李清照"继续不断地说下去。